Meurtres au paradis

Anne Glenconner

Meurtres au paradis

ROMAN

Traduit de l'anglais (Royaume-Uni)
par Sabine Porte

Albin Michel

Ce livre est un ouvrage de fiction. Les personnages sont le fruit de l'imagination de l'auteure et toute ressemblance avec des personnes réelles, vivantes ou décédées, serait purement fortuite.

Édition originale anglaise parue sous le titre :
MURDER ON MUSTIQUE
Chez Hodder & Stoughton

À Colin qui a su faire de Moustique un lieu mythique.

« Il nous faut aller de l'avant,
parce que nous ne pouvons reculer. »

Robert Louis Stevenson,
L'Île au trésor.

PREMIÈRE PARTIE

Bulletin météo tropicale
National Hurricane Center, Miami, FL
Vendredi 13 septembre 2002
Pour l'Atlantique Nord et la mer des Caraïbes
Avis du National Hurricane Center sur la tempête tropicale Cristobal située à 160 kilomètres à l'est des côtes de Caroline du Sud.
Le cyclone se dirige vers le sud-est, évaluation du risque actuel : léger.

Prologue

Vendredi 13 septembre 2002

Il est cinq heures du matin lorsque d'un pas tranquille, Amanda Fortini se dirige vers Britannia Bay au milieu des palmiers, vêtue d'un bikini rouge. Elle est pieds nus, encore un peu éméchée après la fête de la veille. À force de plonger sur la barrière de corail et de paresser au bord des piscines de ses amis, sa peau a une teinte caramel, ses cheveux ont éclairci de deux tons depuis qu'elle est arrivée à Moustique, six semaines auparavant. Elle s'arrête un moment pour respirer le parfum de vigne sauvage, de fleur d'hibiscus et d'aventure. Grisée par les senteurs, elle suit gaiement le sentier bordé de fougères qui lui arrivent à l'épaule. À vingt-trois ans, pour la première fois, elle a le sentiment d'avoir pris sa vie en main. Elle a fait des erreurs et mal choisi ses compagnons, bien que la vie mondaine qu'elle mène à New York l'ait amenée à rencontrer beaucoup de bons partis – mais c'est fini. La certitude s'impose à elle alors qu'au loin apparaît l'océan, dont l'éclat turquoise emplit l'horizon.

La jeune femme sourit en contemplant la plage et son étendue de sable rosé qui se déploie en un vaste croissant. La température grimpe déjà, bien qu'elle soit sur la côte ouest de l'île, et les premiers rayons du soleil lui réchauffent le dos. Il est si tôt qu'il n'y a personne. L'océan l'appelle et l'invite à se jeter dans les vagues. Elle peut faire ce qu'elle veut, ici. Il n'y a pas de journalistes embusqués derrière les arbres, comme à Manhattan où leur présence la met constamment mal à l'aise. Elle appartient à une famille richissime et la célébrité en est le prix à payer. Sa vie est examinée dans les moindres détails, affichée dans les pages des magazines. Moustique est le seul endroit où elle peut se détendre à l'abri des regards. Ce sentiment de liberté est si enivrant qu'elle fait une pirouette, embrassant du regard la jungle profonde, une villa d'un blanc immaculé perchée sur la colline et le soleil qui jette des pièces de lumière à la surface de l'eau. La mer des Caraïbes est aussi calme qu'un bassin de mercure qui s'offre à elle.

Amanda entre lentement dans l'eau, le temps d'effacer sur sa peau la fièvre de la soirée de la veille qui l'a vue danser près d'un feu sur la plage. Un énorme yacht flotte à l'horizon, les ponts étincelant au soleil. Elle se laisse soulever par une haute vague. Les muscles relâchés, elle s'éloigne du rivage, fendant l'eau d'un crawl rapide.

Elle ne se retourne qu'une seule fois pour reprendre son souffle. Moustique ressemble à une publicité pour des vacances sous les tropiques : ses collines se dressent au-dessus d'elle, encerclées par des hectares de grands arbres et de plages désertes. Amanda fait la planche et se laisse porter un moment, le visage tendu vers le soleil.

Tandis qu'elle admire le profil luxuriant de l'île, un léger bruit retentit soudain. Elle entend l'horrible vrombissement d'un hors-bord, de plus en plus proche. Un pêcheur du coin, ou le propriétaire du yacht, mais pourquoi va-t-il si vite ? Tout le monde sait qu'il y a des gens qui se baignent du matin au soir. Quand elle fait volte-face, la vedette fonce droit sur elle. Elle plonge d'instinct sous l'eau jusqu'à ce que ses poumons la brûlent. Les hélices du bateau ratent de peu son visage. Le pilote ne l'a-t-il pas vue lui faire signe frénétiquement de changer de direction ? La vedette décrit un cercle autour d'elle, elle est de nouveau prise de panique et replonge. Lorsqu'il fonce sur elle pour la troisième fois, elle réagit trop lentement.

La proue du bateau la projette en l'air comme une poupée de chiffon et elle retombe dans l'eau. Les visages des gens qu'elle aime défilent devant ses yeux : sa mère, ses meilleurs amis. Amanda est à peine consciente quand elle remonte à la surface, le tumulte des vagues lui résonnant aux oreilles. Son regard se pose à nouveau sur l'île, comme l'objectif d'une caméra filmant une dernière fois le paradis.

1

Samedi 14 septembre 2002

Mes mains hésitent au-dessus d'un carton sur lequel est griffonné « Princesse Margaret ». Ce matin, je suis chez moi, dans ma propriété du Norfolk, attelée à une tâche que je repousse depuis des mois. Je sais ce qu'il y a dans le carton : tous les cadeaux que la princesse m'a donnés durant les quarante ans que j'ai passés à son service en tant que dame d'honneur. Je l'ai laissé dans mon grenier depuis son enterrement, il y a sept mois.

Les lettres de la princesse Margaret sont soigneusement rangées en paquets et portent toutes mon titre, Lady Blake, libellé de son écriture flamboyante. En les voyant, j'ai la gorge qui se noue. Elle m'écrivait dès que nous étions séparées, mais je n'ai pas encore le courage de les relire. Il faut juste que je choisisse quelque chose pour les vingt et un ans de ma filleule, Lily Calder, car elle a toujours été fascinée par la princesse. La vue de tous ces cadeaux me ramène des années en arrière. Des coquetiers en porcelaine blanche filetés d'or, un foulard en soie turquoise, un porte-savon en ébène. La princesse aimait offrir des cadeaux pratiques qu'elle choisissait avec soin. Ils évoquent le souvenir des voyages officiels et des flashs crépitants qui l'accompagnaient, au début flatteurs, puis cruels dans les mois précédant sa mort. Je reprends le foulard en soie pour l'admirer de nouveau. C'est le premier cadeau que la princesse m'ait fait, après que Jasper eut acheté Moustique sur un coup de tête, en 1955, bien avant qu'il n'y ait l'électricité ou l'eau courante sur l'île. Ce sera un cadeau idéal pour Lily, d'autant plus quand elle apprendra d'où il vient. Je sais que la princesse ne verrait pas d'inconvénient à ce que je le donne ; elle aimait que les choses servent.

C'est un soulagement lorsque, à neuf heures et demie, le téléphone sonne, m'évitant d'être engloutie par le passé. Je suis sûre que c'est mon mari qui veut se décharger de ses soucis, mais la voix que j'entends au bout du fil est celle de ma filleule. Je veille sur Lily depuis la mort de sa mère, il y a de cela seize ans. Elle habite dans notre villa de Moustique, mais je ne m'attendais pas à ce qu'elle m'appelle ; il est cinq heures de moins sur l'île qu'en Grande-Bretagne, ce qui signifie qu'elle a dû se lever avant l'aube. Je l'écoute me raconter qu'elle consacre tout son temps au projet lancé par sa mère il y a des années de cela pour préserver le récif de corail qui protège l'île. Elle y travaille d'arrache-pied tous les étés depuis qu'elle est adolescente et à plein temps depuis qu'elle a passé son diplôme de biologie marine en juillet. Des bénévoles l'aident à replanter des coraux dans les zones blanchies par les polluants et la hausse de la température de l'eau. Je perçois dans sa voix une anxiété qui m'aurait échappé si je n'avais pas l'oreille aussi exercée.

« Je n'ai rien d'autre à raconter, Vee. J'appelais juste comme ça.

– Tu t'es levée très tôt, ma chérie. Tout va bien ? »

Elle a une seconde d'hésitation. « Oui. J'ai hâte de te voir, c'est tout. Vous serez bien là pour mon anniversaire, Jasper et toi ?

– On ne raterait ça pour rien au monde. Je viens le week-end prochain, comme ça on aura une semaine pour les préparatifs et Jasper a promis de nous rejoindre. » Je l'entends inspirer profondément comme pour s'empêcher de pleurer. « Qu'est-ce qui se passe ? »

J'attends qu'elle me réponde ; le silence a toujours été la meilleure façon de la faire sortir de sa réserve. Elle est d'une nature enjouée, mais l'anniversaire de la mort de sa mère approche, ce qui la bouleverse chaque fois.

« Amanda devait passer hier soir, mais elle n'est pas venue.

– Elle a peut-être oublié. Tu n'as qu'à faire un saut chez elle tout à l'heure.

– La semaine a été bizarre. En rentrant du Basil's Bar, l'autre soir, j'ai entendu des pas. J'ai l'impression qu'on m'a suivie.

– Tu es sûre ? C'était peut-être quelqu'un qui regagnait sa villa.

– Tu as sûrement raison, dit-elle d'un ton plus posé. Tu me diras ton horaire d'arrivée. J'irai te chercher.

– Passe la journée avec des amis, Lily. Je n'aime pas te savoir toute seule dans cette grande maison.

– Ça va, je t'assure. J'ai un tas de choses à faire sur le bateau.

– Tu as le droit de te détendre un peu, ma chérie. Dès que j'arrive, je t'impose une cure de pique-niques pour te changer les idées. »

Elle a un petit rire. « J'en ai bien besoin, tu me manques.

– Toi aussi, tu me manques, mais on se voit bientôt. »

Je termine la conversation en répétant à Lily que je l'aime. Une fois que j'ai raccroché, je reste préoccupée par le stress que j'ai perçu dans sa voix. Elle n'est pas du genre à faire des histoires pour rien. Si elle craint d'être suivie alors qu'elle se trouve dans un des endroits les plus sûrs au monde, c'est qu'elle travaille trop. Elle a plutôt tendance à se tracasser pour les autres que pour elle-même et c'est la raison pour laquelle je lui prépare une grande surprise-partie en l'honneur de son anniversaire. Je veux qu'elle sache à quel point nous tenons à elle, Jasper, nos grands enfants et moi. Malgré tout le bonheur que nous avons eu à l'élever, elle ne semble jamais tout à fait sûre d'avoir sa place dans notre famille.

J'examine de nouveau le contenu du carton sans cesser de penser à Lily. L'objet que je choisis ensuite est un rang de perles de citrine qui m'évoque des souvenirs plus heureux. La princesse Margaret me l'a offert parce qu'il était parfaitement assorti à ma robe préférée. Je m'apprête à ranger le carton dans le grenier quand mon téléphone sonne de nouveau. Je devine que c'est mon mari au silence excédé au bout du fil. Cet homme a un tempérament si lunatique qu'il est capable de passer d'une humeur charmante à une fureur épouvantable d'une seconde à l'autre.

« C'est toi, Jasper ?

– Qui veux-tu que ce soit ? rétorque-t-il.

– Une amie peut-être, ou un des enfants.

– Bon sang, Vee, c'est la catastrophe ici. Je ferais mieux de laisser tomber le projet.

– Comment ça ?

– Ce fichu architecte est un imbécile. Les villas sont un désastre et les filaos que je voulais préserver ont tous été abattus. Autant jeter l'éponge. » Il hausse le ton, signe qu'il est sur le point d'exploser.

« Tu vas arranger ça, lui dis-je calmement. Écoute-moi, Jasper, s'il te plaît. Je pars à Moustique samedi prochain pour préparer l'anniversaire de Lily. Promets-moi d'aller chercher les costumes et de les apporter à temps. Il n'y aura pas que la famille, des gens viennent du monde entier.

– Mais enfin, c'est dans quinze jours. Tu ne parles que de ça depuis des mois.

– C'est une surprise, n'oublie pas. Surtout, pas un mot, et encore moins à Lily.

– Je suis capable de garder un secret, Vee, tu le sais bien. Oh, si tu voyais la mer, l'eau est limpide, il n'y a pas un nuage dans le ciel. C'est comme à l'époque où on dormait sous la tente sur Moustique. C'était merveilleux, hein ?

– Hormis ces satanés moustiques. »

Jasper rit. « Ma pauvre, à la moindre piqûre, toute la nuée se précipitait sur toi.

– Ne m'en parle pas.

– Phillip est là, il me remonte le moral. On ne te manque pas ?

– Si, bien sûr.

– Tu te souviens des premiers temps, sur Moustique ? On pêchait des homards à mains nues dans le lagon puis on passait la journée à se dorer au soleil. Pour moi, c'était le paradis. »

Dans sa voix, la nostalgie a remplacé le stress et sa douceur ressort. Mon mari est à Sainte-Lucie depuis quinze jours pour superviser son dernier projet : la création d'un complexe de villas censées rivaliser avec celles de Moustique. J'évite de lui demander combien cela lui coûte, car il a déjà englouti une bonne part de sa fortune. J'ai passé ma vie à observer ses changements d'humeur, savourant les hauts, supportant les bas. Mieux vaut ne pas penser à l'argent qui lui file entre les doigts et se concentrer sur l'avenir.

Je raccroche. Les pommiers qui sont devant ma fenêtre perdent leurs feuilles. C'est le début du lent déclin de l'automne, l'époque de l'année que j'aime le moins car elle me rappelle que j'ai soixante-dix ans. Mes parents m'ont appelée Veronica en hommage à une héroïne particulièrement valeureuse de H.G. Wells dont c'était le second prénom. Je me suis donc toujours efforcée de suivre son exemple. L'instinct me dicte de modifier mes plans et de prendre le premier avion pour Moustique cet après-midi, pour être avec Lily. Je vais réserver mon billet et partir sans plus attendre.

2

Dans son bureau, l'inspecteur Solomon Nile se demande ce qu'il va faire de sa journée. Il n'est en poste que depuis trois mois et son statut d'unique officier de police qualifié de Moustique est lourd à porter. Depuis qu'il est rentré du Royaume-Uni en juin, l'été s'est passé sans incident, si bien qu'il n'a pas le moindre prétexte pour demander un adjoint en renfort sur l'île. Le chef de la police de Saint-Vincent lui rirait au nez s'il lui disait que Moustique avait besoin d'un autre policier. Son île natale ne fait que cinq kilomètres de long sur deux et demi de large, sans aucune délinquance. Le moindre méfait se solderait par un séjour dans la prison de Saint-Vincent, à quarante kilomètres de là, et une exclusion définitive de l'île privée.

Solomon doit faire bonne impression sur ses supérieurs pendant sa période d'essai ; son père est malade, et à trente ans, il est l'aîné de ses deux fils. Il dépense une bonne part de son salaire en médicaments pour lui. Ce poste dans la police n'est pas exactement ce dont il rêvait, mais il l'a accepté par loyauté et parce qu'il devait prendre son avenir en main. Il a aidé son père à élever son petit frère Lyron depuis la mort de sa mère quand il avait sept ans. Ses fonctions lui laissent une certaine liberté, même si son espace de travail est si exigu qu'il y a tout juste la place d'y mettre un bureau vétuste et deux chaises en plastique et que la climatisation ronronne bruyamment toute la journée sans pour autant rafraîchir l'atmosphère. La chemise blanche amidonnée et le pantalon noir de son uniforme sont peut-être élégants, mais avec une température extérieure qui avoisine les vingt-sept degrés, ils ne sont pas adaptés.

Par la porte entrouverte, le policier jette un coup d'œil à ses collègues Winston et Charlie Layton qui jouent aux cartes. Les deux frères en tee-shirt jaune orné du blason « sécurité » ont dix ans de plus que lui et à force de passer l'essentiel de leur temps assis, ils ne sont pas au mieux de leur forme. En situation de crise, Solomon ne pourrait pas compter sur eux.

Solomon sursaute lorsque le téléphone sonne pour la première fois depuis des semaines. Il écoute en silence Lily Calder, à la voix douce et persuasive, et avant même qu'elle ne lui signale une disparition, il est debout. Son amie Amanda Fortini devait lui rendre visite hier soir, mais elle n'est jamais venue et ne répond pas au téléphone. La jeune femme devrait être facile à retrouver ; en cette fin de saison, il ne reste que quelques dizaines de propriétaires de villa sur l'île. La plupart sont rentrés chez eux pour éviter la tempête tropicale qui progresse lentement mais sûrement au-dessus de l'Atlantique, leur séjour sur Moustique n'étant qu'une parenthèse hors du temps.

Les frères Layton sont si absorbés par leur partie de poker qu'ils ne le voient pas partir. Solomon regarde derrière lui le poste de police avec une pointe de regret. Lorsque, à dix-huit ans, il a été accepté en histoire à l'université d'Oxford, il était persuadé que le monde lui appartenait, mais depuis qu'il est rentré, il n'en est plus aussi sûr. Leurs locaux ont des fenêtres mal posées, deux cellules de fortune construites en parpaings et un toit en tôle qui ne résistera certainement pas aux pluies tropicales de l'automne. Il a l'intention de demander au chef de la police de Saint-Vincent de les moderniser dans six mois, quand sa période d'essai sera terminée.

Une fois au volant du buggy tout-terrain qui lui a été alloué, son humeur s'améliore. C'est le moyen le plus rapide de se déplacer sur l'île au relief varié, et le plus grand avantage de sa fonction, bien qu'il doive s'y reprendre à trois fois avant de réussir à démarrer. Il pourrait aller à pied à la villa des Fortini, mais ce n'est plus la saison des alizés et lorsqu'il se met en route, la chaleur est suffocante. Le poste de police est dans un secteur de l'île peu fréquenté par les vacanciers. La plupart d'entre eux se contentent de rester dans leur villa, n'en sortant que pour boire un verre au Basil's Bar, au Firefly ou au Cotton House.

Sur le trajet, Solomon balaie du regard les fourrés denses qui bordent le chemin pavé. L'île a beaucoup changé depuis son enfance, mais les promoteurs ont préservé l'illusion d'une jungle tropicale, bien que près d'une centaine de villas se cachent au milieu des arbres. Quand il était petit, des tortues marines venaient encore pondre leurs œufs sur la plage et des tortues charbonnières se promenaient dans la jungle. Les oiseaux sont, par contre, toujours nombreux sur l'île. Une perruche verte voltige au-dessus de sa tête au moment où il passe devant Britannia Bay, où se baignent quelques vacanciers, dont les serviettes de plage sont les seules taches de couleur sur le sable blond.

Avec ses immenses terrasses construites à flanc de colline, la maison des Fortini ressemble davantage à un palais de conte de fées qu'à une villa. C'est une des propriétés les plus impressionnantes de Moustique, ce qui n'a rien d'étonnant. Les Fortini sont à la tête du plus grand empire de café au monde. Solomon s'est toujours demandé comment était la villa à l'intérieur et il va enfin pouvoir le découvrir.

En montant les marches, il voit une de ses voisines de Lovell qui balaie la véranda. Il connaît depuis toujours cette femme d'un certain âge mais elle l'évite soudain du regard. Ce n'est pas la première fois que son insigne de policier est fraîchement accueilli. Quand il lui demande si Amanda Fortini est là, elle lui dit de s'adresser à la gouvernante.

« À cette heure-ci, elle doit être occupée à la cuisine. »

La domestique le chasse de la main et se remet à balayer la poussière invisible de la véranda sans même attendre qu'il prenne congé. En apercevant son reflet dans une vitre, Solomon mesure une fois de plus à quel point sa stature contraste avec l'opinion qu'il a de lui-même. Il fait un bon mètre quatre-vingt-quinze, comme Usain Bolt, et a les épaules musclées à force de nager toute l'année, mais la comparaison s'arrête là. Il a le physique du sprinter mais ne possède en rien son aplomb. Ses yeux marron s'abritent derrière des lunettes rondes à monture dorée qui lui donnent un air plus studieux qu'athlétique. Le policier retient un sifflement d'admiration en pénétrant dans le vestibule. On se croirait dans une cathédrale. Au centre de la demeure, un escalier de marbre monte en spirale, bordé de rampes en or et baigné d'un flot de lumière provenant de fenêtres en hauteur. Quand il appelle la gouvernante, seul l'écho de sa voix qui se répercute sur les murs lui répond.

La splendeur des lieux s'accroît à mesure qu'il avance. Le salon est plus grand que toute sa maison réunie et bien qu'il ait une vue tout aussi agréable depuis sa véranda, celle-ci, encadrée par des fenêtres parfaitement dessinées, a l'air encore plus belle. Il y a une piscine à débordement dont les carreaux reflètent le ciel délavé, des guirlandes lumineuses suspendues entre les palmiers et des pétales de bougainvillée sur la pelouse. Il ne s'est jamais particulièrement intéressé à l'art, mais les tableaux qui parsèment la maison semblent avoir de la valeur. Le seul qu'il reconnaisse est une marine de Mama Toulaine, la plus proche voisine de son père au village de Lovell. Il s'arrête devant cette aquarelle de Gelliceaux Bay, qui dépeint parfaitement le coucher du soleil et la mer d'un rose nacré.

Ce n'est qu'après avoir inspecté tout le rez-de-chaussée que Solomon remarque une porte ouverte qui mène à la cave. Avec son sol de béton nu et ses centaines de bouteilles couchées sur les étagères alignées contre les murs, c'est le seul endroit de la villa dépourvu de magnificence. Au bas des marches, une femme s'affaire, un plumeau dans chaque main.

La gouvernante s'occupe aussi de l'église dont son père est un fidèle. Elle a une soixantaine d'années, des formes rondes et elle est en train d'épousseter les bouteilles. Elle l'accueille bien plus chaleureusement que la domestique du haut.

« Solomon, dit-elle avec un grand sourire. Mais que tu es beau dans ton uniforme ! Passe donc à la maison dimanche après-midi ; mes filles ont toutes les deux besoin d'un bon mari. Tu n'auras qu'à choisir.

– J'aimerais bien, Mrs Jackson, mais ce ne serait pas juste. Je préfère aller me promener sur la plage avec vous, quand vous voulez.

– Menteur ! » Elle renverse la tête en arrière en s'esclaffant.

Solomon retrouve les taquineries et les rires qu'il a connus dans sa jeunesse. Le plaisir d'être accepté de tous lui manque. Depuis qu'il est rentré après des années passées au Royaume-Uni, il a du mal à s'intégrer.

« Je cherche Miss Fortini, dit-il à la gouvernante. Lily Calder a essayé de la joindre en vain.

– Ah oui ? » L'insouciance de la gouvernante s'évanouit soudain. « Cette demoiselle n'écoute personne. Elle n'en fait qu'à sa tête.

– Comment ça ?

– Miss Amanda vient d'une bonne famille, mais elle est délurée. Dès que ses parents s'en vont, elle passe toutes ses soirées dans les bars. Je ne peux rien lui dire, alors que j'étais sa nounou. Si c'était ma fille, je l'enfermerais dans sa chambre.

– Quand est-ce que vous l'avez vue pour la dernière fois ?

– Jeudi, à deux heures. Pour le déjeuner, elle a demandé de la langouste et du riz au safran, pas de dessert et pas de vin, juste de l'eau plate bien glacée. Je parie qu'elle avait la gueule de bois.

– Et pas depuis ? »

La gouvernante prend un air songeur. « Je lui ai préparé son petit déjeuner hier, mais je ne l'ai pas vue et elle n'a pas dormi dans son lit hier soir. À toi de juger.

– Je peux fouiller sa chambre ?

– Vas-y, monsieur le policier. Elle est en haut, la dernière porte, à droite sur le palier. »

Solomon monte l'escalier, déstabilisé par la villa. Malgré l'intérieur étincelant de lumière, elle paraît hantée. Tout est aseptisé, les sols soigneusement astiqués jusque dans les moindres recoins. Les chambres sont toutes décorées de meubles contemporains, avec ici et là quelques antiquités. De plus en plus intrigué, il entre dans la chambre d'Amanda Fortini. Le lit est fait, voilé de moustiquaires qui tombent du plafond. Il regarde dans sa penderie et trouve une pile de tongs et d'espadrilles, des jupes légères et une robe à paillettes. Au mur, des photos punaisées sur un panneau montrent la jeune femme entourée d'amis, les cheveux blonds et le sourire fluo. On a l'impression qu'elle n'a jamais douté de rien, mais Solomon sait par expérience que les apparences sont parfois trompeuses. Il inspecte de nouveau la chambre, à la recherche d'objets personnels. Sur la coiffeuse, un coffret à bijoux est posé à côté d'une boîte de maquillage, il n'y a pas de téléphone portable.

Sur la table de chevet, une brochure sur le projet de restauration de la barrière de corail dont tout le monde parle sur l'île. Les pêcheurs ont beau s'efforcer depuis des années de ne pas abîmer l'atoll de corail, le combat est perdu d'avance. Bientôt, les vivaneaux, les homards et les langoustes qui figurent sur tous les menus des Îles du Vent n'auront plus de zones de reproduction. Si le corail meurt, le moyen de subsistance des insulaires disparaît également. La plupart d'entre eux savent gré à Lily Calder d'employer son énergie à défendre une juste cause.

Ce n'est qu'en écartant la moustiquaire que Solomon remarque quelque chose de bizarre. Un gros morceau de corail de trente centimètres de long est posé sur le lit, répandant du sable sur les draps propres. Il est d'un blanc immaculé et lorsque Solomon le prend, il semble fragile entre ses doigts ; ses vrilles délicates commencent à s'effriter. Son odeur saline est très prononcée. Il est entaillé de deux flèches croisées gravées au couteau. Pourquoi Amanda Fortini irait-elle salir ses draps avec du corail incrusté de sable ? Elle aurait pu le laisser sur sa coiffeuse, par exemple. Le morceau de corail à la main, Solomon va jeter un œil dans la salle de bains attenante. À part les effluves d'un parfum citronné qui s'estompent déjà, elle est totalement impersonnelle.

Tant de questions se bousculent dans la tête de l'inspecteur Solomon Nile quand il quitte la villa qu'il en oublie de dire au revoir à la domestique qui balaie toujours la terrasse, mais l'affront n'échappe pas à celle-ci et il s'éloigne sous un torrent de jurons créoles.

3

J'attrape de justesse le vol pour Sainte-Lucie qui part de Gatwick l'après-midi même. Je sais pertinemment que Jasper va être contrarié. Il préférerait que j'aille visiter son chantier au lieu de sauter dans le dernier avion pour Moustique. Mais la première de mes priorités est de soutenir Lily et m'assurer que les préparatifs de son anniversaire se déroulent comme prévu. Une fois que je serai certaine que tout est réglé, je pourrai me baigner et me dorer au soleil à loisir jusqu'à ce que Jasper vienne m'aider.

Quand nous décollons, l'Angleterre est noyée dans une grisaille sinistre, mais je sens que déjà, je commence à me détendre. La princesse Margaret voyait dans chaque vol l'occasion d'échapper un moment aux obligations royales et au feu des projecteurs et j'ai bien l'intention d'en faire de même. Je me laisse transporter par une lecture audio de *Raison et Sentiments*, néanmoins, au bout de quelques heures, le passé m'appelle. Impossible de me concentrer.

Je me souviens comme si c'était hier de la période qui a précédé l'arrivée de Lily dans notre vie. Il y a seize ans, sa mère, Emily Calder, qui venait de divorcer et occupait une des villas voisines, était une de mes meilleures amies. Elle avait une trentaine d'années, un doctorat de Harvard et une réputation grandissante de spécialiste de la conservation marine. Emily passait tous les étés sur Moustique à travailler sur la barrière de corail. Tout le monde l'adorait, car elle était drôle, charismatique et intelligente. J'ai été ravie de devenir la marraine de Lily quand elle avait cinq ans. La petite était adorable et s'amusait à barboter dans notre piscine, là où elle avait pied, pendant que je bavardais avec Emily après ses longues journées en mer. Elle parlait à peine de son divorce, mais je regrette encore de ne pas avoir repéré les signaux d'alarme. C'est chez moi qu'Emily a dû boire son dernier cocktail avant de rentrer et d'aller se noyer pendant que Lily dormait, sans rien laisser qui puisse expliquer son suicide. On n'a jamais retrouvé aucune trace d'elle, si ce n'est son paréo soigneusement plié sur Macaroni Beach. Je n'ai jamais compris. Emily était jeune et belle, elle avait plein d'amis à qui se confier et elle a tout gâché en abandonnant Lily à son sort. Elle devait lutter contre la dépression en secret, je ne vois pas d'autre explication. Si elle a écrit une lettre pour expliquer son geste, celle-ci a disparu, laissant sa fille sans un mot de réconfort.

Jasper a vite été d'accord pour que nous élevions la fille d'Emily. Il a un côté juvénile qui lui permet d'apprécier la compagnie des enfants et les nôtres avaient déjà quitté le nid. Ils ont aussitôt accepté la présence de Lily, mais son enfance a été assombrie par la mort de sa mère puis par l'absence de son père. Henry Calder est un magnat du pétrole, qui estime visiblement que sa responsabilité paternelle se borne à un petit trust établi à son nom et prend rarement la peine de contacter sa fille. Lily a assez d'argent pour vivre, mais elle ne sera jamais riche et n'a personne sur qui compter à part Jasper et moi. Pourtant c'est une éternelle optimiste. Elle est déterminée à sauver la barrière de corail et j'ai le sentiment que rien ne l'arrêtera.

Je sombre dans un sommeil agité, et quand je me réveille, le commandant de bord annonce que nous ne sommes plus qu'à une demi-heure de Sainte-Lucie mais que l'approche risque d'être un peu mouvementée car nous entrons dans une zone de turbulences. Le temps se recompose pendant que l'avion oscille et vibre. Sur l'île, il est à peine dix-sept heures, cinq heures de moins qu'en Grande-Bretagne.

Je songe à appeler Jasper, mais le vol m'a épuisée. Le petit aéroport est bondé de familles impatientes d'accueillir des proches à leur descente d'avion, de chauffeurs de taxi et de porteurs. Au moment où je vais m'enregistrer pour le vol suivant, j'aperçois une tête familière dans la foule. C'est Simon Pakefield, le médecin qui remplace notre cher Dr Bunbury lorsqu'il va rendre visite à sa famille en Grande-Bretagne. Je fais signe à Pakefield qui ne répond pas, alors que nous nous sommes rencontrés une demi-douzaine de fois. Pâle, le visage de marbre, les cheveux noirs en tignasse, il a un comportement étrange. Curieusement, il est très gentil quand il est au chevet de ses malades, mais il manque de savoir-vivre et préfère traiter les gens en patients qu'en amis.

Pakefield a disparu dans la foule lorsque mon vieil ami Phillip Everard se précipite vers moi. L'acteur canadien doit avoir une bonne soixantaine d'années, mais il ne les fait pas. Son visage n'a guère changé depuis l'époque où il a joué dans une dizaine de comédies qui ont eu un énorme succès à la fin des années quatre-vingt. Phillip a une beauté qui plaît aussi bien aux hommes qu'aux femmes et sa bisexualité affichée ne fait qu'ajouter à son charisme. Il a une chemise en lin bleu qui fait ressortir son bronzage, les cheveux gris coupés à ras et ses traits réguliers sont plus distingués que jamais.

« Toujours aussi chic, Phil, une vraie star.

– Ce n'est rien à côté de toi, tu es sublime. » Et avec un grand sourire, il me prend dans ses bras. « Comment fais-tu pour ne pas vieillir ?

– De bons gènes et la crème antirides de Harrods. Mais qu'est-ce que tu fais ici ?

– Lily m'a dit que tu allais arriver, alors j'ai décidé de rentrer après avoir aidé Jasper à batailler avec son architecte français, un type odieux.

– Comment va mon mari ? Il m'a l'air complètement déprimé.

– Il a besoin de se faire dorloter et pique souvent des colères, rien de bien nouveau. » Il a l'air amusé. « J'ai passé l'après-midi à chercher un cadeau d'anniversaire pour Lily.

– Et tu as trouvé quoi ?

– Des boucles d'oreilles en perles d'eau douce et un bracelet assorti. Ce n'est pas trop banal ?

– Elle va adorer.

– Heureusement que tu vas directement à Moustique sans passer voir cette horreur que Jasper fait construire.

– Ne m'en dis pas plus, chéri. D'abord, il me faut une vodka.

– On prendra un verre plus tard. Il y a des retards et nous sommes sur le dernier vol ; ils ferment l'aéroport dès que nous aurons décollé. Apparemment, une tempête tropicale se dirige vers nous. Je ne sais pas pourquoi ils s'affolent comme ça, elle est encore loin. »

Phillip me prend par la main et m'entraîne d'un pas pressé dans l'aéroport. Cela fait trente ans que nous sommes amis, depuis l'époque où il a acheté une des plus petites villas de Moustique alors qu'il aurait pu s'offrir un palais avec tout l'argent qu'il avait gagné à Hollywood. Il cherchait un refuge pour échapper aux paparazzi, mais son humilité est telle qu'il n'a jamais voulu d'un décor fastueux. Phillip a toujours été le boute-en-train de toutes les fêtes, mais cela fait un moment qu'il a levé le pied. Je ne sais pas depuis combien de temps il n'a pas travaillé. En le voyant s'occuper de notre correspondance, l'air professionnel et sérieux, je l'imagine dans le rôle d'un avocat noble défenseur des droits de l'homme, ou d'un président américain distingué. Il change soudain d'humeur lorsque nous approchons du petit avion qui nous attend sur la piste.

« Je t'ai dit que Jose était bizarre en ce moment ? C'est un bon jardinier, mais il me suit partout du matin au soir.

– C'est embêtant.

– Qu'est-ce que je dois faire ?

– Je peux lui parler, si tu veux.

– Je ne veux pas faire peur à ce pauvre garçon, seulement qu'il arrête de jouer les gardes du corps. »

Jose Gomez travaille pour Phillip et moi depuis cinq ans en se partageant entre nos deux jardins. Ce jeune homme a la main verte mais il est muet de naissance. Je l'entends parfois siffloter quand il tond la pelouse, mais il n'a jamais prononcé un mot. Phillip semble soulagé d'un poids et me prend de nouveau la main au moment où la navette aérienne qui dessert l'île s'apprête à décoller.

« Je n'ai rien dit à Lily, pour la fête, et pourtant, ce n'est pas l'envie qui m'en manque. Elle est fascinée par le bon vieux temps. Les fêtes de Moustique sont légendaires pour elle.

– Celle-ci doit toutes les surpasser ; elle a besoin qu'on booste son ego. Nous avons demandé à des couturiers de Sainte-Lucie de faire des dizaines de costumes sublimes pour nos invités, y compris toi.

– Il y a un thème ?

– On va l'appeler le bal de la Lune, parce qu'elle sera pleine ce soir-là et j'espère que le ciel sera dégagé. Je veux que l'île brille en l'honneur de Lily.

– Je ne connais personne qui prenne l'organisation d'une fête autant au sérieux que Jasper et toi. Je me rappelle qu'il y a des années de ça, tu étais allée au Kerala pour acheter des costumes et des accessoires. Tu avais même loué un yacht pour que les invités puissent s'habiller au large et arriver en tenue sur la plage. Vous aviez mis des semaines à construire ce palais sur la pelouse.

– Lily a des goûts plus simples que nous, mais ça m'est égal. Tout le monde vient : des membres de la famille royale, des top models, des rockstars, et toi, bien sûr. » Je lui souris à nouveau.

« Il n'est jamais trop tard pour m'épouser.

– Jasper ne m'accorderait jamais le divorce et au premier joli garçon ou à la première jolie fille qui passe, tu me quitterais. »

Assis trois sièges devant nous, le Dr Pakefield regarde par le hublot, perdu dans ses pensées. Quand on décolle dans un avion à dix places, on a l'impression d'être catapulté dans les airs, mais la perspective de retrouver Moustique au bout du voyage rend l'inconfort supportable. Le crépuscule tombe et le commandant doit avoir hâte d'arriver sur l'île, car il est interdit d'atterrir de nuit. Les lumières artificielles de Sainte-Lucie s'éloignent à mesure que nous volons vers le sud, au-dessus des kilomètres d'océan qui ondulent sous nos pieds.

J'ignore pourquoi, mais un frisson me parcourt l'échine quand l'île apparaît au loin ; les arbres et les broussailles y sont encore si denses qu'elle ressemble à une émeraude flottant sur un écheveau de velours bleu marine. J'ai encore en mémoire la nature vierge de l'île à notre arrivée, les vaches et les chèvres sauvages qui couraient dans la jungle, les nuées de moustiques. Notre avion passe à ras du plus haut sommet de Moustique et Phillip m'agrippe de nouveau la main quand nous tombons comme une pierre sur la minuscule piste.

4

Quelques minutes après l'atterrissage, la nuit s'abat sur l'île. On distingue à peine la plaine qui s'étend au centre de Moustique et appartenait autrefois à une ancienne plantation de coton, encore entourée de palmiers vieux de deux cents ans. Retrouver la chaleur familière et le doux parfum des orchidées me comble de bonheur. Le personnel nous attend devant le petit terminal pour nous accueillir et le bâtiment en dit long sur l'ambiance détendue qui règne sur l'île. En haute saison, c'est un défilé ininterrompu d'hôtes prestigieux qui débarquent ou repartent et pourtant, il conserve sa simplicité. Son toit pointu est couvert de feuilles de palmier et au-dessus de deux petites portes sont accrochés des panneaux grossièrement peints à la main indiquant « Arrivées » et « Départs ». Le directeur de l'aéroport me salue de la tête sans prendre la peine de vérifier mon passeport, comme si j'étais encore propriétaire de l'île. Il s'enquiert de Lord Blake avec une grande courtoisie et bien que la gentillesse des gens d'ici à mon égard me fasse chaud au cœur, les échanges de civilités durent si longtemps que je suis soulagée de sortir du terminal.

Mon majordome a laissé mon buggy dans le parking, qui n'a que quelques places. En temps normal, à Moustique, je me déplace partout à pied, mais ce soir, quand je prends la direction de la villa de Phillip, je suis contente d'avoir un moyen de locomotion. Sur la route, le parfum de l'île m'emplit les poumons : la douceur des feuilles en décomposition, l'air marin et des effluves de paprika qui s'échappent d'une cuisine. Mais Moustique a changé depuis la dernière fois où je suis venue, il y a six mois. Les chemins bordés de filaos et de sous-bois luxuriants ont été pavés et bientôt, toute l'île sera quadrillée d'élégantes allées qui remplaceront les chemins de sable que j'aime tant. La plupart des maisons de mes amis sont vides. La propriété de Mick Jagger n'est pas éclairée, ce qui signifie qu'il ne régnera pas la même effervescence et que nous ne verrons pas les matchs de cricket qu'il organise à l'improviste. La villa de David Bowie est également plongée dans l'obscurité, si bien que les virées au Basil's Bar ne seront pas aussi amusantes que d'habitude, du moins jusqu'à ce qu'ils viennent tous les deux pour l'anniversaire de Lily.

La villa de Phillip est à l'ouest de la mienne et donne sur Plantain Bay. C'est une des rares maisons de Moustique à ne pas avoir de clôture pour la protéger des vents qui battent l'île à la saison des ouragans. Son nom vient des jacarandas encore chargés de fleurs violettes qui l'entourent. Jacaranda est un cottage discret en bois blanchi avec un toit d'ardoises. Il est à l'image de Phillip qui adore sa simplicité et n'emploie que deux personnes – une vieille domestique et Jose pour s'occuper de son jardin. Il me propose d'entrer prendre un verre, mais j'ai hâte de voir Lily et l'invite plutôt à venir déjeuner demain, pas trop tôt. Il promet d'apporter des mangues fraîches de son jardin puis me souhaite une bonne soirée.

Je ralentis pour profiter de la paix qui règne dans les bosquets touffus. Il n'y a aucune trace de présence humaine, rien que les moustiques qui ont donné leur nom à l'île et les cigales qui crépitent comme des applaudissements. C'est le son que je me plais à imaginer quand je suis en Angleterre, ce léger bourdonnement qui m'endort le soir. Soudain, un autre bruit se fait entendre derrière moi : des pas lents et réguliers, mais quand je me retourne, je ne distingue qu'une masse sombre de palmiers et les étoiles qui luisent dans le ciel. Les pas s'arrêtent un instant, puis se rapprochent.

« Qui est là ? Montrez-vous ! » dis-je.

Simon Pakefield émerge des sous-bois. Les épaules courbées comme un écolier s'attendant à être puni, son embarras se devine à vingt mètres.

« Comment allez-vous, Simon ? Je voulais vous saluer dans l'avion, j'ai essayé d'attirer votre attention, mais vous étiez perdu dans vos pensées.

– Désolé, Lady Vee. » Il esquisse un sourire gêné. « Je ne vous ai pas vue.

– Ça ne fait rien, venez, je vous raccompagne. »

Le médecin monte dans le buggy, visiblement plus détendu. Nous allons dans la même direction car il s'installe toujours dans la villa du Dr Bunbury quand celui-ci s'absente. Pakefield m'explique qu'il compte mettre à profit ses deux mois sur l'île pour poursuivre la tâche de notre médecin, réunir des fonds afin d'acquérir un nouvel appareil de radiologie et moderniser la petite clinique du centre médical en achetant des lits et du mobilier.

– Formidable, je vais organiser une collecte de fonds. Votre femme vous a-t-elle accompagné cette fois ?

– Chloe est restée avec les enfants ; nous ne voulions pas les déraciner une fois de plus.

– Dommage. Venez donc dîner à la maison, un de ces soirs ; ce n'est pas bon de vivre en ermite.

– C'est très aimable, mais je suis très occupé, avec mes patients.

– Fixons tout de même une date, nous serions ravis de vous voir. »

Une fois à l'embranchement, le médecin me salue et regagne sa villa d'emprunt. Il me fait pitié. Simon Pakefield dépend de l'aisance de sa femme en société ; il aura besoin de soutien durant son séjour pour éviter d'être isolé. Cette rencontre m'a rassurée et je me dis que Lily s'est probablement fait des idées, personne ne l'a suivie. Je m'étonne encore qu'elle ait choisi de retourner à Moustique après être rentrée de Californie cet été. Malgré tous les souvenirs douloureux que l'île lui évoque sans doute, elle tient à se servir du bateau que sa mère utilisait pour ses travaux et à reconstituer l'association de restauration de la barrière de corail. Je n'ai aucune intention de l'arracher à son projet, mais j'aimerais parfois qu'elle puisse oublier le passé.

Une bouffée de joie m'envahit quand j'aperçois enfin Eden House à travers l'enchevêtrement de branches. Jasper a baptisé notre villa avant même que la première brique ne soit posée, c'était paradisiaque de vivre dans le luxe après avoir campé sous la tente au début. Vue de loin, la maison de deux étages est impressionnante, surtout la nuit, avec ses hautes fenêtres qui scintillent sur la façade. Elle a été dessinée par l'architecte Oliver Messel, célèbre pour son sens de la théâtralité et son style colonial. La bâtisse d'un blanc immaculé possède ce mélange de modernité et de classicisme qui est sa marque de fabrique, un toit orné de riches boiseries et des balcons délicats au dernier étage. Avec sa majestueuse terrasse en marbre, elle est si romantique qu'elle pourrait servir de décor à un film sur Roméo et Juliette. Les jardins sont également magnifiques, les lumières extérieures brillent en bordure de la pelouse, de l'autre côté de la piscine, et notre pool house en bois vient d'être repeint.

J'entre et j'appelle Lily, mais personne ne répond, ce qui n'a rien d'étonnant. Les domestiques ont fini leur journée et mon vol a été retardé. Bien que l'élégance discrète des lieux soit toujours aussi accueillante, un curieux sentiment de malaise m'assaille. Peut-être est-ce parce qu'il est rare que je me retrouve seule dans la maison que nous adorons depuis tant d'années, Jasper et moi. Ou à cause du long voyage que je viens de faire. Je n'y pense plus et fais le tour du rez-de-chaussée. J'ai moi-même choisi la décoration en me faisant un peu aider par mon ami Nicky Haslam qui a un goût très sûr. Les pièces ont de hauts plafonds et des murs blancs qui exaltent la lumière. Le moindre recoin est empli d'objets que j'ai rapportés de mes voyages avec Jasper et la princesse Margaret en Inde et dans les Caraïbes. Aux murs sont accrochés de grands miroirs avec des cadres en argent gravés de figures mythiques par des artisans de Jaipur il y a des siècles. À l'étage, je me sens déjà mieux. Les vêtements que j'ai laissés la dernière fois sont rangés dans ma penderie et c'est toujours un plaisir de voir notre collection de tableaux. Le paysage pittoresque que j'ai acheté à une artiste locale pétille de couleurs au-dessus du lit et le vase délicat que j'ai déniché au Japon est sur la table de chevet, attendant d'être orné de fleurs.

Je pourrais aller voir si Lily n'est pas au Basil's Bar, mais je n'ai pas le courage de me coiffer et de changer de robe. Je flâne dans le couloir en caressant des objets que je n'ai pas vus depuis longtemps. Par la porte entrouverte, il me semble que la chambre de Lily est moins en désordre que d'habitude. À part une vieille paire de sandales qui traîne à côté d'un tas de serviettes de plage, elle est bien rangée. Elle n'a pas changé la décoration depuis qu'elle est petite et tout dans la pièce trahit sa passion pour la mer. Un grand requin blanc jaillit d'un poster placé au-dessus de son lit et une carte montrant les différentes espèces de poissons tropicaux est punaisée au mur à côté d'une photo sous-marine d'un récif corallien florissant.

Je redescends et éteins les lumières de la piscine puis m'installe dans un transat. Rien ne vaut la magie d'un ciel étoilé ; l'univers scintille avec ses millions d'étoiles semblables à des éclats de strass éparpillés sur un immense tableau noir et la lune qui trace un sillon à la surface de l'océan. Seuls résonnent un vieil air de calypso qui s'échappe d'une villa, des rires lointains et le chœur nocturne des anhingas. C'est merveilleux de se prélasser dans la chaleur des tropiques, loin du froid automnal du Norfolk. Cet endroit m'évoque tant de souvenirs que déjà, je me détends. Nous passions de longs moments ici, la princesse Margaret et moi, à contempler le coucher du soleil, les yeux rivés sur l'horizon, en espérant apercevoir le mythique rayon vert qui est censé apparaître à l'instant où le soleil se retire.

Soudain, j'entends des pas dans l'allée. À leur cadence frénétique, je comprends que quelque chose ne va pas. Ma filleule s'arrête devant moi, à bout de souffle. C'est devenu une véritable beauté ; avec son corsaire blanc et son haut sans manches, elle ressemble à Audrey Hepburn, en plus grande, avec ses cheveux noirs coupés très court et ses yeux bleu océan. En l'espace d'une seconde, le visage de Lily s'illumine. Quand je me lève, elle me serre dans ses bras puis se recule pour m'inspecter, les mains posées sur mes épaules.

« Je suis tellement contente que tu sois là.

– Ça va, ma chérie ? dis-je. Pourquoi courais-tu comme ça ?

– J'ai paniqué, en rentrant. J'ai encore été suivie. »

Lily a l'air si vulnérable que j'en oublierais presque qu'elle est adulte. Elle a vécu trois ans aux États-Unis toute seule en se débrouillant à merveille.

« Tu aurais dû me dire à quelle heure tu arrivais. Je serais venue te chercher à l'aéroport. J'espère que tu ne t'es pas dépêchée de venir à cause de moi.

– Pas du tout, mais j'avais hâte de te voir et de retrouver l'île.

– Achète-toi un portable, s'il te plaît. Ça nous simplifierait tellement la vie.

– Je ne supporte pas ces sonneries stridentes. Tu étais au Basil's ?

– Je suis passée au Cotton House pour essayer de trouver Amanda, mais personne ne l'a vue. »

L'anxiété perce de nouveau dans sa voix.

« Vous vous voyez souvent depuis qu'elle est arrivée ? »

Lily hoche vigoureusement la tête. « Elle est toujours pareille, pleine d'une énergie incroyable, je n'ai jamais vu une fille aussi volubile.

– Tu as été voir la sécurité ?

– J'y suis allée à l'heure du déjeuner, mais il n'y avait personne. Tu savais qu'il n'y avait qu'un seul policier pour patrouiller sur l'île ?

– C'est parce qu'il n'y a jamais de délits, ici. On le connaît bien, Jasper et moi. Il s'appelle Solomon Nile. Il sort d'Oxford, c'est probablement le garçon le plus intelligent de Moustique.

– Je l'ai trouvé bien trop nonchalant, au téléphone. C'est

la première fois qu'Amanda me fait faux bond ; elle me l'aurait dit, si elle avait prévu autre chose. On s'est vues presque tous les jours, cet été. » Lily baisse les yeux. « Il y a quelques jours, quelqu'un a écrit un truc horrible sur la coque de mon bateau, *Quitte Moustique ou crève comme le corail.*

– Mais pourquoi tu ne me l'as pas dit ? Je serais venue plus tôt.

– Je ne voulais pas t'inquiéter. Les frères Layton l'ont vu avant que je ne gratte la peinture, mais ça n'a pas eu l'air de les déranger plus que ça.

– Solomon n'est pas comme eux, il va trouver où ton amie se cache en un rien de temps.

– Espérons. » Lily se laisse tomber dans le transat à côté du mien et balance ses sandales de plage comme quand elle était petite.

« Phillip m'a dit que Jose était bizarre, depuis quelque temps. Tu as remarqué quelque chose ? »

Lily paraît étonnée. « Il m'a l'air normal, il est même génial. Il passe les trois quarts de son temps libre à m'aider sur le bateau.

– Fais attention, ma chérie. Il a toujours eu le béguin pour toi. »

Elle est amusée. « N'importe quoi, Vee. Il est exactement comme toi et moi, sauf qu'il ne peut pas parler. C'est la seule différence.

– Je m'inquiète, c'est tout.

– Raconte, dit-elle en me serrant la main. Comment va tout le monde ? C'est fou comme vous me manquez tous. »

Elle m'écoute d'un air ravi lui donner des nouvelles de la famille. Elle va être enchantée quand ils seront tous là pour son anniversaire.

« Je n'aurais probablement pas dû réagir comme ça en entendant des bruits dans la jungle. Je suis un peu à cran.

– C'est difficile pour toi, à cette période de l'année, n'est-ce pas ?

– Je ne pense pas tant que ça à l'anniversaire de la mort de maman, mais j'ai des problèmes avec ma demande de bourse. Si la Société océanographique ne renouvelle pas notre subvention, l'association devra dépendre de sponsors privés.

– Nous pouvons augmenter notre donation, Jasper et moi.

– Vous êtes déjà bien trop généreux. » Elle contemple le large. « Ça peut sembler bizarre, mais je me sens plus proche de maman, maintenant que je passe plus de temps sur le bateau pour poursuivre ce qu'elle a commencé. Tu crois qu'elle aurait été contente ?

– Emily était passionnée par la faune marine, comme toi, mais elle avait une grande ouverture d'esprit. Quelle que soit la voie que tu aurais choisie, elle aurait été heureuse, du moment que c'était celle qui te plaisait.

– Comment ça se fait qu'elle me manque alors que je n'ai presque aucun souvenir d'elle ?

– C'est naturel.

– Tu as été une vraie mère pour moi, Vee, et Jasper est fantastique, lui aussi. C'est peut-être un excentrique, mais il est toujours gentil avec moi.

– Tu es si attachante, Lily. »

Elle se penche vers moi et scrute mon visage. « Tu étais tellement triste après la mort de la princesse Margaret. Tu vas mieux ?

– Je pense à elle tous les jours, mais c'est bien normal. Nous avons passé plus de temps ensemble que la plupart des couples. »

Nous nous taisons et laissons la place au bourdonnement des insectes. Nous regardons dans la même direction, les étoiles qui brillent à la surface de l'océan. Je me suis disputée avec Jasper pendant des mois au sujet de l'emplacement de notre villa. Je désirais vivre du côté abrité de l'île, sur la mer des Caraïbes, mais il insistait pour que nous donnions sur l'Atlantique déchaîné. Jasper voulait observer toutes les tempêtes se former à l'horizon avant qu'elles n'arrivent. Je dois bien admettre qu'il avait raison. Je suis toujours aussi fascinée par le spectacle de l'océan et j'ai passé d'innombrables soirées sur la terrasse à regarder le ciel s'assombrir au-dessus du rivage, en contrebas de la villa. Mais la disparition subite de l'amie de Lily me préoccupe. Et si une nouvelle menace s'annonçait, capable de surgir de n'importe où ?

Je chasse cette idée de mon esprit pour me concentrer sur Lily et la taquine en lui demandant quand elle compte se trouver un petit ami. Elle est drôle et volubile, exactement comme sa mère, et n'est pas consciente de sa beauté, ce qui rajoute encore à son charme. Deux heures se sont écoulées sans que je voie le temps passer et le voyage se fait sentir. L'idée de bavarder encore un peu est tentante, mais nous avons tout un mois pour profiter l'une de l'autre. Je rappelle à Lily de fermer à clé la porte d'entrée avant de monter et lui souhaite bonne nuit.

Juste avant de me coucher, je jette un dernier coup d'œil dehors, attirée par le clair de lune qui entre par la fente des rideaux. Le ciel est si dégagé que je distingue les cratères de la lune bien plus clairement qu'au Royaume-Uni et la ligne blanche qu'elle dessine sur l'océan. Tout est calme, quand soudain, je perçois du mouvement dans le jardin. Il y a quelqu'un sur la pelouse, à moitié caché derrière les arbres, qui avance d'un pas lent. Je retiens mon souffle jusqu'à ce qu'il émerge de l'ombre. C'est Jose Gomez, mon jeune jardinier. Il s'arrête un instant dans l'allée, le visage argenté par la lune, puis lève la tête vers ma fenêtre. Il disparaît en un clin d'œil je ne sais où. Pourquoi un de nos employés traîne-t-il du côté de la villa la nuit, alors qu'il a fini son service depuis des heures ?

5

Dimanche 15 septembre 2002

Solomon se réveille à l'aube au milieu d'un cauchemar. Il revit la scène du crime d'Oxford presque toutes les nuits, bien qu'à l'époque, son supérieur l'ait forcé à consulter un psychologue pendant des semaines. Il a envisagé de quitter la police, mais son nouveau poste devrait lui permettre de décider s'il préfère rester dans le métier ou rendre son tablier.

Ça lui fait encore un drôle d'effet d'être de retour dans la case où il a grandi. Elle est au centre de Lovell, un village de petites habitations en bois éparpillées à flanc de colline. La première chose qu'il voit ce matin, c'est le corail qu'il a trouvé dans la chambre d'Amanda Fortini. Il est posé sur le rebord de sa fenêtre, répandant son odeur d'algues. Il est aussi cassant qu'un os sec, et pourtant, avant, il débordait de vie, chacune de ses branches était un organisme distinct. Solomon examine soigneusement la structure en passant le doigt sur les flèches incurvées, puis la repose sur le rebord de la fenêtre. Il balaie la chambre du regard, avant d'attraper une serviette sur la chaise. Enfant, c'était son sanctuaire, il y a passé d'innombrables heures à préparer ses examens et rêver à son avenir. Le bureau que son père lui a fabriqué avec des caisses d'ananas est toujours coincé entre la porte et le petit lit, adapté pour un enfant de douze ans, mais pas pour un adulte. Il n'a qu'un crochet derrière la porte pour suspendre ses vêtements. On est loin de l'appartement luxueux qu'il partageait avec deux autres policiers dans le centre-ville d'Oxford, et pourtant, dans le fond, il est heureux d'être revenu chez lui. La pollution de la ville lui laissait un goût amer dans la bouche et les nuits s'accompagnaient du vacarme des poids lourds sur le périphérique au lieu d'être bercées par la lente pulsation de la mer. Le dénuement dans lequel il vit lui semble approprié : il n'a pas été puni pour l'erreur qu'il a commise au Royaume-Uni et c'est donc une forme de justice naturelle.

Solomon se dirige vers la salle de bains, quand il entend un faible gémissement. Il sort, encore en caleçon, et trouve Lyron allongé dans la véranda, qui marmonne dans son sommeil. Ce n'est pas la première fois que son frère qui a vingt-trois ans s'endort là après avoir fait la fête toute la nuit. Solomon retourne à l'intérieur chercher une carafe d'eau avec des glaçons du congélateur. Avec une certaine satisfaction, il déverse l'eau glacée sur la tête de son frère qui se redresse aussitôt en l'injuriant.

« La ferme, Ly. Tu vas réveiller les voisins.

– Salaud.

– Baisse d'un ton, je te dis. »

Solomon s'appuie avec nonchalance contre le mur et regarde son frère se relever précipitamment en s'essuyant les yeux. Ils n'ont que sept ans d'écart, mais Lyron se comporte encore comme un gamin. Solomon s'est résigné au fait que son frère était le plus beau, et lui le plus fort. Lyron a quelques centimètres de moins que lui, un physique élancé de joueur de basket et des pommettes hautes. Mais ce n'est pas le moment de lui faire des compliments alors qu'il est train de l'abreuver d'insultes.

« Un de ces jours, je vais te casser la gueule.

– Tu n'as jamais réussi. » Solomon lui sourit aimablement.

« Attends voir, espèce de taré.

– Je te rappelle que papa est malade. S'il y a bien une chose dont il n'a pas besoin, c'est que tu rentres tous les soirs complètement bourré.

– Ne me donne pas d'ordres, Sol. Tu n'es pas le chef, ici.

– Écoute-moi, pour une fois dans ta vie. Tu dépenses tout ce que tu gagnes en alcool et en filles et moi, en médicaments pour papa. Quand est-ce que tu vas contribuer ? »

Lyron est soudain penaud et sa colère s'estompe. « Combien il lui faut ?

– Six cents par mois.

– Chacun ? »

Solomon acquiesce de la tête. « La nourriture coûte cher, et il faut faire des travaux dans la maison.

– C'est les trois quarts de mon salaire.

– Idem pour moi. Si tu as une autre solution, dis-le-moi. »

Dans le regard de Lyron, toute agressivité a disparu ; il attrape la serviette de son frère et se sèche la figure et les cheveux avant de la jeter par terre. Les deux hommes s'asseyent l'un à côté de l'autre sur les marches sans dire un mot. Solomon regarde son frère de profil, il a l'air plus vieux et pour une fois, il n'a pas son sourire moqueur. Il se souvient des larmes de Lyron le jour où il est parti au Royaume-Uni, laissant derrière lui l'enfant de onze ans. Il est triste de ne plus être aussi proche de lui, mais il y a désormais un tel fossé entre eux qu'il voit mal comment il pourrait le combler. Il aimerait retrouver leur camaraderie d'autrefois, mais ils ne parlent plus la même langue.

« Pourquoi tu perds ton temps, Ly ? Tu es trop intelligent pour travailler dans un bar. Je croyais que tu voulais devenir pilote.

– Il n'y a personne pour me payer des études. Et au cas où tu ne l'aurais pas remarqué, il n'y a pas de boulots intéressants, ici. Préparer des cocktails, c'est encore ce qu'il y a de mieux ; au moins, je touche plein de pourboires.

– Va t'installer à Saint-Vincent pour suivre des cours du soir. Il faut que l'un de nous gagne bien sa vie.

– Je ne suis pas très futé, n'oublie pas. C'est toi qui es bardé de diplômes, pas moi.

– Mais qu'est-ce que tu racontes ? Tu es aussi intelligent que moi, c'est juste que tu es trop paresseux pour te servir de ton cerveau. » Solomon lui donne une petite bourrade sur l'épaule. « C'est ton tour d'accompagner papa à l'église, mais va prendre une douche d'abord, tu pues le bourbon et les clopes. »

Lyron ne l'écoute pas. « Il paraît qu'une femme a disparu. C'est vrai ?

– Oui. Amanda Fortini. Elle avait rendez-vous avec une amie vendredi soir, mais elle n'est pas venue.

– Qu'est-ce qui lui est arrivé ?

– Avec un peu de chance, je le saurai aujourd'hui.

– Il n'a pas pu lui arriver malheur, au moins ? Il ne se passe jamais rien de grave, ici. »

Solomon est étonné de voir son frère aussi tendu. Jusqu'ici, il ne s'était jamais vraiment intéressé aux propriétaires de villa, sauf que la jeune Amanda a dû aller souvent au Basil's Bar pendant l'été. Lyron lui a sûrement préparé des cocktails presque tous les soirs, mais il se lève brusquement et rentre à l'intérieur avant que Solomon n'ait le temps de l'interroger sur la disparue.

Il s'apprête à en faire de même quand on lui fait signe

d'une case voisine. La maison de Mama Toulaine se distingue de toutes les autres, à Lovell ; on devine sans peine que c'est une artiste aux géraniums d'un rose éclatant qui fleurissent sa petite véranda et à la façade aux couleurs de l'arc-en-ciel. Même s'il s'agit d'une amie de son père, il ne connaît pas son prénom. Les enfants de Lovell doivent appeler tous les aînés du village Mama et Papa en signe de respect. Solomon ne sait pas pourquoi Mama Toulaine l'appelle, mais il lui répond d'un signe avant de rentrer à l'intérieur. Il ne va tout de même pas lui rendre visite en caleçon.

Il se lave rapidement et enfile son uniforme bien qu'il ne soit que sept heures du matin. Quand il arrive chez elle, Mama Toulaine est occupée à arroser ses plantes. C'est une dame plantureuse vêtue d'un caftan écarlate, le visage auréolé d'un nuage de boucles grises, encore belle malgré son âge. Mama est originaire de Sainte-Lucie et l'invite en créole français à s'asseoir pendant qu'elle va chercher du café. Quelque chose dans son attitude fait qu'il est impossible de lui désobéir. La vieille dame s'affaire à l'intérieur avec une lenteur majestueuse, le laissant examiner sa véranda. Les habitants de Lovell racontent qu'elle pratique l'obeah, une forme de vaudou encore répandue sur Sainte-Lucie. Solomon est presque sûr que la canne appuyée dans le coin est un coco-macaque, un instrument de magie orné de plumes et de crânes peints utilisé pour jeter des sorts. Autour de lui, tout témoigne du talent artistique de Mama. Un tableau représentant Britannia Bay est appuyé contre le mur, le sable scintillant au soleil. Il a toujours voulu en offrir un à son père, mais les œuvres de Mama se vendent à présent une fortune dans de grandes galeries américaines.

Il s'installe dans un transat turquoise et attend que Mama

revienne. Quand elle lui met dans la main une tasse d'un épais breuvage noir, il est trop tard pour lui avouer qu'à présent, il prend son café avec du lait et non à la créole. Le breuvage a un goût de chicorée si amer que Solomon grimace à la première gorgée, mais Mama est trop occupée à papoter pour s'en apercevoir. Elle lui parle de ses enfants qui travaillent à Saint-Vincent et la Grenade, puis de sa dernière exposition, et au bout d'un moment, il conclut qu'elle voulait simplement bavarder.

« Je suis ravi de vous avoir vue, Mama, mais il faut que j'aille travailler. Merci pour le café.

– Attends une minute. » Elle lui fait signe de rester assis. « Vendredi, je suis descendue à Britannia Bay avec mon chevalet pour peindre la mer au lever du soleil. La petite Fortini était là-bas. » Elle prend le tableau appuyé contre le mur et le lui tend. « Elle était jolie, je l'ai représentée dans mon tableau. »

Solomon examine de nouveau la scène et voit une petite silhouette aux cheveux dorés vêtue d'un bikini rouge. Il remarque l'immense yacht qui flotte à l'horizon dans la lumière rosée.

« Qu'est-ce qu'elle faisait ? »

La vieille dame plisse le visage. « Elle est allée nager en direction du bateau et j'ai continué à peindre. Quand j'ai levé les yeux, elle avait disparu. Je me suis dit qu'elle avait dû monter à bord ou rejoindre la baie d'à côté.

– Elle n'est pas revenue ?

– Je suis restée deux heures et je n'ai rien vu, à part une vedette qui fonçait à toute allure. Je ne savais pas qu'elles pouvaient aller aussi vite.

– Elle venait du yacht ?

– Difficile à dire, j'étais éblouie par le soleil. Elle pouvait aussi venir du Basil's ou d'une des villas.

– Merci pour votre aide.

– Une dernière chose avant que tu partes. » Elle baisse la voix, l'air soudain féroce. « Je suis contente que ce soit toi qui fasses la loi, à présent, tu as de la jugeote, mais sois prudent.

– Ne vous en faites pas pour moi, Mama. »

L'artiste se lève brusquement. Solomon ne sait pas comment réagir lorsqu'elle pose ses mains sur son front comme pour vérifier sa température, mais il est trop poli pour s'écarter. Elle marmonne un flot de paroles en créole, à voix trop basse pour qu'il comprenne. Quand elle retire ses mains, elle a une lueur de panique dans le regard.

« J'ai essayé de lire dans ton esprit, mais à la place, j'ai vu le Guédé. Il n'arrive pas à décider si tu dois vivre ou mourir. Que tu croies ou non à l'obeah, ça ne change rien ; les dieux ne veulent pas te protéger. Défends-toi jusqu'à ce que le danger soit passé. Tu m'entends ?

– Oui, Mama. »

Elle scrute longuement son visage avant de retrouver son calme. « Ne te sauve pas tout de suite, Solomon. La vie est trop courte pour se presser. Finis ton café d'abord. »

Solomon s'arme de courage avant de vider d'un trait le fond de café. Il ne croit plus en Dieu depuis des années, mais la peur qu'il a lue dans le regard de Mama Toulaine était bien réelle. Il réussit tant bien que mal à lui dire au revoir bien qu'il ait l'impression d'avoir la bouche pleine de sable.

6

Malgré le visiteur nocturne que j'ai aperçu dans mon jardin, je me réveille avec le sourire. Ma longue nuit de sommeil n'a été troublée que par le sifflement strident d'un moustique furieux de ne pas pouvoir me piquer à travers la moustiquaire. Je suis bien décidée à parler à Jose aujourd'hui pour mettre un terme à son comportement étrange, à condition que je puisse tout d'abord aller nager. L'âge ne veut rien dire, l'exercice me maintient en forme et l'une des choses que je préfère au monde, c'est me baigner en mer.

J'enfile un maillot, noue un paréo et attrape une serviette, mais quand je sors dans le couloir, je tombe sur quelque chose d'inattendu. Un morceau de corail est posé par terre, devant la chambre de Lily ; il est blanc, calcifié et s'effrite lentement. Peut-être l'a-t-elle mis là pour me rappeler ce qui la pousse à vouloir à tout prix sauver la barrière de corail, mais c'est curieux qu'elle ait gravé à la surface un motif élaboré de lignes entrecroisées. Cette vision m'attriste. Avec Jasper, nous passions autrefois des heures avec un masque et un tuba à regarder les poulpes explorer les champs de corail rose en quête de nourriture.

Je jette un œil dans la chambre de Lily qui est vide, elle est probablement déjà là-bas.

Je descends au rez-de-chaussée, le corail à la main. Notre majordome m'attend dans l'entrée, raide comme une sentinelle. Wesley Gilbert est notre bras droit depuis vingt ans et il a gardé toute sa prestance. Je me souviens encore combien il m'a impressionnée quand il était jeune, le jour où il s'est présenté pour le poste. Il avait servi dans l'armée grenadienne et était revenu depuis peu sur son île natale. J'ai tout de suite su qu'il ferait un majordome idéal. Il a répondu à toutes mes questions avec une assurance tranquille, me donnant l'impression qu'il était en position de force dans notre conversation et sans rien révéler de sa vie privée. C'était à lui de décider s'il souhaitait ou non travailler pour nous, quand bien même je le supplierais. Aujourd'hui, il a une cinquantaine d'années, de taille moyenne, le regard vif, un beau visage d'Afrique de l'Ouest, un crâne chauve qui luit sous la lumière d'en haut. Il dirige d'une main de fer sa petite équipe composée d'un jardinier et de deux domestiques à temps partiel. Il a un caractère aussi fort que mon mari. Je devine qu'il est mécontent à son refus de croiser mon regard. Ce n'est qu'après un long silence embarrassant qu'il prend la parole.

« Vous êtes censée me prévenir de votre arrivée quelques jours et non quelques heures avant d'atterrir, Lady Vee. Comme ça, je peux m'assurer que nous avons tout ce qu'il vous faut. Vous avez beau le savoir, vous oubliez à chaque fois.

– Désolée, Wesley, j'ai décidé de venir plus tôt. Merci d'avoir déposé le buggy. Comment allez-vous et comment va votre famille ? Cela fait des mois que je ne vous ai pas vu.

– Très bien, merci. Que voulez-vous pour le petit déjeuner ?

– Je vais me baigner rapidement. Un jus de fruits et un toast à mon retour, ce sera parfait.

– Un jus de fruits ? Un toast ? » Il me sermonne, l'air encore plus renfrogné. « Comment voulez-vous tenir toute la matinée ? Miss Lily a pris des œufs au bacon avec des tomates grillées avant de descendre au bateau.

– Vous ai-je déjà demandé de me servir un petit déjeuner complet ? »

Wesley lâche un soupir agacé. « Baignez-vous autant que vous voulez, Lady Vee. Laissez-nous un peu de temps et nous allons vous trouver quelque chose de convenable. »

Dehors, une nouvelle domestique est en train de dresser une des tables avec mes plus beaux couverts et de placer des fleurs de la passion dans mon vase préféré. Je la salue d'un sourire, mais elle garde les yeux baissés, trop timide pour me répondre. Avec un calme olympien, je laisse tomber le morceau de corail dans un pot de fleurs de la terrasse. Je sais par expérience que Wesley a beau rouspéter, il est content de me voir, mais il a une réputation à tenir. Il va mettre une éternité à me servir à manger, puis le processus du pardon pourra commencer. Je le laisse régner en maître sur la maison et il ne m'a jamais déçue. Nos conversations relèvent souvent du bras de fer, mais je suis sûre que d'ici peu, nos relations seront de nouveau cordiales. Je ne regrette en rien d'avoir recruté un tel cerbère pour diriger la maison. C'est la seule personne de Moustique à part moi qui ait suffisamment de cran pour tenir tête à Jasper.

Gagnée par l'euphorie, je descends les marches qui mènent à la plage la plus proche, à cent mètres en contrebas d'Eden House. Elle est déserte, comme d'habitude, un ruban de sable blond bordé de palmiers enserrés d'un tel enchevêtrement de plantes grimpantes que la lumière a du mal à percer. La mer est calme aujourd'hui. Il n'y a pas de marées sur Moustique ; chaque jour, l'océan avance de quelques centimètres puis se retire, comme un prétendant trop timide, craignant d'embrasser la terre. Dès que j'entre dans l'eau, mes soucis s'envolent. Elle est à peine plus froide que la température du corps, juste de quoi me faire légèrement frissonner. Je m'éloigne à la nage quand quelque chose me frôle les côtes. Une tortue verte fait surface à quelques mètres. Elle me regarde d'un air étonné avant de redisparaître sous les eaux turquoise. Je fais la planche en laissant le temps s'écouler. Lorsque j'ai appris à nager à mes enfants, des milliers de tortues vivaient dans ces eaux. Nous passions des heures à ramasser des coquillages pour en faire des colliers.

Mes muscles se détendent tandis que le soleil me pénètre la peau, revigorant. Je regagne la plage et me prélasse un moment dans la chaleur. L'amour que j'éprouve pour cet endroit est resté intact au fil des années, renforcé par les souvenirs. Il tient également une place particulière dans le cœur de la Reine. Je la revois encore nager avec bonheur dans Macaroni Bay avec la certitude que personne ne viendrait la prendre en photo. Elle n'a jamais eu l'occasion de se détendre aussi pleinement, si bien que l'île garde à ses yeux une magie unique.

Je remonte à la maison d'excellente humeur, mais il n'y a aucune trace de Jose et ce n'est pas le moment de demander à Wesley d'aller le chercher car la moindre requête entraînerait de nouveaux reproches. Je profite de l'intervalle pour aller appeler mon mari, mais il m'étonnera toujours. L'impatience de la veille devant mon absence a cédé la place au désespoir. Quand Jasper apprend que je suis partie à Moustique plus tôt que prévu, il fond en larmes car il ne pourra plus me joindre tant que l'alerte tempête n'aura pas été levée. Je suis soudain prise de remords. Ce doit être affreux d'être à ce point esclave de ses émotions. J'attends qu'il arrête de sangloter, puis lui murmure quelques paroles d'encouragement, ne voulant pas raccrocher tant que je ne me suis pas assurée qu'il va mieux.

Je monte m'habiller, puis vais me promener dans le jardin, où j'admire le talent de Jose. Il fait pousser aussi bien des fruits que des fleurs ; des citrons verts et jaunes, des fruits de la passion, des avocats. J'ai essayé de cultiver des roses en arrivant ici, mais en vain. Seules les plantes les plus robustes survivent au climat tropical, comme les bougainvillées qui parsèment la pelouse de fleurs rose fluo. Je m'approche de la clôture et regarde à travers les fougères arborescentes qui camouflent la villa des Fortini, mais il n'y a aucun signe de vie. Les fenêtres sont fermées, des poignées de feuilles flottent dans la piscine et je réalise soudain l'absence d'Amanda. Paulo et Giovanna Fortini sont de bons amis, leur grande famille italo-américaine vient régulièrement sur l'île. Ce sont de célèbres philanthropes qui distribuent d'énormes sommes d'argent depuis que leur entreprise s'est développée, mais l'écart de richesse entre Amanda et Lily n'a jamais eu la moindre importance. Depuis leur enfance, les filles sont inséparables et passent chaque été à jouer ensemble ou courir à la plage rejoindre leurs amis Sacha et Tommy. Les enfants ont toujours été libres de vagabonder à leur guise. Quand l'un de mes rejetons manquait à l'appel, il y avait toujours quelqu'un pour me dire chez qui il était ou sur quelle plage il était allé faire des châteaux de sable. Un des grands avantages de l'île est qu'elle offre aux jeunes visiteurs un havre de paix. Je contemple de nouveau la villa des Fortini, espérant apercevoir Amanda à l'une des fenêtres, mais je ne vois que le reflet du soleil.

Quand je m'assieds, Wesley finit par apparaître, l'air

solennel. Il fait signe d'avancer à la jeune domestique qui garde les yeux rivés sur la nappe immaculée. Wesley exige de son personnel qu'il soit aussi muet que des enfants sages de l'époque victorienne. Une fois qu'elle a posé le plateau, il la renvoie d'un geste à la cuisine. Malgré les protestations du majordome, le petit déjeuner qu'elle a préparé a l'air délicieux : mangue coupée, yaourt grec noyé de miel et deux gros croissants.

« C'est parfait, merci Wesley. » Mon majordome s'apprête à retourner à l'intérieur quand je poursuis. « Serait-il possible de vous voir d'ici peu pour discuter de l'anniversaire de Lily ?

– Je suis à votre disposition. Le Cotton House se charge du buffet et d'installer les lumières et la sonorisation dans Britannia Bay. J'ai également réservé toutes les chambres du Firefly, comme vous me l'aviez suggéré.

– Excellent, nous peaufinerons les derniers détails plus tard. Il faut que tout soit réglé comme une horloge ; je voudrais avancer le plus possible tant que Lily n'est pas là. Pouvez-vous demander à Jose de venir me voir quand vous le croiserez ?

– Il y a un problème, Lady Vee ?

– Pas du tout, je veux juste lui toucher un mot. Le jardin est magnifique.

– Je suis content que cela vous plaise.

– Vous êtes au courant qu'Amanda a disparu ? Je me demandais si vous saviez quelque chose. »

Il fait signe que non. « Cette demoiselle ne me parle quasiment jamais. Elle aide Miss Lily sur le récif, c'est tout ce que je sais. »

Je sens sa réticence à l'égard d'Amanda, mais entre nous, la communication est encore trop fragile pour que je me hasarde à lui poser d'autres questions indiscrètes, aussi je l'informe que Phillip Everard se joindra à moi pour le déjeuner, puis il s'éloigne d'un pas majestueux. Il va mettre des heures à m'accorder un sourire, mais il sera peut-être disposé à m'en dire plus cet après-midi.

J'avale mon petit déjeuner en scrutant la mer. Il n'y a pas encore de signe annonciateur de la tempête Cristobal et la mer des Caraïbes est une étendue chatoyante de soie bleu pâle. Je suis toujours étonnée que les météorologues donnent aux ouragans de si beaux noms alors qu'ils causent d'effroyables ravages. Généralement, nous ne sommes touchés que par la queue des violents cyclones qui tourbillonnent au-dessus de l'Atlantique à la saison des ouragans, mais il est possible que celui-ci fasse exception. Cristobal longe encore la côte est des États-Unis, mais Lily a tendance à ignorer les prévisions météo. Elle va sur le récif par tous les temps, à moins qu'il n'y ait un vent de force neuf.

J'ai presque fini mon petit déjeuner lorsque Jose apparaît sur la pelouse. Je lui fais signe d'approcher alors qu'il est en train d'arroser un parterre de fleurs. Le jeune homme se précipite vers moi, son tuyau à la main, comme s'il avait l'intention de s'en servir pour se défendre. Bien qu'il ait vingt-cinq ans, de près, il a l'air d'un adolescent, avec de beaux traits créoles, une carrure athlétique, un teint doré au soleil et des cheveux bruns bouclés qui lui arrivent aux épaules. Je me souviens encore du jour où sa mère l'a amené à la villa en répondant aux questions à sa place. Elle m'a assuré qu'il était travailleur, capable de comprendre les consignes même s'il était muet, mais aujourd'hui, son regard d'ambre est troublant. Jose ne me sourit pas quand je le remercie de s'être aussi bien occupé du jardin et de la piscine. Il reste impassible lorsque je lui explique qu'il ne doit pas suivre Phillip ni venir dans mon jardin tard le soir sans raison valable. Je suis certaine qu'il a tout saisi, mais la seule émotion qu'il laisse transparaître est le soulagement quand je lui dis enfin qu'il peut disposer. Mon jeune jardinier s'empresse de partir en serrant son outil de jardinage comme un mousquet. Cette conversation me laisse un sentiment de malaise. Je n'ai jamais vraiment su ce que Jose comprenait exactement, mais j'espère que son étrange comportement va cesser ou je serai obligée de parler à sa mère, qui a déjà suffisamment à faire avec sa famille nombreuse.

Je termine mon café lorsque arrive un autre visiteur. Je ne reconnais pas tout de suite Solomon Nile, le jeune homme dont nous avons financé les études à l'université, Jasper et moi ; je suis ravie de le revoir. Je ne peux pas m'empêcher de sourire en le voyant aussi mal à l'aise dans son uniforme, la chemise si bien repassée que les plis des manches sont des lames de rasoir. Avec son physique de boxeur poids lourd, ses lunettes à fine monture dorée semblent incongrues.

« Solomon, vous n'étiez encore qu'un adolescent tout dégingandé la dernière fois que je vous ai vu. Quel plaisir de vous voir en aussi grande forme ! »

Il me tend la main, mais je me hausse sur la pointe des pieds pour l'embrasser sur la joue.

« Heureux de vous revoir, Lady Veronica. Vous nous avez manqué.

– Je vous en prie, appelez-moi Vee. J'ai appris que vous aviez décroché votre diplôme haut la main et que vous aviez décidé de rentrer dans la police. Asseyez-vous et racontez-moi tout. Nous pensions que vous poursuivriez vos études. »

Il s'installe dans un fauteuil. « J'avais même choisi un sujet de thèse, mais je me suis rendu compte que je préférais agir concrètement, je voulais faire bouger les choses. J'ai été sélectionné pour suivre une formation accélérée dans la police de l'Oxfordshire.

– Moi-même, je n'ai pas pu entrer à l'université, nous sommes tous les deux tellement fiers de vous.

– C'est grâce à vous et Lord Blake.

– Ne nous remerciez pas, Solomon, je vous en prie. Vous nous avez envoyé des dizaines de lettres et de cartes de Noël, que j'ai adorées. Votre photo de remise de diplôme est encore sur notre cheminée.

– Je ne pensais pas aller aussi loin.

– Miss Eveline disait qu'elle n'avait jamais eu d'élève aussi brillant. Vous vous souvenez d'elle, n'est-ce pas ? »

Une lueur amusée pétille dans son regard. « Nous sommes toujours en contact et elle s'est adoucie avec les années.

– Je suis ravie que vous soyez revenu, mais un peu étonnée.

– Les choses ont changé, Lady Vee. Mon père est souffrant.

– Je suis navrée.

– Il ne se plaint pas, mais la maladie de Parkinson le ralentit.

– C'est dur pour un homme aussi dynamique. Je suis sûre qu'il a toujours un cœur de guerrier, même s'il est affaibli. Il avait la réputation de se battre pour préserver les droits de pêche de l'île. Je me rappelle que Hosea et ses collègues n'y sont pas allés de main morte avec les pêcheurs concurrents venus de Bequia. J'irai le voir, c'est promis ; Hosea a toujours été un de mes amis. Mais vous êtes venu au sujet d'Amanda Fortini, n'est-ce pas ? »

Solomon sort un carnet de sa poche. Quand il lève de nouveau les yeux vers moi, son regard est semblable à un laser, précis, incisif. « Que savez-vous d'elle, Lady Vee ?

– Amanda participe au projet de restauration de la barrière de corail. C'est une des meilleures amies de ma filleule et notre voisine d'à côté.

– Pouvez-vous me décrire Miss Fortini ?

– Les gens ne voient en elle qu'une jet-setteuse parce que les magazines people l'adorent, mais malgré son jeune âge, elle devient une excellente femme d'affaires. Sa galerie de New York marche très bien ; c'est pour ça qu'elle aime venir ici tous les étés pour décompresser. C'est une véritable beauté, mais elle est intelligente et très sympathique qui plus est.

– Elle a un petit ami ?

– Il faut que vous demandiez à Lily, elle est au port d'Old Plantation. Je ne m'intéresse pas aux histoires d'amour des jeunes, cela m'épuiserait.

– Je vous comprends, Lady Vee. Je vais aller voir votre filleule.

– Restez encore un peu, je suis ravie de bavarder avec vous. Vos livres d'histoire ne vous manquent pas, Solomon ?

– Tous les jours, Lady Vee, mais le présent importe plus que le passé. » Son sourire s'illumine soudain, faisant briller ses yeux derrière leurs minces boucliers de verre.

« Parlez-moi de votre vie à Oxford.

– Volontiers, mais tout d'abord, j'ai besoin d'un renseignement. Savez-vous qui possède une vedette rapide, sur l'île ? »

Je suis obligée de fouiller dans mes souvenirs. « Il y a celle du Basil's, mon ami Phil Everard en a une, et puis aussi le Dr Bunbury et Keith Belmont. Moi, je ne supporte pas ces horreurs ; elles consomment trop de carburant et font un vacarme épouvantable. Pourquoi cette question ?

– Cela concerne l'enquête. »

Je le regarde noter les noms dans son carnet, puis le

questionne à nouveau jusqu'à ce qu'il me raconte plus en détail les années qu'il a passées à Oxford. Bien qu'il ait suivi une formation accélérée dans la police de l'Oxfordshire qui aurait pu le conduire à un poste à responsabilité plus lucratif, il a préféré rentrer au lieu de se contenter d'envoyer de l'argent pour les traitements de son père. Je me demande bien pourquoi, mais je me réjouis de sa réussite et l'écoute avec plaisir me parler de son agréable voix de baryton. Nous avons eu raison de financer ses études. L'intelligence de Solomon se devine à l'intensité de son regard et la précision de son discours. S'il réussit à ramener l'amie de Lily saine et sauve, nous lui serons éternellement reconnaissants.

7

Solomon pose quelques autres questions au sujet d'Amanda Fortini, puis il prend congé. Lady Veronica n'a pas changé depuis qu'elle lui a tendu son certificat à la fin de ses études secondaires. Elle doit approcher des soixante-dix ans, mais elle a le visage si jeune qu'on lui donne une cinquantaine d'années et s'habille avec élégance et originalité. Aujourd'hui, elle est en blanc, une tunique ample et un pantalon flottant assorti, avec un chapeau de paille pour se préserver du soleil. Elle a toujours le même entrain mêlé de fermeté, la peau si claire qu'elle doit la protéger soigneusement, le regard vif et perspicace. Quand il la quitte, il se sent plus que jamais le devoir de retrouver la disparue. Lady Vee et Lord Blake l'ont si généreusement soutenu qu'il ne peut pas les laisser tomber.

Solomon décide de se déplacer à pied en se disant qu'il aura plus de chances de repérer quelque chose en prenant son temps. Il passe par le nord de l'île. C'est la zone la plus peuplée de Moustique et les villas se succèdent toutes les quelques centaines de mètres. Les promoteurs se sont efforcés de les dissimuler derrière de hauts murs et des palmiers qui poussent vite, mais les structures sortent de terre comme des champignons. Quand il était petit, il était fasciné par ces villas flamboyantes et adorait faire du vélo dans le coin. Certaines ressemblent à des châteaux de conte de fées, d'autres à des demeures de Toscane ou des manoirs anglais. L'argent coule à flots, et pourtant on se croirait dans une ville fantôme. La plupart des rockstars, des aristocrates et des millionnaires qui n'occupent leur maison qu'une fois par an sont déjà repartis chez eux. Les villas portent toutes des noms charmants, Colibri, Sérénité, Fleur de Lotus, mais leurs fenêtres sont barrées d'horribles volets métalliques.

Le bateau de Lily Calder a jeté l'ancre sur la côte sous le vent, à l'ouest, face à la mer des Caraïbes et non à l'Atlantique, plus agité. Old Plantation Bay est le plus petit port de l'île, avec une douzaine de barques de pêche amarrées à la jetée. Ici, presque tout le monde possède une embarcation, du canoë au yacht de neuf mètres en passant par le voilier. Les plus gros bateaux sont forcés de mouiller au large car il n'y a aucun port en eau profonde. Les mégayachts doivent se servir d'un tender pour gagner la rive à condition d'avoir une invitation. Le bateau de Lily Calder, le *Revival*, est un chalutier reconverti qui a connu des jours meilleurs. En approchant du quai, Solomon ne voit aucun signe d'elle, mais son premier soin est de jeter un œil aux deux grosses vedettes amarrées de part et d'autre de la jetée. Les énormes Bayrider XR7 peuvent accueillir dix invités au moins et sont garnis de sièges en cuir et de garde-corps chromés. Quand il vérifie leur immatriculation sur la proue, il voit qu'ils appartiennent à des résidents permanents de l'île, Phillip Everard et Keith Belmont. Les deux hommes font partie du monde du show-business, mais Solomon ne les a jamais rencontrés. Leurs bateaux aux lignes épurées sont irréprochables, sans la moindre trace de choc sur leur coque en fibre de verre. Comme aucune villa ne donne sur la baie, il va avoir du mal à prouver que l'un ou l'autre a quitté le port le matin où Amanda Fortini a disparu, mais il lui reste deux autres bateaux à vérifier.

Lorsque Solomon demande la permission de monter à bord du bateau de Lily Calder, il n'obtient pas de réponse. Il se fige sur place en voyant la jeune femme qui émerge de la cabine. Elle est grande, longiligne, avec des cheveux noirs brillants et une grâce de ballerine. On devine le contour de son bikini jaune sous un tee-shirt qui descend au ras des cuisses et elle a remonté ses lunettes de soleil sur la tête. Elle le jauge de ses yeux d'un bleu intense puis les dissimule derrière ses lunettes. Il est soulagé que les siens soient déjà masqués. Avec un peu de chance, elle ne verra pas à quel point il est troublé. Il reste bouche bée jusqu'à ce qu'elle s'avance, la main tendue.

« Vous êtes l'inspecteur Solomon Nile ?

– Oui, Miss Calder. Vous avez appelé au sujet de votre amie.

– Appelez-moi Lily. J'espérais vous voir hier.

– Je vous ai cherchée ici et chez vous. Nous avons dû nous rater. » Elle semble encore sur la réserve. « Vous pouvez me redonner toutes les informations ? »

Elle se laisse tomber sur un banc à la poupe du chalutier et lui fait signe d'en faire de même. « Amanda m'a dit qu'elle passerait me voir vendredi soir, mais elle n'est jamais venue, ce qui ne lui ressemble pas. Je la connais depuis des années et elle ne m'a jamais fait faux bond. Je suis passée à sa villa hier matin, mais elle n'avait pas dormi là-bas. Et elle ne répond pas sur son portable.

– Quelqu'un de Lovell l'a vue se baigner de bonne heure dans Britannia Bay. Personne ne l'a revue depuis. »

Quand Lily ôte ses lunettes, Solomon s'aperçoit qu'elle est affolée.

« Elle n'a pas pu se noyer. Elle a passé l'été à plonger sur la barrière de corail avec moi ; elle peut nager des kilomètres.

– Il se peut qu'elle soit montée sur le gros yacht que vous voyez là-bas. Vous connaissez les propriétaires ?

– Non. Elle me l'aurait dit, si des amis étaient arrivés.

– Une vedette a été repérée dans la baie pendant qu'Amanda était dans l'eau, comme celles qui sont amarrées ici. Savez-vous s'il arrive qu'on les sorte très tôt le matin ? Il est possible que le pilote ait vu votre amie dans l'eau.

– Elles ne servent pas beaucoup. Je ne sais pas pourquoi Phil garde la sienne ; il n'a plus trop le pied marin. Keith sort la sienne de temps en temps, mais je n'arrête pas de lui faire des réflexions sur la quantité de carburant qu'elles consomment.

– Merci, c'est intéressant. Savez-vous si Amanda a un petit ami à Moustique ?

– Elle sortait avec Tommy Rothmore jusqu'au mois dernier, ce qui n'était pas évident. On est quatre à être amis depuis des années : Amanda, Sacha, Tommy et moi. On était plutôt comme des frères et sœurs quand on était petits. Il était bénévole dans l'association lui aussi, mais il a arrêté de venir après leur rupture. Amanda a laissé entendre qu'elle avait rencontré quelqu'un d'autre, mais que ça n'avait pas marché. Ce n'était peut-être qu'une passade qu'elle ne voulait pas ébruiter.

– Pourquoi ça ?

– Amanda est une célébrité aux États-Unis et Tommy vient lui aussi d'une famille connue. Je crois que cette fois, elle préfère rester discrète sur sa vie privée, mais au début de l'année, Tommy et elle parlaient de se fiancer. Elle ne voulait pas le blesser non plus.

– Amanda a-t-elle fait quelque chose d'inhabituel, récemment ? Quelque chose qui ne lui ressemble pas ? »

La jeune femme a l'air songeuse. « Il y a quelques semaines, je l'ai vue à l'église de bambou, ça m'a semblé bizarre. Ses parents sont croyants, mais elle ne va quasiment jamais à l'église. Elle était en pleine discussion avec le pasteur Boakye. Ils étaient assis sur un banc. Quand je lui ai demandé ce qu'elle faisait là, elle a changé de sujet. »

L'église de bambou est à côté de l'aéroport, c'est une construction rudimentaire où des dizaines de cérémonies se tiennent chaque année. Solomon n'a vu le nouveau pasteur Boakye que quelques fois mais il a fait bonne impression aux gens du coin.

« J'irai le voir. » Solomon prend quelques notes dans son carnet. Quand il lève les yeux, Lily Calder l'examine si attentivement qu'il a la sensation d'être sous un microscope. « Je vous promets de trouver ce qui est arrivé à votre amie. »

Lily a les yeux brillants de larmes qu'elle refoule aussitôt. « Je suis inquiète, c'est pour ça que je passe mon temps ici, à m'occuper. Amanda est plus qu'une amie : c'est une sœur. Comment puis-je vous aider ?

– Dites-moi si elle a des ennemis sur Moustique. »

Lily Calder fait signe que non. « Aucun, mais récemment, elle s'est disputée avec Sacha. Elles s'entendaient bien, jusqu'à ce qu'elles se brouillent à cause de Tommy. Je crois que Sacha était jalouse quand Amanda a commencé à sortir avec lui l'an dernier. Depuis la rupture, elle va souvent le voir.

– Amanda a beaucoup d'amis proches, ici ?

– Tout le monde l'aime. Amanda a tout de la golden girl libérée qui a le monde à ses pieds, mais dans le fond, elle n'a pas changé. Elle croit en mon projet et elle a proposé de m'aider. On a passé des semaines à plonger ensemble sur le récif.

– Où en est votre projet ?

– On greffe du corail vivant sur des zones qui ont été blanchies. Il y a des signes de reprise. » Son visage perd soudain son enthousiasme. « Mais il y en a qui n'aiment pas ce que je fais. Vous avez entendu parler du graffiti sur mon bateau, la semaine dernière ?

– *Quitte Moustique ou crève comme le corail.* Qui a écrit ça, à votre avis ? »

Elle hésite avant de répondre. « Tommy, probablement, pour embêter Amanda. Je l'aime bien, mais il est incroyablement sensible. Normalement, il ne boit pas beaucoup mais depuis qu'ils ont rompu, il s'est mis à picoler.

– Vous avez autre chose à me dire ?

– Quelqu'un m'a suivie jusque chez moi jeudi, et puis de nouveau hier soir. J'ai entendu des pas en passant au milieu des arbres. À chaque fois que je me suis retournée, il n'y avait personne sur le sentier.

– Ne sortez pas seule le soir tant qu'on n'aura pas retrouvé Amanda, s'il vous plaît. »

Elle pose de nouveau son regard bleu éclatant sur le visage de Solomon. « Vous pensez qu'elle est en danger, n'est-ce pas ?

– Je le saurai bientôt, répond-il en se levant. Merci pour votre aide.

– Soyez gentil, appelez-moi dès que vous aurez des nouvelles.

– Vous devriez rester au port aujourd'hui, Miss Calder. Si la tempête se dirige vers nous, vous ne pourrez pas y échapper.

– À la radio, ils disent qu'elle ne sera pas là avant plusieurs jours. » Elle esquisse un bref sourire. « Il faut juste que je vérifie si mes derniers greffons ont pris, je n'en ai pas pour longtemps. »

Solomon voit bien qu'il ne sert à rien de lui donner d'autres conseils. Lily Calder est déjà en train de ranger des bouteilles d'oxygène pour préparer sa prochaine plongée. Cette femme si belle le fascine, mais elle appartient à un autre monde. Il repousse l'attirance qu'il éprouve avant qu'elle ne le remarque, mais quand il repart vers l'intérieur des terres, il ne peut oublier son regard turquoise.

8

Le Basil's Bar est un de mes endroits préférés sur Moustique et j'y vais à pied et non en buggy prendre mon café de la matinée, ravie de faire un peu d'exercice. Je ne mets que vingt minutes à descendre le sentier sinueux qui mène à Britannia Bay. Je me souviens encore de l'époque où le bar n'était qu'une cabane délabrée sur la plage, avec quelques tables, de la bière tiède et un brasero pour les barbecues nocturnes. L'endroit est bien plus sophistiqué, à présent.

Une fois assise au bar, je revois le Basil's au tout début, les fêtes qui duraient jusqu'à l'aube, et les bains de minuit. À l'époque, l'île ressemblait à une grande propriété, il n'y avait que des visages familiers, l'insouciance régnait. Le bar doit uniquement son existence au fait que mon mari a trouvé par hasard un jeune homme sur le bord de la route à Saint-Vincent. Basil Charles avait été renversé par une voiture et Jasper l'a emmené à l'hôpital puis ils sont restés en contact. Ce jeune homme plein de charisme était si sympathique que nous l'avons fait venir à Moustique et aidé à monter un bar. Je regarde autour de moi en cherchant ses cheveux blancs reconnaissables et son sourire légendaire, mais il n'y a aucune trace de lui. Basil est à la tête de tellement d'établissements à présent qu'il est rarement à Moustique, hormis durant le Blues Festival qu'il a lancé il y a plusieurs années.

J'aperçois Dexter Adebayo, assis au bar. Il a une cinquantaine d'années, dorénavant, mais je me souviens de lui quand il était un jeune moniteur de plongée qui venait d'obtenir sa licence pour emmener des clients de l'hôtel explorer la barrière de corail. Il dirige sa petite affaire, aujourd'hui, et a pris quelques kilos. C'est désormais un monsieur corpulent dont l'air digne détonne avec ses tenues bariolées. Il est vêtu d'une chemise hawaïenne de couleur vive assortie d'un vieux jean et coiffé de grosses dreadlocks grises. Son calme lui vaut la réputation de savoir écouter. Si Dex vendait les secrets de tous les riches vacanciers qui se sont confiés à lui sur son bateau, il serait millionnaire. Il a vieilli depuis la dernière fois où je l'ai vu, mais son visage se fend d'un large sourire dès qu'il m'aperçoit et soudain, les années s'envolent.

« Content de vous revoir, Lady Vee. Vous êtes toujours la plus belle femme de Moustique.

– Flatteur, va.

– Qu'est-ce que vous prenez ? Je vous invite.

– C'est très gentil à vous. » Je m'assieds à côté de lui. « Un expresso et de l'eau minérale, s'il vous plaît. Je ne peux plus boire comme avant. Je suis obligée de me rationner.

– Moi aussi. Pas d'alcool avant le soir et la plupart du temps, pas d'alcool du tout. Mais j'adore encore l'ambiance des soirées cocktails. J'ai justement rendez-vous avec un groupe de touristes avant leur sortie de plongée.

– Vous les emmenez encore vous-même ?

– Quand je peux.

– Je peux vous monopoliser en attendant qu'ils arrivent ? Je voudrais savoir ce qui s'est passé pendant mon absence.

– Avec plaisir, Lady Vee. »

Il commande deux expressos que le barman nous prépare avec une indolence qui ne serait jamais tolérée au Royaume-Uni. Je remarque que le bar est de plus en plus élégant et qu'il y a de nouvelles tables et de nouvelles chaises depuis l'été dernier. Enfin, nous trinquons avec nos tasses de café. Je sens que Dex me jauge du regard en buvant sa première gorgée. Il fait partie de ces gens que l'on a du mal à cerner.

« Il n'y a pas grand-chose à raconter, dit-il. Rien ne change, ici. Les gens viennent toujours pour s'amuser. Et vous ? Pourquoi nous avoir abandonnés si longtemps ?

– Je suis rentrée pour les obsèques de la princesse. Il y avait des choses à régler. »

Dexter montre d'un signe de tête une photo de la princesse Margaret encadrée au-dessus du bar. Elle a été prise quand elle avait une trentaine d'années et ressemblait plus à une star de cinéma qu'à un membre de la famille royale. « Elle mettait de l'animation quand elle venait danser avec vous et Lord Blake.

– Qu'est devenue sa villa ?

– Les Jolies Eaux a été vendue il y a quelques mois à un homme d'affaires français. Il vit en ermite.

– C'est dommage, c'est une maison faite pour s'amuser.

– Sur l'île, on ne parle que de la fête de Miss Lily, dans deux semaines. Il paraît qu'on a embauché des extras pour préparer la plage et sonoriser la scène. Elle va s'éclater. Toutes les filles n'ont pas la chance que Mick Jagger vienne faire un concert pour leurs vingt et un ans.

– Il lui a écrit une chanson, apparemment.

– En voilà un autre qui met de l'ambiance, ici. » Il m'observe de nouveau. « À ce qu'on raconte, le projet de Miss Lily avance bien. Ils en parlent à la radio et disent que c'est bon pour l'économie locale.

– Tout le monde le soutient ?

– Certains pêcheurs de Lovell disent qu'ils ont passé leur vie à s'occuper de la barrière de corail et que maintenant que le projet de restauration est relancé, la fille poursuit le travail de sa mère et s'en attribue tout le mérite. Je trouve que c'est de la rancœur stupide.

– Ça expliquerait pourquoi quelqu'un a écrit *crève comme le corail* sur la coque de son bateau. »

Dexter écarquille les yeux. « Il suffit d'avoir un peu de bon sens pour voir à quel point c'est important pour elle, comme pour sa maman. Elle se sert de ses connaissances scientifiques pour restaurer la barrière de corail. Chaque fois que je plonge, je vois tout ce qu'elle a accompli.

– L'inscription date de la semaine dernière, avant la disparition d'Amanda Fortini.

– J'en ai entendu parler. On ne l'a pas retrouvée ?

– Pas encore. Vous avez passé tout l'été sur l'île, Dex. Vous n'auriez pas vu quelqu'un qui l'importunait ? »

Dex semble peser le pour et le contre, comme s'il hésitait à dire la vérité. « Tommy Rothmore, une fois. Il a débarqué ici ivre mort en hurlant des injures et en balançant des coups de poing. D'habitude il est très sérieux et poli, mais depuis que ses parents sont rentrés au Royaume-Uni, il fait n'importe quoi. Il me faisait pitié, alors je l'ai ramené chez lui. Depuis, il n'a plus perdu son sang-froid, mais il lui arrive de l'observer.

– Comment ça ?

– Comme un enfant regarde le soleil. On veut se souvenir à jamais de son éclat sublime même s'il vous aveugle. Ça vaut la peine de souffrir pour le seul plaisir de le voir ne serait-ce qu'une seconde de plus. » Il a l'air troublé.

« Vous avez des talents cachés. On dirait presque un poème.

– Il devrait tourner la page. Mais il n'y arrive pas. »

Nous coupons court à notre conversation en voyant arriver le groupe de plongeurs de Dex, leurs combinaisons et leurs masques à la main, impatients de commencer. Je sors m'installer à l'ombre de la cabane pour boire mon eau glacée. Je repense à ce que m'a dit Dex Adebayo ; je connais les Rothmore depuis des années. C'est un des premiers couples à nous avoir acheté une villa et il serait difficile de me convaincre que leur fils unique a fait du mal à son ex-petite amie ou écrit un message malveillant sur le bateau de Lily. Mais après tout ce garçon a peut-être perdu la tête. Je me dépêche de rentrer pour téléphoner aux Rothmore, le ventre noué par un mélange de curiosité et d'inquiétude.

J'ignore pourquoi, mais je suis soudain stressée en traversant un bosquet touffu. D'habitude, j'aime le doux parfum des feuilles en décomposition et la caresse des fougères envahissantes qui me frôlent les jambes sur le chemin, mais je sens que l'on m'observe. C'est une faculté que j'ai acquise à force de veiller sur la princesse Margaret, les antennes à l'affût, au cas où elle ferait l'objet d'une attention malveillante. Je m'immobilise, mais il n'y a personne sur le sentier, ni devant, ni derrière, pas le moindre souffle de vent dans les broussailles. Ce n'est qu'en scrutant les profondeurs de la jungle que j'aperçois un visage qui se détache de l'océan de verdure. Jose Gomez me regarde fixement, mais quand je l'appelle, il se volatilise.

9

L'inspecteur Solomon Nile est de retour au poste de police. La climatisation tousse toujours aussi bruyamment, sans produire de l'air frais. Le bruit est si exaspérant qu'il a envie d'arracher la machine et de la balancer par la fenêtre, mais cela mettrait un terme spectaculaire à sa période d'essai. Il se heurte à un mur de frustration. La première personne qu'il veut voir, c'est Tommy Rothmore ; dans l'hypothèse où quelqu'un a fait du mal à Amanda Fortini, il est logique de commencer par l'ex en colère, mais le jeune homme ne répond pas au téléphone.

Solomon attend depuis une heure que son chef à Saint-Vincent lui envoie par mail un mandat de perquisition pour fouiller le yacht qui est toujours ancré dans Britannia Bay, mais il n'a encore rien reçu. Il examine de nouveau les informations sur le bateau. L'*Aqua Dream* a été construit à Monte-Carlo. Avec ses soixante mètres de long, c'est l'élite des yachts de luxe, capable d'affronter la haute mer et équipé d'un énorme réservoir de carburant qui permet de limiter les escales. Il a été vendu il y a deux ans trente millions de dollars et enregistré au nom d'une société du nom d'Aqua Dream Ltd immatriculée en Amérique du Sud dont on ne trouve aucune trace sur Internet. Il a vérifié les papiers des Bayrider du Dr Bunbury et du Basil's Bar, mais la vedette que Mama Toulaine a vue le matin où Amanda Fortini nageait dans la baie venait peut-être du yacht. Il se peut même qu'on soit passé la chercher et qu'elle soit en ce moment sur le yacht, mais il est dans l'incapacité d'agir. Il regarde de nouveau le document. Il faut qu'il interroge l'équipage du yacht pour savoir s'ils ont vu Amanda Fortini le matin de sa disparition. Il entend les frères Layton hurler de rire de l'autre côté de la porte et il est certain que c'est de lui qu'ils se moquent. Il ne sert à rien de se tourner les pouces en attendant le mandat et il décide d'aller parler au seul ecclésiastique de l'île.

L'église est située dans la plaine, au centre de Moustique, à proximité de l'aéroport. Dès que l'église de bambou apparaît, Solomon envie au pasteur son lieu de travail. Elle est à l'ombre de l'arbre éléphant qui figure dans tous les guides. Le baobab doit avoir plusieurs centaines d'années et son énorme tronc est incliné à l'extrême d'un côté. Avec son écorce devenue grise et poudreuse au fil du temps et sa longue branche qui frôle le sol, on dirait un éléphant qui s'abreuve dans un étang. Solomon se revoit l'escalader, quand il était petit, pour jouer au cornac traversant la jungle à dos d'éléphant, jusqu'à ce qu'il se fasse gronder par le vieux pasteur qui lui reprochait de faire le pitre un jour de sabbat. L'église est une construction sommaire ouverte sur les côtés avec un toit en cannes de bambou pour que les fidèles restent au sec si des pluies tropicales s'abattent pendant le culte. Elle n'est meublée que d'une simple table qui sert d'autel et de trente ou quarante bancs en bois.

Solomon repère aussitôt le pasteur dans une clairière, à côté de l'église. Il est en train de vernir un des bancs. Le pasteur Boakye a délaissé sa tenue noire et son col pour un short et un tee-shirt éclaboussé de peinture. Quand l'inspecteur s'approche, il semble mal à l'aise, comme s'il était embarrassé d'être surpris à effectuer une tâche subalterne. Solomon ne le connaît pas très bien, mais ils ont plus ou moins le même âge et il a suivi quelques-uns de ses sermons sur les Évangiles car son père ne peut plus aller seul à l'église. Boakye a raconté qu'il était arrivé de Lagos il y a six mois, à la demande de son évêque, sa mission exigeant qu'il quitte le Nigeria pour se rendre dans des endroits reculés. Il est si expansif et si serviable qu'il semble manifestement déterminé à faire ses preuves.

Le père Boakye s'avance en lui tendant la main comme s'il voulait recruter une nouvelle ouaille, mais Solomon est une cause perdue. Jusque-là, l'inspecteur a toujours caché son athéisme, mais son père finira bien par découvrir la vérité.

« Content de vous voir, Solomon. Vous êtes venu m'aider à embellir l'église ?

– Pas aujourd'hui, désolé. Si vous avez une minute, j'ai besoin de votre aide, révérend.

– Bien sûr, j'ai tout mon temps. » Le pasteur le conduit à un banc ombragé.

« Je suis à la recherche d'Amanda Fortini. J'ai cru comprendre qu'elle était venue vous voir récemment. »

Le pasteur acquiesce d'un bref signe de tête. « Elle est passée plusieurs fois, bien qu'elle soit catholique et que ce soit une église baptiste. Amanda avait besoin de conseils spirituels, mais je suis désolé, je ne peux pas rompre le secret de la confession.

– Je vous en prie, parlez ; ses amis sont très inquiets.

– Je peux seulement vous dire qu'elle avait des problèmes.

– Amanda a disparu depuis quarante-huit heures, révérend. Elle est peut-être en danger.

– Je ne demande pas mieux que de vous aider, mais elle va m'en vouloir de révéler ses secrets. » Le pasteur a l'air embarrassé. « Amanda était préoccupée par sa relation avec un homme. Elle avait rompu avec un petit ami qui tenait beaucoup à elle car elle était attirée par quelqu'un d'autre. Elle m'a dit qu'il était imprévisible, et même dangereux. Elle essayait de trouver le courage d'arrêter de le voir.

– Elle vous a dit comment il s'appelait ?

– Non, désolé. » Le pasteur se cache les yeux avec un air de regret.

« Ça doit vous sembler tout petit, ici, après Lagos. »

Le pasteur Boakye sourit. « Où qu'il vive, chacun est digne de l'amour de Dieu. Voulez-vous que nous priions ensemble pour qu'Amanda rentre saine et sauve ? »

Solomon se fige sur place. « Je ne suis pas croyant. J'accompagne mon père au culte, mais il y a des années que je ne vais plus à l'église.

– Il y a une raison à cela ?

– J'ai perdu la foi du jour au lendemain.

– Ça a dû être douloureux, Solomon. Rappelez-vous que je suis là si vous avez besoin de parler. » Le pasteur se penche en avant. « Voulez-vous que je demande à Dieu de vous aider ?

– Si vous voulez, révérend. Je dois retourner travailler. »

L'inspecteur se lève et lui lance un merci avant de partir. La raison pour laquelle il a perdu la foi est trop horrible pour en parler. Il est plus facile de chercher Amanda Fortini que de revivre le passé.

10

Quand je rentre à Eden House, l'atmosphère est paisible et l'étrange comportement de mon jardinier n'est plus qu'un vague souvenir. Wesley esquisse péniblement un sourire professionnel quand je lui annonce mon intention de me rafraîchir avant le déjeuner, mais j'appelle tout d'abord la villa des Rothmore. Tommy ne répond pas, mais il y doit y avoir une explication très simple et il est facile de trouver les gens sur Moustique. La directrice du Cotton House m'explique d'un ton navré que le jeune homme n'est pas venu depuis une éternité. La dernière fois qu'il a mangé au restaurant de l'hôtel, c'était avec ses parents avant qu'ils ne repartent chez eux.

Quoi qu'il en soit, j'ai bien l'intention de profiter de mon déjeuner avec Phillip. Je vais me préparer là-haut, laissant mon inquiétude de côté. J'ai toujours aimé me maquiller, comme une actrice qui s'apprête à monter sur scène ; mon rouge à lèvres Chanel préféré est le meilleur des remontants. Une fois mon maquillage terminé, je suis satisfaite du résultat qui parvient à camoufler mon anxiété.

Quand je redescends, Phillip m'attend en bas. Malgré les années, il reste le plus glamour de mes amis. Ce n'est pas étonnant qu'hommes et femmes, jeunes ou vieux, tombent encore à ses pieds. Sa chemise en lin noir, son pantalon gris et ses chaussures de plage sont certes décontractés, mais ils ont dû coûter une fortune. Il contemple la mer, accoudé à la balustrade et s'illumine dès qu'il me voit. L'arrivée de l'acteur a également mis Wesley de meilleure humeur ; mon majordome débarque, suivi des deux domestiques. Il dispose d'un geste théâtral une bouteille de champagne dans un seau à glace avant de se retirer discrètement. Au fil des années, j'ai compris que si Wesley se fâche, c'est uniquement parce qu'il est perfectionniste et par conséquent planifie tout méticuleusement, si bien que le moindre changement de dernière minute déclenche chez lui une véritable panique. En revanche, Phillip semble merveilleusement détendu.

« Je suis ravi que tu sois là, Vee. Les autres m'ennuient au plus haut point ou oublient mon existence. Dis-moi que tu ne repartiras pas.

– C'est tentant, mais je suis profondément enracinée dans la terre du Norfolk.

– Je ne te laisserai pas reprendre l'avion avant des mois. Tu as vu Jose ?

– Il rôdait dans le jardin hier soir. Je lui ai parlé ce matin, mais cela n'a visiblement eu aucun effet. Tout à l'heure, il m'a suivie jusqu'au Basil's.

– Qu'est-ce qui lui prend ? Il a toujours été si fiable.

– Espérons que ça ne va pas durer. Raconte-moi ce qui s'est passé ici, Phil. Ça fait si longtemps que je n'étais pas venue. »

Mon ami prend soudain un air mystérieux, son regard étincelle. « Toutes sortes d'extravagances, ma chère. Des liaisons, des disputes, des transactions illicites. Je t'ai dit que je m'étais mis au yoga ?

– Tu es en pleine remise en question ?

– Ce n'est plus de mon âge, Dieu merci. » Il est amusé. « Viens avec moi. Il y a un cours tous les vendredis matin chez Keith Belmont.

– Mais comment fait-il pour avoir toute cette énergie ? Sa dernière fiancée avait seize ans, non ?

– Ce type a encore plus de cadavres dans le placard que moi.

– Tu ne parles jamais des tiens, raconte, j'aimerais bien savoir.

– Je ne veux pas t'imposer les détails sordides. Enfant, j'étais laid et absolument odieux. J'ai fait vivre un calvaire à mes pauvres frères et sœurs.

– Mais non, je suis sûre que tu étais adorable.

– J'étais un monstre, crois-moi. Dieu seul sait pourquoi mes parents ont attendu que j'aie seize ans pour me mettre à la porte. Je ne leur en veux pas une seconde. »

Je me rappelle que Phillip m'a effectivement dit qu'il avait coupé les ponts avec sa famille très jeune mais je sais qu'il a du mal à en parler et je reprends donc le fil de notre conversation.

« Je ne comprends toujours pas pourquoi tu passes ton temps avec Keith Belmont. »

Phillip se retient de rire. « Ce n'est peut-être pas ton genre, mais j'adore ce vieux débauché. C'était mon complice pendant que tu n'étais pas là. Il veut soutenir le projet de Lily. Il a promis de faire une grosse donation s'il peut s'investir davantage.

– À sa place, je me méfierais. Je suis sceptique quant à ses motivations.

– Keith est comme moi, tout ce qui l'intéresse, c'est de s'amuser. Les vieilles rockstars se périment comme les acteurs, dit-il d'une voix soudain teintée d'amertume.

– Tu dois bientôt aller aux États-Unis, non ? J'ai vu que tu étais sur un gros projet à Hollywood.

– Il est tombé à l'eau, et de toute façon les têtes d'affiche, ça fait longtemps que c'est fini pour moi. Le réalisateur m'avait donné le rôle du père de la star. » Son sourire s'efface brusquement. « C'est pareil ici ; je me démode à vitesse grand V, mais l'avantage, c'est que je peux rester jusqu'à la fin de l'année.

– Tu ne peux pas faire le film toi-même ?

– Je ne peux plus compter sur l'industrie du cinéma, alors je me contente d'attendre qu'un scénario digne d'un Oscar atterrisse sur mon paillasson. Il est hors de question qu'un abruti de réalisateur me refile le rôle d'un vieux croûton. »

Ses yeux étincelants de colère me rappellent à quel point il est susceptible ; la moindre remarque désagréable peut le piquer au vif. Mais il retrouve aussitôt son sang-froid.

« Tiens, c'est curieux. D'habitude, tu as toujours un paquet de cigarettes sur la table que tu tripotes quand tu n'en prends pas une. Tu as fini par arrêter ?

– Il y a trois mois, mais j'en garde encore un à la maison, en cas de force majeure. J'ai diminué l'alcool, aussi. » Il me touche le poignet. « Parle-moi de toi, Vee. Tu es enfin libre, tu n'es plus dame de compagnie. Et tu peux désormais sortir de l'ombre.

– Ça me semble irréel. Je m'attends à tout instant à être appelée par le palais. »

Le regard perçant de mon vieil ami me jauge une nouvelle fois. « Qu'est-ce que le métier t'a appris ?

– Principalement à observer. Je devais évaluer rapidement les situations pour m'assurer que la princesse avait le café qu'il fallait, des gants de coton blancs et son whisky préféré.

– Ça t'arrive de regretter d'avoir sacrifié autant de temps ?

– Le plus souvent, c'était un plaisir. Nous étions des amies d'enfance et grâce à elle, j'ai vécu tant d'aventures. J'ai visité des dizaines de pays lointains à l'occasion des voyages officiels et elle pouvait être extraordinairement drôle. » Mon vieil ami garde un air sérieux. « Dis, Phil, ça te dirait d'aller te baigner cet après-midi ? J'ai déjà nagé ce matin, mais je rêve de retourner à l'eau.

– Je veux bien aller à la plage, mais juste pour me faire bronzer. Je sors d'une otite épouvantable qui a duré des semaines. Le médecin m'a ordonné de rester au sec et m'a interdit les vols long-courrier.

– Mon pauvre, je te plains.

– Tout va trop vite, Vee. Je ne défie pas les années comme toi, malheureusement. Quand je vais dans des soirées, j'ai l'impression d'être un vieux croulant. Les jeunes me considèrent comme un dinosaure qui a fait son temps.

– Ne dis pas de bêtises, chéri. Avec l'âge, les hommes deviennent distingués. »

Soudain, il se détend et éclate de son rire contagieux. « Tu ferais une grande diplomate. »

Après une autre coupe de champagne, le déjeuner prend un tour enjoué et badin, mais je vois bien que Phillip n'est pas dans son assiette et j'évite les sujets sérieux. C'est la commère la mieux renseignée de l'île et il me raconte les liaisons entre les propriétaires de villa, leurs investissements hasardeux et les projets en cours. La magie de l'île réside dans sa tranquillité ; j'espère qu'elle conservera toujours son charme.

Ce n'est qu'à la fin du dessert que nous parlons d'Amanda Fortini.

« Tu l'as beaucoup vue cet été, Phil ?

– Je lui ai donné des cours de français ; elle veut aller à Paris acheter des œuvres pour sa galerie. Je meurs d'envie de l'accompagner. Elle parle presque couramment, maintenant, elle est douée. »

Quand je lui dis que j'ai essayé de joindre Tommy Rothmore, il écarquille les yeux. Il a assisté à la scène épouvantable que m'a racontée Dexter.

« Tommy ne ferait jamais de mal à une femme, n'est-ce pas ? »

Phillip détourne le regard. « N'importe qui peut se montrer violent s'il est sous pression.

– Comment ça ?

– Ses parents veulent qu'il prenne la tête de la fondation Rothmore, qui vaut des milliards. C'est un lourd fardeau pour un garçon aussi jeune. C'est peut-être pour ça qu'Amanda a rompu avec lui. Elle profite de son héritage alors qu'il est écrasé par le poids des responsabilités. Et puis il vient de perdre la fille qu'il aimait. Je sais par expérience que les chagrins d'amour peuvent nous changer en monstres.

– J'hésitais à te demander des nouvelles de Carlos. Où est-il en ce moment ?

– Il est retourné danser la bossa nova à Rio avec un garçon deux fois plus jeune que moi. Je me suis juré que la prochaine fois, je tomberais amoureux d'une femme, plus âgée et de préférence docile.

– Mon pauvre. Je sais que tu l'adorais. » Je lui prends la main.

« Il m'a brisé le cœur en mille morceaux. J'ai tourné la page, mais après une rupture, il arrive que la victime s'en prenne à son partenaire. Tommy est sur le point de craquer depuis des semaines.

– On va lui rendre visite.

– Tu es sûre que c'est une bonne idée, Vee ? C'est l'affaire de la police.

– J'ai quelques questions innocentes à lui poser. Il n'irait tout de même pas braquer une arme sur nous ? »

Sans même prendre un café, nous montons dans mon buggy et nous nous mettons en route pour la villa des Rothmore, à dix minutes de là. L'alcool et la compagnie m'ont mise d'excellente humeur. Sur la route qui nous conduit vers l'une des plus jolies propriétés de Moustique, je me fais l'effet d'une Miss Marple des tropiques. Sunset House est perchée au sommet de la plus haute colline de l'île depuis les années soixante. C'est une maison de campagne à la française, en pierres claires, avec des volets bleu cobalt et un jardin luxuriant, débordant de lys et d'orchidées exotiques. La villa est d'une taille modeste si l'on songe à l'immense fortune des Rothmore, mais elle a une vue magnifique. De la terrasse, toute la côte caribéenne de Moustique s'offre au regard, d'Endeavour Bay à Old Plantation.

Dès que nous approchons de la villa, je sens quelque chose d'étrange. Les volets sont fermés et quand Phillip sonne à la porte, personne ne vient nous ouvrir, ce qui est étonnant. Les propriétaires emploient quelques domestiques à l'année pour entretenir leur villa et pourtant, la maison semble déserte. Une fois de plus, je suis frappée de constater que les familles comme les Rothmore jouissent d'une sécurité extraordinaire sur Moustique. Leur domicile britannique doit être surveillé vingt-quatre heures sur vingt-quatre, alors que sur l'île, le maître mot est la confiance. Il est entendu que tout le monde est en sécurité car personne n'a besoin de voler ou de commettre des violences. Mais aujourd'hui, il y a quelque chose d'anormal.

« La maison est fantomatique », dit Phillip.

Mon ami regarde par la fenêtre de la cuisine tout droit sortie d'un magazine de décoration, avec une table ronde et des kilomètres de surfaces étincelantes, qui ne semblent pas avoir servi récemment. Phillip s'amuse visiblement à jouer le rôle d'un célèbre cambrioleur sous l'œil de caméras imaginaires. Il réussit à ouvrir une des fenêtres du rez-de-chaussée sans faire de dégâts, mais l'audace que m'a donnée le champagne commence à s'estomper.

« On ne peut pas entrer par effraction, Phil.

– Tu m'embêtes, et puis d'abord, c'est toi qui as eu l'idée. Tu es assez mince pour te glisser par l'entrebâillement. »

Je proteste encore quand il m'aide à monter sur le rebord de la fenêtre mais à présent que ma curiosité est attisée, j'ai envie de savoir la vérité. Je retrouve mon goût de l'aventure et me sens rajeunie. Une fois dans la cuisine, j'ouvre la porte de service à Phillip qui sourit comme un gamin surexcité. Nous décidons de commencer par explorer le rez-de-chaussée, à la recherche du moindre signe laissant supposer que Tommy ait pu faire du mal à son ex-petite amie.

Nous connaissons bien la maison pour y avoir l'un et l'autre assisté à des soirées d'anniversaire, des dîners et des fêtes donnés par les Rothmore, mais aujourd'hui, elle a changé d'aspect. Les pièces sont pleines d'ombres et les canapés anciens sont recouverts de draps. La salle à manger de style français témoigne du goût impeccable de mon ami Nicky Haslam. Je suis quasiment certaine que les Rothmore se sont adressés à lui pour se procurer leurs meubles sur mesure aux lignes élégantes et épurées. Je me dis soudain que l'absence de Tommy s'explique peut-être simplement : il est possible qu'il soit allé chez des amis le temps de se remettre de son chagrin d'amour. Beaucoup de propriétaires de villa sont rentrés chez eux, mais leurs grands enfants ne sont pas pressés de reprendre le train-train quotidien et prolongent souvent leur séjour.

« Seigneur, maugrée Phillip. C'est un vrai Picasso, à ton avis ?

– Je pense, oui. »

Nous contemplons le portrait abstrait d'une femme dans des tons de rouge et de bleu éclatants dont les traits ont été découpés puis rassemblés.

« Quel que soit le peintre, c'est un tableau magnifique, mais où sont les domestiques ?

– C'est peut-être leur jour de congé. »

La villa semble avoir été définitivement fermée comme si les Rothmore n'avaient pas l'intention d'y revenir. L'étage me laisse la même impression. Les chambres spacieuses ressemblent à des suites d'hôtel de luxe et leurs salles de bains sont reluisantes de propreté. Je ne comprends pas que le jeune homme n'ait laissé aucune trace derrière lui. Je suis dans le couloir lorsque j'entends des pas résonner dans la cage d'escalier. Phillip les a entendus lui aussi et il sort d'une des chambres, l'air paniqué.

« Cache-toi ! chuchote-t-il.

– Ne sois pas ridicule. Ça doit être Tommy ; on n'a qu'à lui dire qu'on cherche sa mère.

– C'est un mensonge. On va se faire arrêter à cause de toi, Vee.

– Du calme, fais comme moi, chéri. »

La princesse Margaret m'a appris à ne jamais admettre la défaite. En cas de malheur, gardez la tête haute et souriez. Je descends affronter l'orage en prenant soin de lever le menton et d'afficher un air ravi.

11

Solomon est étonné de constater que la porte de service de la villa des Rothmore est entrouverte, mais tout s'explique quand il entend des pas au-dessus. Tommy doit être là ou des domestiques travaillent à l'étage. Il est stupéfait de voir Lady Veronica descendre précipitamment le grand escalier avec un sourire radieux, suivie par un bel homme de son âge avec des cheveux grisonnants.

« Que faites-vous là, Lady Vee ? demande Solomon.

– J'espérais trouver Tommy Rothmore. Ses parents sont de grands amis, mais il ne répond pas au téléphone.

– Et vous êtes entrée ? »

Elle élude la question d'un battement de cils. « Vous connaissez Phillip Everard ? »

Lorsqu'il serre la main de l'homme, la mémoire lui revient. C'est un acteur qui a joué dans des vieux films et plus récemment dans des pubs à la télé, mais c'est la première fois qu'il le rencontre en chair et en os. Il est visiblement en pleine forme, mais il n'a pas la même assurance qu'au cinéma. Solomon a grandi sur une île où les musiciens célèbres, les hommes politiques et les membres de la famille royale sont monnaie courante, mais c'est tout de même déconcertant de voir de près une grande star, et qui plus est, en infraction.

« Ravi de faire votre connaissance, monsieur. J'aime beaucoup vos films. »

Le visage de l'acteur s'illumine. « Merci, c'est très gentil.

– Bien, pourriez-vous sortir un moment, je vous prie ? »

Solomon les prévient aimablement de ne pas faire la loi eux-mêmes. S'ils sont inquiets pour d'autres habitants de l'île, ils doivent s'adresser à lui. Phillip Everard a la décence de prendre l'air contrit, mais Lady Vee l'observe avec l'œil froid de celle à qui on ne la fait pas. Il se retrouve dans une position délicate : faire respecter la loi tout en traitant avec égard une femme dont la générosité a transformé sa vie de façon prodigieuse. Elle lui glisse un regard sous le bord de son chapeau de paille.

« Veuillez nous excuser, Solomon, mais il ne s'agit pas seulement d'Amanda. Quelqu'un a écrit des menaces sur le bateau de Lily. Je veux m'assurer que cela ne se reproduise pas. »

Le policier est surpris par le changement de comportement de sa bienfaitrice. Jusque-là, Lady Vee lui est toujours apparue comme une aristocrate britannique raffinée, d'une grande douceur, sans agressivité aucune. Elle a les mains serrées le long du corps, comme si elle était prête à se battre pour protéger Lily Calder, bien qu'il ait la nette impression que la jeune femme est tout à fait capable de se défendre toute seule.

« Et si nous nous asseyions pour en discuter calmement ? » suggère Solomon.

Ils vont s'abriter du soleil sous le kiosque, au bord de la piscine.

« Nous voulons tous retrouver Miss Fortini, dit-il. J'ai besoin de votre connaissance intime de la vie des propriétaires de villa ; vous avez toute leur confiance, mais ça doit rester sous ma responsabilité. Si jamais mon chef à Saint-Vincent apprend que nous avons eu cette conversation, je serai renvoyé.

– Nous serons discrets, ne vous en faites pas, nous voulons tous les deux vous aider. » Lady Vee hoche la tête et son ami acteur acquiesce d'un murmure. « Jusqu'à présent, tout ce que nous savons, c'est qu'Amanda n'a pas réapparu et nous avons fouillé la villa des Rothmore. Visiblement, ça fait un moment que Tommy n'est pas rentré.

– D'après les gens de la villa d'à côté, il a renvoyé le personnel de maison il y a trois jours. »

Le visage d'Everard s'éclaire. « Et le pavillon d'été ? Je le vois là-bas, à travers les buissons. C'est le seul endroit où on n'ait pas cherché. »

Ils se lèvent tous en même temps et Solomon panique légèrement. À les voir dans leurs vêtements immaculés, Lady Vee et Phillip Everard font d'improbables recrues. Mais ils ont ce qui lui manque : la confiance de tous les millionnaires de Moustique.

Solomon traverse la pelouse et les conduit au pavillon d'été. La construction en bois disparaît presque derrière les fleurs de la passion, les palmiers éléphants et le jasmin foisonnants. Il jette un œil derrière lui et voit Lady Vee qui le suit posément, en prenant soin de ne pas se salir. À présent qu'elle a obtenu ce qu'elle voulait, elle s'est radoucie. Solomon ignore s'il a pris une excellente décision ou commis une grave erreur.

En arrivant au pavillon d'été, l'inspecteur oublie aussitôt sa crainte d'enfreindre les règles de la procédure d'enquête. Le pavillon a visiblement été cambriolé. La porte a été défoncée à coups de pied, l'intérieur est saccagé et les meubles de jardin sont en morceaux. Contre le mur, il y a un matelas avec des draps froissés et des bouteilles de whisky tout autour. Tommy Rothmore a été visiblement anéanti par la rupture.

« Pauvre garçon ! » murmure Lady Vee.

Elle a ôté son chapeau comme si elle assistait à un enterrement et le fait est que la construction en bois a quelque chose de funèbre. L'inspecteur a le ventre de plus en plus noué à mesure qu'il avance dans la pièce en sentant craquer sous ses semelles les fragments de meubles en bambou. Il s'arrête en voyant une dizaine de grandes photos d'Amanda Fortini affichées sur le mur du fond et barbouillées de la même peinture rouge qui a servi à laisser l'inscription sur le bateau de Lily Calder. Les traits de la jeune femme ont été effacés à grands coups de pinceau.

12

Je me souviens de Tommy Rothmore quand il était enfant et qu'il jouait avec Lily et ses copains à s'éclabousser dans la piscine ou les poursuivait en courant jusqu'à la plage. À l'époque, déjà, c'était un garçon paisible et courtois qui avait l'intelligence de comprendre son rôle dans une dynastie banquière de renommée internationale. Au fil des années, il est resté pareil à lui-même, calme et réfléchi, au lieu d'aimer faire la fête comme beaucoup de jeunes de son âge. Je l'ai croisé il y a six mois, soudain métamorphosé en jeune et beau prétendant au bras d'Amanda Fortini. J'étais étonnée de les voir en couple mais son sérieux semblait contrebalancer parfaitement la nature enjouée d'Amanda. J'ai du mal à croire qu'il ait pu tomber aussi bas en si peu de temps. Visiblement, quelqu'un s'est acharné à détruire de fond en comble l'intérieur du pavillon d'été, mais cela ne peut pas être Tommy. Phillip semble également bouleversé par ce carnage : en le voyant étudier d'un regard grave les photos saccagées au mur, j'ai pitié de lui et lui dis qu'il n'est pas obligé de rester. Solomon lui demande quand il s'est servi pour la dernière fois de son bateau à moteur qui moisit au port depuis des mois, puis mon vieil ami part précipitamment comme si ce chaos était une maladie contagieuse.

Solomon prend méticuleusement les dégâts en photo avec son portable. Je regrette de l'avoir ainsi mis au pied du mur, mais cela est nécessaire. Tant que Lily est en danger, je dois à tout prix rester au cœur de l'enquête. Du pas de la porte, je contemple le fouillis de meubles détruits et de draps grisâtres dans lesquels quelqu'un a dormi. Il se peut que Tommy n'ait rien à voir avec la disparition d'Amanda. Il est peut-être chez des amis, mais comme beaucoup de gens sont repartis chez eux, le choix est limité. Je suis encore en train de me demander où est passé le jeune homme quand Solomon apparaît à côté de moi.

« Il faut que je parle à Sacha Milburn. Elle est venue voir Tommy récemment, mais elle ne répond pas au téléphone. »

Je le regarde. « Je sais exactement où elle est, on peut prendre mon buggy.

– Merci, mais j'ai la situation en main.

– Vous êtes sûr, Solomon ? N'oubliez pas que vous avez besoin de mes contacts. »

L'inspecteur croise les bras sur la poitrine comme s'il se préparait à encaisser un coup dur. « D'accord, mais cette fois seulement, Lady Vee, après, promettez-moi que vous rentrerez chez vous. »

Je lui offre un sourire en guise de promesse puis lui explique que Sacha Milburn doit être au Firefly. Les jeunes s'y retrouvent par tous les temps pour boire un verre en fin de journée. Quand nous repartons de la villa pour nous diriger vers le sud par l'intérieur des terres, Solomon a encore l'air contrarié.

En passant devant le centre médical tout juste rénové, je mesure une fois de plus à quel point Moustique a changé. On dirait deux bungalows de luxe, avec le cabinet de consultation d'un côté et de l'autre, une petite clinique avec deux chambres privées, si jamais quelqu'un tombe malade et qu'il n'y a pas d'avion pour l'évacuer. Le club sportif a de nouveaux vestiaires et même les écuries se sont agrandies pour accueillir plus de chevaux. Aujourd'hui, l'endroit offre le spectacle idyllique de trois juments arabes qui broutent dans le pré, attendant qu'on les emmène galoper le long de Rutland Bay.

Solomon est un compagnon qui laisse volontiers s'installer de longs silences. Il réfléchit sans doute aux questions à poser à Sacha Milburn. Dès que j'aperçois, niché au milieu des cocotiers, le Firefly qui domine Britannia Bay, je retrouve ma bonne humeur. J'ai toujours adoré l'ambiance de l'hôtel. Comme il n'a que sept chambres, il n'y a jamais trop de monde au Patrick's Bar et le martini dry y est absolument parfait. Je croise les doigts en espérant trouver Tommy Rothmore en compagnie de ses amis, mais quand nous arrivons, la véranda est déserte.

« Vous venez souvent ici, Solomon ?

– Jamais. »

En voyant l'inspecteur jauger de son regard intelligent les jardins tropicaux et leurs cascades artificielles, l'endroit m'apparaît soudain sous un nouveau jour. Les seaux à glace vides posés sur le bar attendent d'être remplis de champagne à trois cents dollars la bouteille, un lustre richement décoré orne la salle du restaurant, les tables sont dressées avec des serviettes d'un blanc immaculé. Je m'apprête à demander au serveur si Sacha Milburn est venue récemment quand Solomon me prend le bras.

« C'est bien elle, au fond, non ? »

Je reconnais la crinière auburn de la jeune femme, assise seule à une table. Elle vient d'une famille de célèbres bohèmes, sa mère est une modiste renommée et son père, un gourou du bien-être qui passe sa vie à pondre des guides de développement personnel sur la façon de parvenir à la paix intérieure. Sacha est occupée à griffonner dans son journal avec une telle concentration qu'elle ne nous voit pas arriver. Quand elle m'entend l'appeler, elle a un choc ; je remarque que son carnet a une couverture rouge assortie à la couleur de son stylo. Elle les cache à la hâte dans son sac et semble nerveuse lorsque nous nous approchons de sa table. Sacha n'est plus l'enfant joyeuse qui jouait tout l'été avec Lily et Amanda ; je me souviens que sa mère m'a dit qu'elle avait traversé une crise de confiance à l'université. Cela ne doit pas être facile d'avoir des parents aussi réputés dont la réussite éclipse tout ce que vous entreprenez. Sa coupe de cheveux ne ressemble à rien, elle a la peau parsemée de taches de rousseur, une robe d'été grise si quelconque qu'elle en devient presque invisible. C'est dommage qu'elle prenne aussi peu soin de son apparence ; il suffirait de changer deux ou trois choses pour qu'elle se métamorphose en beauté préraphaélite.

« Je suis contente de vous revoir, Vee, marmonne-t-elle.

– Moi aussi, je suis ravie. Nous pouvons nous joindre à toi ? Je te présente mon ami, l'inspecteur Solomon Nile. C'est le nouveau policier de l'île, il vient tout juste d'être nommé. »

La jeune femme sourit d'un air gêné. « Dieu merci, enfin quelqu'un pour nous ramener dans le droit chemin.

– Comment vas-tu, ma chérie ?

– Je comptais rentrer plus tôt en Angleterre, mais je suis restée pour l'anniversaire de Lily. L'atmosphère de la villa est étrange, il n'y a plus un bruit depuis que la famille est partie.

– Viens chez nous quand tu veux, Sacha. Tu sais que Lily t'adore. »

Elle me sourit avec reconnaissance, puis se tourne vers Solomon. « Votre nouveau poste vous plaît ?

– Il m'occupe beaucoup, en ce moment, Miss Milburn. Je suis à la recherche d'Amanda Fortini. »

Le visage de Sacha se fige. « On ne s'est pas beaucoup vues, ces derniers temps. Je ne sais pas du tout où elle est, désolée.

– Et Tommy Rothmore ? Il a disparu, lui aussi.

– C'est plus inquiétant, murmure-t-elle. Il a tellement souffert.

– Comment ça ? demande Solomon.

– Tommy est une épave depuis qu'Amanda l'a plaqué. C'était mon premier petit copain, il y a des années. C'est du passé, mais je veux son bonheur. J'ai essayé de le persuader de parler au pasteur Boakye. Je ne suis pas croyante, mais comme beaucoup de gens d'ici, ça m'a beaucoup aidée de me confier à lui. Je me disais que ça pourrait également faire du bien à Tommy, mais quand je lui ai suggéré, il a pété un câble.

– C'était quand ?

– Samedi après-midi, je ne l'ai pas revu depuis. Il m'a hurlé de lui foutre la paix.

– Vous savez pourquoi ils ont rompu, Amanda et lui ?

– Depuis le début, elle le traitait n'importe comment. On lui passe tout, je ne comprends pas. Tommy s'occupe avec un tel sérieux de toutes les associations caritatives qu'il finance qu'il n'a que peu de temps à consacrer à sa vie privée. Amanda est trop gâtée pour le soutenir ; elle a eu l'impression qu'il la négligeait et s'est trouvé quelqu'un d'autre. Elle n'a jamais voulu dire qui, alors qu'elle est restée un an avec Tommy. C'est impardonnable, non ? Il est tellement bouleversé qu'il s'en prend à tous ceux qui l'approchent.

– Il t'a menacée physiquement ? je lui demande.
– J'ai eu peur de rester. Il fracassait les meubles et avant ça, il avait frappé un des domestiques. Les autres ont démissionné sur-le-champ.
– Tu n'as pas pensé à appeler la police ?
– Tommy était déjà tellement malheureux que je ne voulais pas lui faire ça. »
Je lui prends la main. « Ce n'est pas de ta faute, ma chérie. Mais on doit le retrouver. Il ne faut pas qu'il se fasse du mal ou qu'il en fasse à Amanda.
– J'ai essayé de le protéger, mais je n'ai pas réussi. » Son expression se durcit soudain. « Amanda ne le méritait pas. S'il lui est arrivé malheur, c'est de sa faute.
– Pourquoi ça ? demande Solomon.
– Je vois tout ce qui se passe, ici. Tommy n'a rien à voir avec sa disparition. Le soir, elle allait toute seule à Lovell.
– Comment le savez-vous ? »
Sacha baisse les yeux sur la table. « Tout le monde sait qu'elle a de mauvaises fréquentations. »
Malgré l'insistance de Solomon, elle ne tient visiblement pas à révéler ses sources. Il faut retrouver Amanda le plus vite possible ; il est facile d'accuser une autre communauté que la sienne au moindre problème.
« Désolée de t'avoir dérangée, Sacha, lui dis-je. Tu étais très absorbée par ce que tu écrivais. »
La jeune femme se force à sourire. « C'est juste quelques notes, mais j'ai envie d'écrire un livre pour enfants.
– C'est formidable, dis-je en me levant. Viens nous voir un de ces jours et de toute façon, je suis sûre que nous aurons l'occasion de bavarder à la fête de Lily, mais surtout, pas un mot. Je compte sur ta discrétion. Nous te laissons retourner à ton travail. »
Lorsque nous rejoignons la terrasse, en contrebas, Solo-

mon a l'air préoccupé. Les carreaux de la piscine reflètent le ciel, la mer est un miroir calme bien que les bulletins météo annoncent que la tempête tropicale se dirige vers le sud, mais je sens que l'inspecteur n'est pas d'humeur à admirer la vue. Il esquisse un signe de tête avant de me remercier de mon aide, puis s'éloigne à grands pas.

13

Quand il arrive au port de Britannia Bay, Solomon est au comble de l'exaspération. Il est sept heures du soir, le soleil se couche déjà et il n'en sait toujours pas plus sur la disparition d'Amanda Fortini. La vedette de la police est amarrée à la jetée, recouverte d'une bâche. Elle n'a pas servi depuis des mois. Le bateau à moteur est un peu plus grand qu'un dinghy standard, avec le logo délavé de la police de Saint-Vincent peint sur la proue et de multiples éraflures sur sa coque en fibre de verre. Solomon n'a toujours pas reçu l'autorisation de fouiller l'*Aqua Dream* mais sa patience est à bout. Le yacht est ancré devant la baie, dominant encore l'horizon. À son grand étonnement, le moteur de la vedette démarre au quart de tour, comme si elle attendait une nouvelle aventure.

Solomon met dix minutes à rejoindre le yacht, dont les flancs se dressent de plus en plus haut à mesure qu'il approche. Il n'y a aucun signe de vie, à part deux hublots éclairés d'une lumière jaune, et la coque est si propre qu'elle miroite au clair de lune. Une vedette Bayrider XR7 identique à celles qui sont amarrées au port d'Old Plantation est solidement arrimée sur le pont et équipée d'un bossoir hydraulique pour la descendre dans l'eau. Solomon commence à se demander s'il y a quelqu'un à bord quand un homme d'une trentaine d'années apparaît sur le pont, en uniforme d'équipage classique : short bleu marine, tee-shirt blanc et docksides. Lorsque Solomon lui demande s'il peut monter à bord, l'homme n'a pas un sourire. En grimpant l'échelle de coupée, l'inspecteur s'aperçoit qu'il a quelques années de plus que ce qu'il lui avait semblé de loin, le visage buriné, des cheveux blonds mi-longs grisonnant par endroits, la peau burinée par les éléments. Sa tête lui dit quelque chose et d'instinct, Solomon se dit qu'il s'agit peut-être bien de l'homme qu'Amanda Fortini ne pouvait pas s'empêcher de trouver attirant.

« Je suis le capitaine, dit l'homme avec un accent anglais des faubourgs. Qu'est-ce que vous voulez ? »

Avant même qu'il n'ait eu le temps de répondre, Solomon entend des pas et un autre homme surgit du carré. Ils ont tous les deux une carrure de videurs de boîte de nuit, portent le même uniforme minimaliste et le regardent comme s'il était un extraterrestre. Ils remarquent le holster que le règlement de la police locale l'oblige à porter et pour une fois, il est content d'être armé. L'atmosphère est cent pour cent hostile.

« Je suis l'inspecteur Solomon Nile. J'ai quelques questions à vous poser. »

L'homme hoche lentement la tête.

« On vous écoute.

– On s'est déjà vus à Moustique, non ? »

L'homme fait signe que non. « C'est la première fois que je viens aux Îles du Vent depuis que j'ai obtenu mon brevet de capitaine.

– Une jeune femme a disparu sur Moustique. On l'a aperçue à l'aube, vendredi matin, nager en direction de votre yacht. Elle s'appelle Amanda Fortini. L'un de vous l'aurait-il vue ?

– Personne n'est venu jusqu'ici.

– Généralement, les yachts passent une nuit ou deux dans nos eaux avant de mettre le cap sur leur destination suivante. Avez-vous une raison particulière de rester plus longtemps ?

– On s'est mis à l'abri, le temps que l'alerte tempête soit levée. » Il montre des combinaisons qui sèchent sur un garde-corps. « On fait de la plongée, histoire de passer le temps.

– Qui est le propriétaire ?

– Une société qui s'appelle Aqua Dream. Je n'ai aucun nom de particuliers. On est chargés de convoyer le bateau à Saint-Christophe.

– Comment vous appelez-vous, Capitaine ?

– Dan Kellerman.

– Avez-vous pris le tender pour débarquer sur Moustique vendredi matin, de bonne heure ?

– Ça fait des semaines qu'on ne s'en est pas servis, à part pour faire des courses à Lovell.

– Moustique est une île privée. Vous n'avez pas le droit de débarquer sans autorisation.

– On ne va quand même pas mourir de faim, non ? »

Solomon regarde par un hublot qui donne sur un carré meublé avec simplicité et uniquement orné de quelques tableaux. La sobriété du décor détonne avec le luxe du yacht. « Je voudrais jeter un coup d'œil à l'intérieur.

– Sans mandat de perquisition, ça ne va pas être possible. »

L'inspecteur tente une nouvelle approche. « La femme qui a disparu a vingt-trois ans, Mr Kellerman. La dernière fois qu'on l'a vue, elle nageait en direction de ce yacht, il y a deux jours. Une grosse vedette identique à la vôtre traversait la baie. » Il sort de sa poche une photo d'Amanda Fortini et la lui tend, mais le capitaine la regarde à peine avant de la passer à son équipier. Le second s'empresse de la rendre, comme si elle lui brûlait les doigts.

« On ne l'a pas vue, ni l'un ni l'autre.

– On pourrait gagner du temps si vous me laissiez perquisitionner maintenant.

– Apportez-moi le mandat et j'y réfléchirai. »

L'homme se rapproche de Solomon comme s'il voulait le balancer par-dessus bord, mais s'il y a bien un moment où son gabarit est utile, c'est quand il est menacé physiquement et il ne bouge pas d'un pouce.

« Vous me reverrez bientôt, Mr Kellerman. »

À son retour, le thermomètre affiche plus de trente-deux degrés à l'intérieur du poste de police et il s'installe dehors sur un banc pour feuilleter ses notes. Il a fait des recherches dans le fichier sur Dan Kellerman, le capitaine de l'*Aqua Dream*, mais il n'est enregistré nulle part comme marin. Soit il n'a jamais passé son brevet de capitaine, soit il lui a donné une fausse identité. Il ressasse encore les faits quand il reçoit un coup de téléphone de son supérieur hiérarchique de Saint-Vincent. Solomon regarde le soleil sombrer sous l'horizon en écoutant l'inspecteur principal Fenton Black. C'est un colosse débonnaire avec un sourire aimable, mais aujourd'hui, son ton n'a rien d'affable.

« Les parents d'Amanda Fortini m'ont appelé tout à l'heure, Solomon. Je vous interdis de leur reparler sans mon autorisation. Désormais, c'est moi qui leur donnerai les informations, c'est compris ? Il ne faut pas qu'ils apprennent que vous avez des difficultés à retrouver leur fille. J'ai besoin d'avoir quelque chose de positif à leur dire demain. »

Solomon lui fait un rapide compte rendu, lui expliquant qu'il a parlé à des gens de l'entourage d'Amanda Fortini. Il est possible que son ex soit impliqué : il a renvoyé le personnel et tout saccagé chez lui.

– Dans ce cas, arrêtez-le. Il faut régler cette histoire.

– Il est introuvable et je pense que l'*Aqua Dream* est impliqué. La dernière fois qu'elle a été vue, Amanda Fortini nageait en direction du yacht, le matin de sa disparition. Il se peut que l'équipage la retienne à bord. Il me faut le mandat de perquisition de toute urgence.

– Je ne suis pas sûr que ce soit possible. » Black laisse peser un long silence avant de poursuivre. « Ça ne dépend pas de moi, Solomon. Mon supérieur attend l'autorisation d'en haut.

– C'est quoi, le problème ?

– Il s'en occupe, OK ? Qu'est-ce que vous avez découvert d'autre ?

– D'après le pasteur de l'île, Amanda Fortini avait une liaison secrète. Si je retrouve son nouveau petit ami, il se peut qu'elle soit avec lui.

– L'île fait à peine cinq kilomètres de long. Ça ne doit pas être bien difficile. Ramenez-le-moi demain.

– Je ferai ce que je peux.

– Vous êtes conscient que les Fortini sont une des familles les plus riches du monde, hein ?

– Je sais bien, monsieur. Je peux avoir des renforts pour m'aider dans mes recherches ?

– Pas avant que l'alerte tempête ne soit levée. Les avions sont cloués au sol et la police maritime a suspendu les déplacements inutiles.

– La tempête est à des centaines de kilomètres d'ici. Il leur faudrait à peine deux heures pour venir en bateau.

– On est censés faire respecter la loi, vous vous rappelez ? » Black pousse un gros soupir. « Ne me décevez pas, Solomon. Je veux des réponses demain. »

Sur ce, l'inspecteur principal Black raccroche sans un mot de plus, laissant Solomon face à un coucher de soleil de carte postale qui ne lui est d'aucun réconfort. De retour dans son bureau, il s'attelle à la tâche avec encore plus de détermination. Il passe en revue tous les propriétaires de villa qui se trouvent encore sur l'île, puis examine le registre électoral. Il peut éliminer d'office un certain nombre de gens, trop âgés ou souffrants pour s'en prendre à une jeune femme dans la force de l'âge, et vérifie également les registres de passagers. Le matin de la disparition d'Amanda Fortini, une bonne douzaine d'insulaires se trouvaient à Saint-Vincent ou Sainte-Lucie, dont Phillip Everard, mais à moins d'avoir un alibi, personne d'autre ne peut être écarté.

Il y a actuellement trois cents habitants environ à Lovell, et moins d'une centaine sur le reste de l'île. En repensant à la façon dont Sacha Milburn a laissé entendre que l'amant clandestin d'Amanda Fortini appartenait à sa communauté, un sentiment pénible lui noue soudain l'estomac. Les clivages de la société l'ont conduit à intégrer la police afin de se battre contre les inégalités. Il secoue la tête avec incrédulité à l'idée qu'il ait pu imaginer une seule seconde qu'il pourrait changer le *statu quo* à lui seul. Il est rentré au pays à l'appel de sa conscience – poussé à la fois par le coup de fil poignant de Mama Toulaine qui le prévenait que l'état de santé de son père déclinait et la peur de répéter les erreurs qui avaient coûté la vie à une femme –, mais celle-ci sera-t-elle assez forte pour le persuader de rester ici, tout en bas de l'échelle ?

Quand il regarde la pendule, Solomon s'aperçoit qu'il a passé des heures plongé dans son travail, la nuque douloureuse à force de rester penché sur son ordinateur. Il est dix heures du soir et il faut qu'il rentre pour s'assurer que Lyron a confortablement installé leur père dans la véranda. En fermant le poste de police, il regarde en direction du nord et laisse tomber ses clés par terre. Le soleil est couché depuis des heures mais le ciel est embrasé par des flammes qui bondissent dans un panache de fumée. L'inspecteur cherche ses clés à tâtons dans la poussière puis appelle les pompiers bénévoles. Il se précipite vers son buggy pour aller voir quelle villa est la proie d'un gigantesque incendie.

14

Je viens de passer ma première soirée en tête à tête avec Lily depuis des mois. Nous sommes installées dans le salon, près des fenêtres qui donnent sur la mer. Je vois bien qu'elle est inquiète pour Tommy Rothmore. Désormais, elle se fait du souci pour un autre de ses amis, mais elle s'efforce de dissimuler ses craintes. Lily m'a abreuvée pendant une demi-heure d'histoires sur le récif de corail.

« J'ai envie d'apprendre la plongée libre, dit-elle.

– C'est quoi ?

– Dex Adebayo était spécialiste ; ça veut dire plonger sans oxygène. Il y a des gens qui réussissent à plonger à deux cents mètres de fond en apnée.

– Non, ma chérie, ne fais pas ça, je t'en prie. Je serais morte d'angoisse. »

Elle me décoche un grand sourire, toujours aussi espiègle. « On n'a qu'à s'entraîner ensemble, Vee. Tu plongeais bien pour pêcher des huîtres en Écosse, quand j'étais petite. Tu as toujours adoré l'eau.

– Quand elle n'est pas trop profonde, ça va encore, mais du courage à la folie, il n'y a qu'un pas.

– On dirait Jasper. C'est le mélange parfait des deux, tu ne trouves pas ? »

Je m'apprête à répondre quand Wesley fait irruption dans la pièce. D'ordinaire, notre majordome camoufle ses émotions derrière un masque impassible, mais ce soir, il est visiblement tendu.

« La maison des Fortini est en feu, Lady Vee. »

Quand nous nous précipitons toutes les deux à la fenêtre, les flammes dansent derrière les fenêtres de la propriété voisine. Soudain, une explosion retentit, comme si une bombe avait éclaté, et un pan du toit s'affaisse dans une gerbe de flammes.

« Ma sœur est peut-être là-bas », marmonne Wesley.

Il se rue dehors et nous lui emboîtons le pas. Il s'élance au-dessus du mur d'enceinte, puis court à toute allure vers la bâtisse en feu, suivi de près par Lily. Je mets plus de temps à escalader le mur en déchirant au passage ma robe de soie. Wesley essaie de forcer une porte, puis jette une brique par une fenêtre et se hisse à l'intérieur. Jusque-là, j'avais toujours vu Wesley comme un tyran psychorigide et non le genre d'homme à se précipiter dans un brasier. J'avais oublié que c'était un ancien militaire.

Lily aide déjà les pompiers bénévoles ; ils sont six à être aux prises avec la lance d'incendie alors que le feu s'intensifie. Le vacarme des poutres qui s'écroulent résonne dans la nuit et le crépitement des flammes m'assourdit. Une fumée âcre emplit mes poumons, me laissant un goût amer dans la bouche et me faisant larmoyer. Je déteste me sentir aussi impuissante, mais je ne peux pas faire grand-chose. La lance d'incendie est dirigée sur la pointe des flammes qui jaillissent du toit, mais elles semblent inextinguibles. L'incendie se calme un instant avant de redoubler de violence. La silhouette de Wesley apparaît aux fenêtres de l'étage. Il court de pièce en pièce. C'est de la folie d'être entré dans la maison, mais je ne peux que regarder.

Je me recule de quelques mètres et j'entends un autre bruit, désagréable et incongru. Quelqu'un rit aux éclats au moment où Lily réapparaît à côté de moi. C'est un rire perçant, incontrôlable, pareil à celui d'un enfant pris d'une telle hilarité qu'il finit par en pleurer d'épuisement. Les nuages de fumée qui s'échappent du feu m'empêchent de voir. Quand ils se dissipent, quelqu'un est assis par terre. Ses vêtements sont en lambeaux, son visage couvert de cendres, mais je reconnais aussitôt Tommy Rothmore. Il est en tailleur, presque camouflé par la végétation, fasciné par le spectacle de l'incendie. Lorsque je m'approche de lui avec Lily, ses glapissements se font de plus en plus stridents. Il a une lueur de folie dans les yeux. Je ne suis pas sûre qu'il nous reconnaisse. Lily s'accroupit à côté de son ami, mais il fixe son regard sur moi.

« Attention au feu ! hurle-t-il. Votre robe de soirée va brûler. »

Lily lui parle d'un ton apaisant, mais il est impossible de communiquer avec lui. Sa chemise est trouée, révélant des traces de brûlures sur sa peau, ses sourcils sont roussis. Il a quelque chose sur les genoux et l'espace d'un instant, j'ai l'impression qu'il tient un bébé entre ses bras pour le protéger. Quand je m'agenouille à côté de lui, il empeste l'alcool.

« Viens, Tommy, lui dit Lily. Il faut panser ces brûlures.

– Je ne sens plus rien, heureusement. » Un nouvel éclat de rire jaillit de ses lèvres quand il montre les flammes. « Le bûcher des vanités.

– Allez, viens, dit Lily. Je te promets qu'on va s'occuper de toi. »

Il secoue la tête avec véhémence. « Je sais où est Amanda. Quand je ferme les yeux, je vois exactement où. »

Je me rapproche de lui. « Comment ça ? »

Le sol est jonché de bidons d'essence et de white-spirit, à moitié cachés dans les broussailles enchevêtrées, mais pour l'instant, je me fiche qu'il ait ou non mis le feu à la maison de son ex, et à voir Lily l'enlacer par les épaules d'un bras protecteur, je sais bien qu'elle est du même avis. Quand Tommy reprend la parole, son regard s'est adouci.

« Ne pleure pas, Lily. Elle a horreur que les gens soient tristes.

– Qui ça, Tommy ?

– Amanda, évidemment. » De nouveau, il éclate de rire comme si quelque chose d'évident nous échappait, et soudain, il se lève. Sur ses traits, l'amusement a cédé la place à la peur. « Elle est là. Pas besoin d'aller chercher ailleurs. »

Il me fourre quelque chose dans les mains, mais je suis trop occupée à le regarder s'enfoncer en chancelant entre les arbres pour y prêter attention. Avec sa silhouette maigre et ses vêtements brûlés qui volettent derrière lui, on dirait un épouvantail. Lily se lance à sa poursuite, mais il la repousse et se met à courir si vite qu'il est impossible de le rattraper. Toute la maison est submergée par les flammes et des gens se précipitent sur la pelouse avec des seaux d'eau puisée dans la piscine comme si ces quelques gouttelettes pouvaient suffire à éteindre la fournaise. Dieu merci, la villa est entourée de terrasses en pierre. Elles contiennent le feu en l'empêchant d'atteindre les arbres, autrement, notre maison serait menacée. Les flammes jaillissent encore des fenêtres du haut, des tuiles glissent du toit en une longue cascade. Des gens sont venus des villas voisines pour voir s'ils pouvaient donner un coup de main ou regarder la maison se réduire en cendres. Mon jeune jardinier se tient à l'écart des spectateurs qui observent tous l'immense brasier. Je suis trop loin pour déchiffrer son expression.

Lily est repartie en courant aider les pompiers, mais je ne vois pas comment je pourrais leur être d'un quelconque secours. Je ne cesse de penser à la ferveur avec laquelle Tommy a affirmé qu'Amanda était là. Aurait-il enterré son corps dans le parc ou l'aurait-il placé dans la villa avant d'y mettre le feu ?

Je parcours encore une fois la foule du regard mais il n'y a aucune trace de Wesley et dans la panique, je serre l'objet que Tommy m'a donné. C'est un morceau de corail mort, comme celui que j'ai trouvé devant la porte de Lily, mais le motif gravé sur sa surface desséchée n'est pas le même. Il a été marqué au couteau ou au scalpel de deux flèches croisées.

15

Quand Solomon arrive, la villa des Fortini ne peut plus être sauvée. Toute la structure est embrasée, les pompiers bénévoles ne progressent guère. À côté de l'énorme bâtisse, leur camion semble ridiculement petit et le jet de leur lance n'a aucun effet. Une vingtaine de personnes sont encore attroupées sur la pelouse. L'inspecteur traverse la foule en demandant aux gens de partir avant que les murs ne s'écroulent. S'ils restent aussi près, il risque d'y avoir des blessés. Mais lorsqu'il regarde derrière lui, il comprend ce qui les attire. C'est un véritable événement sur une île où les jours se succèdent au même rythme, face à une mer qui bouge à peine, sous un ciel paisible. Par comparaison, le feu qui ravage tout sur son passage est fascinant.

Tandis que Solomon renvoie les badauds chez eux, il voit un homme allongé sur le sol, avec Lady Veronica et Lily à ses côtés. Quand il s'approche, il s'aperçoit que c'est leur majordome, Wesley Gilbert. Les yeux fermés, il a du mal à respirer.

« Qu'est-ce qui est arrivé, Lady Vee ?

– Ce fou s'est précipité dans la maison sans qu'on puisse l'arrêter.

– C'est sa sœur Sheba qui a donné l'alerte, précise Solomon. Elle va bien ; je viens de la voir. »

L'homme se redresse péniblement, la respiration encore rauque. « Où est-elle ?

– Juste là. » Solomon montre une femme à l'extrémité de la foule.

« Dieu soit loué », murmure le majordome.

Gilbert a trop de mal à reprendre son souffle pour continuer à parler. Solomon le connaît depuis qu'il est petit. Son attitude stricte et son passé militaire lui donnent un côté austère, mais ce soir, sa fragilité est manifeste, bien qu'il essaie déjà de se relever en titubant. Quelqu'un a dû appeler le médecin, car le Dr Pakefield arrive vers eux en courant, sa sacoche à la main. Il oblige Gilbert à se reposer jusqu'à ce qu'il retrouve peu à peu une respiration normale.

Lady Veronica s'attarde auprès de Solomon pendant que Lily réconforte l'homme ébranlé. L'aristocrate semble déplacée avec sa robe claire qui lui donne une allure fantomatique à la lumière éclatante des flammes.

« Tommy Rothmore nous a parlé d'Amanda, juste à l'instant, dit-elle. Nous avons essayé de l'aider, mais il s'est sauvé. »

Elle l'entraîne dans le parc, à l'écart de la bâtisse en feu. Il écarquille les yeux en voyant la dizaine de bidons d'essence qui jonchent le sol. Il écoute avec attention Lady Vee qui lui explique que le jeune homme était ivre et délirait, en se tordant de rire face à l'incendie. Tommy a peut-être caché les bidons d'essence dans le jardin et attendu que le dernier domestique soit parti avant de mettre le feu. Pour avoir vu une vidéo de formation des pompiers de Londres, Solomon sait qu'un bâtiment peut s'embraser en quelques minutes. Les meubles et les rideaux brûlent en une poignée de secondes, la peinture roussit sur les murs, ne laissant aux occupants qu'une chance infime de s'échapper. En l'espace de vingt minutes, une maison en bois comme celle des Fortini peut être réduite à une carcasse calcinée.

« Ce garçon est dérangé, dit Lady Vee. Il nous a dit de chercher Amanda ici, dans la propriété. Tommy m'a donné ce morceau de corail et puis il s'est sauvé.

– Il ressemble à celui que j'ai trouvé dans la chambre d'Amanda.

– Il y en avait un aussi dans notre villa, le lendemain de mon arrivée.

– Il faut que je le voie, Lady Vee. »

Quand Solomon le prend dans sa main, le corail est aussi léger qu'une éponge. Il est différent du morceau qui était posé sur le lit d'Amanda. C'est un fragment plus petit, prélevé sur le récif avec une lame aiguisée et il est si desséché qu'il a du mal à l'imaginer se balancer, vibrant de couleurs, au gré des courants sous-marins. Mais pourquoi Tommy Rothmore a-t-il gravé des flèches croisées sur les deux ? On dirait des symboles vaudous qui lui rappellent l'avertissement de Mama Toulaine. Si Tommy est responsable de la disparition de son ex, il se sert du corail comme d'une signature pour des raisons qu'il est seul à connaître. Solomon demande à Lady Vee de regagner sa villa par mesure de sécurité en promettant de les tenir au courant, Lily et elle, et conserve le cadeau d'adieu de Rothmore. Quand elle lui dit bonsoir, l'inspecteur voit bien qu'elle est déçue. Cela va être une tâche colossale de fouiller le site. Amanda Fortini peut se trouver n'importe où dans les décombres ou dans une fosse creusée au milieu des broussailles. Il lui faudra des renforts et des engins de levage pour l'aider dans ses recherches, mais ils n'arriveront sans doute pas avant plusieurs jours.

Solomon retourne à la villa des Rothmore, espérant trouver Tommy dans son pavillon d'été, mais celui-ci est vide. Bien que l'île ne fasse que quelques kilomètres de long, elle recèle bien des cachettes, sans compter que le jeune homme a peut-être trouvé refuge quelque part. L'inspecteur regagne lentement Lovell, s'arrêtant pour jeter un coup d'œil dans les jardins des villas désertes. Ce n'est qu'en arrivant devant chez le médecin qu'il remarque quelque chose d'intéressant. Au pied du mur de son jardin sont alignés des bidons d'essence, identiques à ceux qui étaient éparpillés dans le parc des Fortini. Il s'apprête à se diriger vers la maison, quand le Dr Pakefield descend l'allée à grandes enjambées. Il s'arrête subitement en apercevant Solomon qui attend dans l'ombre.

« Vous m'avez fait peur, inspecteur Nile. Vous êtes venu me voir ?

– Désolé de passer si tard. J'ai vu de la lumière et je voulais vous demander s'il y avait d'autres personnes qui avaient besoin d'être soignées, à part Wesley Gilbert.

– Seule la maison a été grièvement touchée.

– Tant mieux. Vous allez vous promener ?

– J'aime bien faire une balade avant d'aller me coucher. Ça m'aide à dormir.

– Vous savez pourquoi il y a autant de bidons d'essence près de l'entrée ? »

Le médecin le regarde d'un air déconcerté. « Ils sont au Dr Bunbury ; c'est peut-être pour son bateau.

– Vous vous en êtes déjà servi ?

– Tout seul, je n'en vois pas l'utilité. Mes enfants adoreraient, mais ils ne sont pas là.

– Vous savez où il est ?

– Dans le hangar à bateau, sur la plage qui est au pied de la villa. Je peux aller faire un tour, maintenant ? Demain, je commence tôt. »

Solomon le laisse partir d'un pas décidé. Il est minuit passé, mais le médecin semble soulagé de pouvoir s'échapper ; sa silhouette mince s'éloigne si rapidement qu'on a l'impression qu'il s'échauffe pour un sprint. D'instinct, l'inspecteur descend sur la plage pour aller jeter un œil à la vedette du Dr Bunbury. Il n'y a pas de lumière dans le hangar à bateau, mais Solomon fait une découverte intéressante à la faveur de la lune qui pénètre à flots à l'intérieur. Le bateau est plus vieux que tous ceux qu'il a vus, mais tout le monde sait que le Dr Bunbury y tient comme à la prunelle de ses yeux et sa coque en fibre de verre est encore immaculée. Ce n'est qu'en passant la main sur la proue qu'il sent sous ses doigts une profonde rayure dans le vernis. Il n'a aucun moyen de prouver que le Dr Pakefield est allé en vedette à Britannia Bay le matin où Amanda Fortini a été vue pour la dernière fois, mais une chose est sûre, elle a été utilisée récemment.

16

Lundi 16 septembre 2002

Je sens l'odeur de fumée avant même d'ouvrir les rideaux, à huit heures du matin. Le soleil est déjà haut dans le ciel, mais lorsque je me tourne vers la villa des Fortini, je découvre une scène de désolation. Ses murs extérieurs sont noirs de suie et seule la cheminée est intacte ; elle se dresse encore tel un soldat sur un champ de bataille au milieu des dépouilles de ses camarades de combat. Je ne cesse de repenser au comportement de Tommy Rothmore et son rire démentiel résonne encore à mes oreilles.

Quand je sors, Lily est sur la terrasse, contemplant les ruines.

« Je n'en reviens pas, Vee. D'abord, Amanda disparaît, puis sa maison brûle. Qui peut la détester à ce point ? Tommy était très perturbé, hier soir. Avant qu'il s'enfuie, j'ai eu l'impression qu'il avait honte de quelque chose. »

À en juger par la peur que je lis dans son regard, elle pense que Tommy est sans doute coupable, mais elle est trop affectée pour en parler. Lily est si indépendante désormais que j'en oublie parfois le traumatisme qu'elle a subi étant enfant. Depuis la mort de sa mère, la villa des Fortini était un des rares endroits où elle se sentait en sécurité. Et voilà qu'elle est détruite et que sa meilleure amie a disparu. Il se peut que Tommy ait essayé d'avouer ses méfaits hier soir, mais le sujet est trop sensible et je préfère parler d'autre chose.

« Wesley a payé cher son courage. Ce n'est pas bon pour lui d'avoir respiré toute cette fumée.

– Il est indestructible, Vee. Rien ne peut l'abattre.

– Tu crois vraiment ? »

Elle se contente de sourire. « Quand j'étais petite, il était très sévère, mais il avait toujours l'œil malicieux. J'espère qu'il va mieux.

– Moi aussi. J'irai le voir après le petit déjeuner. Il est venu travailler alors que je lui avais dit de se reposer.

– Tu vois ? Il est immortel. » Sa gaieté s'envole soudain. « Si seulement je savais comment aider Tommy et Amanda. Je me sens tellement inutile.

– Solomon a promis de nous tenir au courant. D'ici peu, il nous dira ce qu'on peut faire. Arrête de faire les cent pas, ma chérie. »

La domestique nous sert le petit déjeuner et, fidèle à lui-même, Wesley a veillé au moindre détail malgré les événements d'hier soir. Il y a des rondelles de banane avec de la noix de coco râpée, de la brioche, des confitures maison et une assiette de l'excellent fromage de chèvre de l'île. Mais Lily ne s'intéresse qu'au café. Subitement, je me rappelle le morceau de corail que j'ai trouvé en haut, dans le couloir, et vais le sortir du pot de fleurs.

« C'était devant ta chambre, dimanche matin. C'est toi qui l'as mis là ?

– Pourquoi veux-tu que je rapporte des coraux dans la maison ?

– Je me suis dit que tu voulais peut-être me montrer que le récif était dans un état désastreux.

– Tu le sais déjà, Vee. Jasper et toi, vous êtes les plus

gros donateurs de l'association. Quelque chose a été gravé dessus. On dirait une toile d'araignée, non ?

– Tu as peut-être raison. » Je passe la main sur le corail. « Mais ce qui m'inquiète surtout, c'est de savoir qui l'a laissé. Il a été déposé la nuit où j'ai vu Jose.

– Il faut en parler à l'inspecteur Nile. Je t'ai dit que Keith Belmont a l'intention de me faire une grosse donation ? Son avocat m'a envoyé un contrat de quinze pages à lire, qui précise le rôle potentiel de Keith.

– Réfléchis bien avant d'accepter, ma chérie, c'est un roublard. Mais dis-moi : comment vont tes greffes ?

– Elles ont pris à quatre-vingts pour cent. Mais la tempête risque de tout gâcher si elle se dirige sur nous. Tous les implants qui ne sont pas bien fixés vont être arrachés.

– J'avais presque oublié l'ouragan. L'eau semble si calme.

– D'après la météo, il se rapproche. C'est toujours le calme avant la tempête, non ? »

Je suis soulagée d'apprendre qu'aujourd'hui, elle va s'occuper de l'entretien de son bateau au lieu de sortir en mer. Ce soir, elle va rentrer tard car elle doit travailler à sa demande de subvention à la Société océanographique. Lily se détend en m'expliquant que le renouvellement de la subvention l'an prochain lui permettrait d'embaucher plus de plongeurs pour ramener à la vie le récif de corail. Son stress ne réapparaît que lorsqu'elle repense à hier soir.

« J'ai l'impression que pour une raison ou pour une autre, Tommy estime que je suis responsable de la rupture. Sacha est bizarre, elle aussi. Au début de l'été, on s'entendait tous bien, mais maintenant, le groupe s'est séparé.

– Surtout, si tu vois Tommy, ne l'approche pas. Appelle immédiatement Solomon.

– Entendu, même si je ne peux pas croire qu'il puisse faire du mal à qui que ce soit.

– Tu as le numéro de Solomon ? »

Elle se ressert du café. « Il me l'a donné quand on s'est rencontrés.

– Il est beau, n'est-ce pas ? Sans ses lunettes, il doit être sublime. »

Le regard de Lily se durcit. « Je ne l'ai pas regardé ; je veux seulement qu'on retrouve Amanda.

– Tu ne veux pas rester ici avec moi, aujourd'hui ? Tu t'occuperas du bateau demain.

– Si je ne fais rien, je vais devenir folle, et le moteur a besoin d'une révision. Le bateau doit être en état de naviguer si je veux passer à la prochaine phase de greffes avant la ponte des coraux. »

Lily me dépose un baiser sur la joue puis disparaît à l'intérieur. Quand elle était petite, elle était toujours accrochée à mes basques, mais elle peut être implacable. J'admire sa ténacité, même si je préférerais la garder auprès de moi, bien à l'abri.

Je débarrasse la table et descends le tout au sous-sol, où Wesley est à la cuisine, occupé à essuyer des verres à vin. Il est horrifié de me voir porter un plateau chargé de vaisselle.

« Que faites-vous, Lady Vee ? C'est à la bonne de s'en charger, dit-il en me l'enlevant des mains. »

Je me perche sur un tabouret, devant sa table. « Désolée d'avoir crié, hier soir. Vous m'avez vraiment fait peur. »

Le majordome continue à faire briller un verre. « Il n'y avait pas de quoi s'inquiéter. Tout va bien.

– Nous aurions tous été bouleversés s'il vous était arrivé quelque chose.

– À aucun moment je n'ai vraiment été en danger. » Son ton s'est légèrement radouci.

« Vous vous êtes évanoui à cause des fumées que vous avez respirées.

– Le médecin a dit que j'étais en pleine forme. J'ai connu bien pire quand j'étais à l'armée.

– Peu de gens se précipiteraient dans un bâtiment en flammes. Pour moi, vous êtes un héros. Faites-moi plaisir, prenez quelques jours, le temps que vous soyez complètement rétabli.

– Qui s'occuperait de vous ? » Il repose le verre et se tourne vers moi. « Je n'avais pas le choix, hier soir. Ma sœur a trois enfants, qui sont encore à l'école. Elle est toujours la dernière à partir de chez les Fortini. »

J'écarquille les yeux ; c'est la première fois que mon majordome se montre aussi bavard. J'aimerais qu'il baisse la garde plus souvent, mais sa discrétion le protège comme un champ de force. Il ne révèle quasiment rien de sa vie privée, bien qu'il connaisse la mienne dans ses moindres détails.

« J'ai de la chance que vous vous occupiez d'Eden House, Wesley. Je ne vous remercierai jamais assez. »

Il se force à sourire. « Une fois par an, cela suffit amplement.

– Vous êtes irremplaçable.

– Je vous en prie, Lady Vee. Je ne fais que mon travail, dit-il en se raidissant à nouveau.

– Je peux vous poser une question au sujet d'Amanda ?

– Allez-y.

– J'ai l'impression qu'elle vous agace. Y a-t-il une raison à cela ? »

Il garde le silence, réfléchissant. « Je ne m'attends pas à être traité en égal par tous vos visiteurs ; vous-même et Lord Blake, vous n'êtes pas comme les autres. Mais elle ne me regarde jamais dans les yeux. Quand je lui apporte à boire, c'est comme si j'étais invisible. Après toutes ces années, je parie qu'elle ne sait même pas comment je m'appelle. »

Je sens sa colère s'enflammer. « C'est un comportement inacceptable. Je suis navrée, Wesley, je l'ignorais.

– Miss Lily et vos enfants se montrent toujours respectueux ; vous leur avez appris la politesse. Et maintenant, si vous voulez bien, j'ai ces verres à finir et l'argenterie aussi. »

Le téléphone sonne au moment où j'arrive dans le couloir. Dès que j'entends une voix de femme paniquée entrecoupée de sanglots, je sais qu'il s'agit de Giovanna Fortini. Manifestement, elle se moque que sa villa ait été réduite en cendres. Comparée à la disparition de sa fille, la perte d'une maison n'est rien. Je tente de la rassurer en disant que la police cherche Amanda partout. Je m'abstiens de préciser que les forces locales se bornent à un unique inspecteur. Elle est surtout préoccupée de ne pas pouvoir venir sur l'île pour participer aux recherches en raison de la fermeture des aéroports, mais ce n'est pas près de changer, car la tempête Cristobal approche en dansant sur un air qu'elle seule entend.

17

L'inspecteur Nile a lancé un avis de recherche sur la radio locale qui émet sur les Îles du Vent. Il doit être diffusé toutes les heures, prévenant les habitants de Moustique de la disparition d'Amanda Fortini et demandant à toute personne ayant vu la jeune fille ou Tommy Rothmore de se manifester, mais il est dix heures du matin, et personne n'a répondu à l'appel. Quand il regarde par la porte ouverte de son bureau, il n'y a aucune trace des frères Layton. Peut-être sont-ils en train de travailler, pour une fois, mais dans la mesure où ils ne rendent jamais compte de leurs faits et gestes, cela restera un mystère.

Il décide de partir à la recherche de Tommy Rothmore, mais son téléphone sonne au moment précis où il ferme le poste de police. C'est quelqu'un qui appelle de la villa de Keith Belmont pour signaler qu'un cambriolage a eu lieu hier soir et qu'on a vu quelqu'un s'enfuir du complexe. À cette nouvelle, Solomon serre les dents. Il se retient de hurler qu'il a mieux à faire que s'occuper des délits mineurs ; une femme a disparu et un assassin potentiel est en cavale ; mais il se tait. S'il refuse d'enquêter sur cette affaire, Belmont risque de se plaindre à ses supérieurs de Saint-Vincent.

Solomon met dix minutes à se rendre en buggy à la villa de Belmont, qui est nichée à l'abri d'une palissade de trois mètres de haut. Il examine la plaque fixée au mur en s'annonçant à l'interphone ; la maison s'appelle Blue Heaven, comme le groupe de Belmont. Solomon n'a pas une passion pour le hard rock mais les Blue Heaven ont connu un énorme succès il y a trente ans et leurs fans sont restés fidèles jusqu'à leur séparation, il y a un an. La vie privée de Belmont lui a valu presque autant d'attention que sa musique ; son dernier mariage avec une fille de seize ans a défrayé la chronique. Solomon a lu quelque part que la dernière tournée mondiale des Blue Heaven avait rapporté plus de cinq cents millions de dollars, bien qu'en coulisses, le groupe ait passé son temps à se disputer. En d'autres circonstances, l'idée de visiter la villa Belmont aurait piqué sa curiosité naturelle, mais aujourd'hui, ça tombe mal. Excédé, il attend que la porte en métal s'ouvre dans un déclic, le laissant pénétrer dans l'empire de la rockstar.

Il s'attendait à trouver une immense demeure tape-à-l'œil avec une piscine olympique, mais la maison de Belmont est une merveille de lignes épurées et d'acier poli. Le jardin qui l'entoure est tout aussi minimaliste ; c'est une simple étendue revêtue de graviers blancs, parsemée ici et là de sculptures et de cactus.

Aucun employé n'apparaît quand il remonte l'allée, mais la porte est entrebâillée. Le seul indice qui révèle que c'est là qu'habite le leader mondialement célèbre des Blue Heaven est une Fender Stratocaster accrochée au mur. Solomon se rapproche pour l'admirer ; la guitare est usée, couverte de rayures et d'éclats, ainsi que d'autocollants signalant les villes où le groupe a fait sensation.

« Vous devez être musicien, à voir la façon dont vous

admirez ma guitare préférée. Je l'ai achetée chez un prêteur sur gages de Nashville il y a quarante ans. »

Solomon se retourne et découvre un homme mince d'un certain âge qui l'observe. Il porte un tee-shirt noir, un Levis délavé et des Birkenstock et ses cheveux gris sont attachés en queue-de-cheval. Rien n'indique sa célébrité, si ce n'est ce visage connu dans le monde entier qui semble avoir été taillé à même la roche. Il tient visiblement à conserver ses distances et ne fait pas un pas vers lui.

« Vous jouez de quoi, comme instrument ? demande Belmont.

– De la batterie, mais ça fait longtemps que je n'en ai pas fait.

– Ça ne s'oublie pas. Merci d'être venu. Je voulais déclarer les dégâts avant de nettoyer. Vous voulez boire quelque chose ? Un jus de fruits, un thé glacé ?

– De l'eau, s'il vous plaît. »

À son grand étonnement, Solomon se retrouve dans la cuisine à se faire servir par Belmont. Ce dernier a la main légèrement tremblante quand il pousse le verre dans sa direction. Pourquoi un homme qui s'est produit devant des centaines de milliers de fans serait-il stressé, à moins d'avoir quelque chose à cacher ? De près, Solomon s'aperçoit que Belmont a un visage creusé de rides profondes marqué par les combats comme sa guitare. S'il a été choqué ou perturbé par le cambriolage, il n'en laisse rien paraître.

« Vous habitez ici à l'année, Mr Belmont ?

– Pas de formalités entre nous. Appelez-moi Keith. » Il s'assied pesamment sur un tabouret et lui fait signe d'en faire de même. « Ça fait six mois que je suis là, je suis juste rentré deux fois en Angleterre. Je sortais d'un divorce houleux et j'étais complètement perdu, mais vous êtes trop jeune pour comprendre.

– À mon âge, je sais déjà que les ruptures sont difficiles. »

Belmont se frotte la nuque comme s'il voulait évacuer ses tensions. « J'ai beau me répéter que c'est une mauvaise idée de se marier, j'en suis à ma troisième fois.

– La quatrième sera peut-être la bonne.

– Hors de question que je remette ça. »

Solomon finit son verre d'eau et le pose sur le plan de travail. C'est bizarre de voir ce type qui a joué au Madison Square Garden et à l'Albert Hall se confier à lui. Il a du mal à savoir si cette franchise est réelle ou une simple comédie.

« Je peux voir les dégâts ? »

Quand le musicien l'emmène dans le salon, ça empeste l'alcool, un meuble bar a été renversé et le sol est jonché de bouteilles cassées. Les baies vitrées en accordéon ont été fracassées avec une masse qui est encore par terre, répandant une rivière d'éclats de verre sur le dallage en pierre. Les tableaux aux murs ont été lacérés, une télévision grand format gît au sol, en morceaux. Les meubles ont également été endommagés, un canapé tailladé, avec le rembourrage qui s'échappe des trous.

« Il y a beaucoup de choses qui ont été volées ?

– Que dalle, apparemment. Ils ont tout saccagé et sont repartis ; j'ai l'impression qu'il n'y avait qu'un seul type. Je l'ai vu escalader le mur de derrière.

– Le personnel n'a rien entendu ?

– Je n'ai qu'un assistant. Il est là de neuf heures à dix-sept heures du lundi au vendredi. Le week-end, je me débrouille seul.

– C'est vous qui avez appelé, tout à l'heure ? J'imaginais que vous aviez toute une équipe.

– Une garde rapprochée, vous voulez dire ? » Belmont

éclate d'un rire rageur, soudain amer. « J'ai horreur de ça. Au moins, la solitude m'aide à y voir plus clair.

– Vous savez quand c'est arrivé ?

– Vers trois heures du matin. Normalement, je dors bien, mais j'ai été réveillé par un bruit, alors je me suis habillé en vitesse et je suis descendu en courant. Le type n'a pas eu le temps de piquer quoi que ce soit. Après ça, je suis retourné me coucher et je ne me suis réveillé que ce matin. »

Solomon le regarde avec étonnement. « Des voleurs vandalisent votre maison et vous, vous retournez simplement vous coucher ?

– J'ai connu pire.

– Vous êtes sûr de n'avoir vu qu'un seul individu ?

– Je l'ai juste aperçu et les dégâts ne sont rien comparés aux chambres d'hôtel que j'ai pu démolir. J'aimais tout casser, quand j'étais jeune ; c'est peut-être tout ce qu'ils voulaient.

– Je peux jeter un coup d'œil dehors ?

– Allez-y. »

Solomon se fraie un passage entre les éclats de verre, regardant par où l'intrus est passé. Le jardin est entouré de murs peints en blanc d'au moins trois mètres de haut, ce qui signifie que celui qui a saccagé le salon de Belmont doit être agile. L'intrus a laissé des éraflures sur le mur en se dépêchant de l'escalader quand le musicien est descendu, mais Solomon ne comprend pas la réaction de Belmont. N'importe qui, aussi flegmatique soit-il, serait trop perturbé par un cambriolage violent pour aller se recoucher aussitôt alors que les voleurs pourraient revenir à tout moment.

Keith Belmont lui fait signe d'approcher et l'inspecteur suppose qu'il a d'autres informations à lui communiquer sur le cambriolage, mais en fait, il l'emmène dans un studio d'enregistrement. Le seul signe de vanité du musicien est la collection de disques d'or et de platine qui couvrent le mur du fond.

« Je suis content qu'ils n'aient pas piqué ça. J'aurais été dégoûté, même si à l'époque, je m'en fichais.

– C'est une belle réussite.

– Tout ce qui compte, c'est le prochain album. Je vais enregistrer des morceaux en solo à la fin de l'année. « Jouez-moi quelque chose.

– Je dois y aller.

– Ne m'obligez pas à vous supplier. Ça ne vous prendra qu'une minute, pas plus. »

Solomon sent que s'il refuse, il perdra encore plus de temps, mais il est gêné. Il y a si longtemps qu'il n'a pas tenu de baguettes que ça lui paraît incongru. Au début, le battement est hésitant, mais la mémoire lui revient et il joue quelques mesures de reggae suivies d'un long roulement.

Belmont esquisse enfin un sourire. « Où étiez-vous caché ? J'ai eu beau écumer toute l'île, impossible de trouver un batteur convenable. Venez samedi soir, on va se faire une jam et boire des bières avec des gars.

– Désolé, j'aurai du travail, Mr Belmont…

– … Keith. J'ai besoin de vous, mon vieux. Ne cherchez pas des prétextes.

– Vous devez être au courant qu'Amanda Fortini a disparu ; je suis très occupé. »

Le musicien le regarde. « C'est une fille adorable. J'ai vu la fumée qui s'échappait de sa villa, hier soir.

– Vous la connaissez bien ?

– Elle vient faire du yoga ici toutes les semaines et on joue au tennis de temps en temps. Vous savez ce qui s'est passé ?

– Il faut que je parle à son ex-petit ami.

– Tommy Rothmore est complètement à cran. Je l'ai invité à venir faire du yoga, lui aussi, mais il en était incapable. Il ne tient pas en place cinq minutes.

– Si jamais vous le voyez, appelez-moi immédiatement. Je vais faire le procès-verbal, pour vos assureurs. »

Les deux hommes retournent au salon quand Solomon remarque quelque chose par terre. C'est un morceau de corail, comme les deux qu'il a vus, mais lorsqu'il s'accroupit pour l'examiner, il s'aperçoit qu'il ne porte pas le même motif. Un simple U a été gravé à la surface.

« C'est à vous ? »

Belmont se baisse à côté de lui. « C'est du corail, mais il ne fait pas partie de ma collection. Le corail me fascine. J'ai appris à plonger pour les voir de près. J'ai réuni des fragments du monde entier, mais les miens sont prélevés de façon durable.

– Pourquoi vous vous y intéressez à ce point ?

– Le corail est unique sur la planète. Il peut se régénérer à partir d'une seule cellule, il comporte des milliers de sous-espèces et peut décomposer certains des pires poisons que nous déversons dans la mer. » Il secoue la tête d'un air dégoûté. « Un abruti a taillé ce morceau à la machette.

– Vous êtes bien propriétaire d'une vedette Bayrider XR7 ? Je l'ai vue au port.

– Qu'est-ce que ça a à voir ?

– Rien, probablement, mais ça vous arrive de vous en servir pour aller voir le récif ?

– Maintenant, quand je veux faire du snorkeling, je prends plutôt le kayak. Ça m'évite les réflexions de Lily Calder qui me reproche en permanence de faire un trou dans la couche d'ozone.

– Quand est-ce que vous avez sorti le Bayrider pour la dernière fois ?

– Il y a des semaines. Pourquoi ?

– On a aperçu une vedette identique à la vôtre dans Britannia Bay la dernière fois qu'Amanda Fortini a été vue alors qu'elle se baignait, de bonne heure, vendredi matin.

– J'étais ici, tout seul. J'ai la mauvaise habitude de me lever tard. »

Le musicien regarde Solomon ramasser le corail, l'air indéchiffrable. Belmont réitère son invitation à la jam session du samedi soir, mais Solomon ne lui promet rien. Il lui conseille de sécuriser sa maison et d'envisager de s'installer chez des amis ou au Firefly, le temps que l'on retrouve le coupable. Ce n'est qu'une fois la porte en métal blindée refermée derrière lui que l'inspecteur réalise que la seule fois où le musicien a manifesté une quelconque émotion, c'est quand il a parlé du corail. Leur conversation lui a appris que Belmont a les connaissances de plongée nécessaires pour prélever le corail qui apparaît sur tous les lieux de l'enquête.

18

Quand il m'appelle, le matin, Jasper est d'un calme inhabituel. Mon mari n'est jamais aussi épanoui que lorsqu'il a une tâche qui l'occupe et il s'est chargé de récupérer les costumes de nos invités et de les déposer à l'aéroport. Ils doivent être envoyés dès que l'alerte tempête sera levée. Ma crainte, c'est que l'anniversaire de Lily soit éclipsé par la disparition d'Amanda, mais Jasper est visiblement content de se changer les idées.

« Je préfère me préoccuper de la soirée que de discuter avec ces maudits architectes.

– Tu vas réussir à les convaincre, chéri.

– Ce n'est pas gagné ; ils n'écoutent rien. » Il a la voix tremblante.

« Ne t'en fais pas trop, surtout. »

Depuis des années, la santé mentale de Jasper est fragile. Je m'efforce de le protéger du stress, mais ce n'est pas toujours possible. À plus de soixante-dix ans, j'ai tiré de la vie un certain nombre de précieuses leçons – les unes déplaisantes, les autres salutaires. J'ai appris que l'exercice physique me permet de ne pas m'inquiéter pour mon mari et je me force donc à faire trente longueurs dans la piscine. Au début, ce n'est pas facile, mais au bout d'un moment, cela devient un plaisir. Tandis que je nage sur le dos, en écoutant les colibris dans le ciel, l'incendie d'hier soir et l'humeur versatile de Jasper ne sont plus que de lointains souvenirs.

J'ai presque fini quand Phillip arrive sur la terrasse. Il veut m'aider à répartir les invités entre sa villa, la mienne et les deux hôtels. Avec son pantalon à taille haute et sa chemise blanche fraîchement repassée, on le croirait sorti d'une pièce de Noël Coward.

« Viens te baigner !

– Je ne peux pas, le médecin serait furieux.

– Rabat-joie.

– Si je me baigne, après j'ai des problèmes d'audition. » Phillip se tapote l'oreille puis me fait signe de continuer et je termine une longueur. Une demi-heure dans l'eau a suffi à soigner les maux de l'existence, du moins pour l'instant. Je m'enroule dans une serviette puis rejoins Phillip.

« On aurait dit une naïade glissant dans les vagues, me dit-il.

– Plutôt un crocodile, maintenant.

– N'importe quoi, je t'enlèverais bien. » Mon vieil ami sourit, mais je vois qu'il est perturbé.

« Que se passe-t-il, chéri ? Tu n'as pas l'air bien, depuis que je suis revenue.

– J'aurais dû t'en parler plus tôt. » Il hésite un instant. « Tommy est passé chez moi, la semaine dernière, totalement bouleversé par sa rupture avec Amanda. Je n'ai sans doute pas su l'écouter. Je ne suis pas allé jusqu'à lui dire une de perdue dix de retrouvées, mais j'ai été trop désinvolte.

– Peut-être qu'il était déprimé depuis longtemps et que le fait d'être plaqué par Amanda a été la goutte de trop.

– J'aurais dû deviner. » Phillip pose de nouveau le regard sur moi. « Tu crois qu'il lui a fait du mal ?

– Quoi qu'il en soit, ce n'est pas de ta faute.

– Tu me laisses tout passer, tu ne devrais pas. » Il me touche la main. « Il est venu me demander des conseils, mais l'expérience ne m'a rien appris. Le rejet me fait autant souffrir que quand j'étais adolescent. J'aurais aimé lui apporter plus de réconfort, mais j'ai déjà du mal à rester moi-même dans le droit chemin.

– Ne sois pas aussi dur avec toi-même ; tu es incapable de méchanceté envers qui que ce soit. Toutes ces années, tu nous as tellement soutenus, Jasper et moi.

– Tu es un amour, Vee. Si tu pouvais remonter le temps, quelle période de ta vie choisirais-tu ?

– Quand les enfants étaient petits, je pense. Et toi ?

– Juste après l'école de théâtre, à l'époque où je ne gagnais rien et où je me produisais dans les petites salles de New York. La nuit dernière, j'ai rêvé que je jouais de nouveau *La Cerisaie* dans un tout petit théâtre. C'était fabuleux.

– Je t'imagine si bien en jeune et beau comédien. »

Je l'embrasse sur la joue et le laisse boire un thé à la menthe pour monter m'habiller. Je choisis toujours des couleurs claires pour lutter contre la chaleur de Moustique ; et ce matin, j'opte pour un pantalon en lin blanc et une chemise bleu pâle avec un rang de perles d'agate. Mon ami semble satisfait de mon apparence, comme si le manque d'élégance était un péché capital, mais les dégâts de la villa des Fortini pèsent sur notre conversation. L'odeur de bois brûlé flotte encore et on a du mal à croire qu'une bâtisse aussi somptueuse ait été réduite à un tas de décombres. Je m'efforce de me concentrer sur la fête de Lily au lieu de m'inquiéter pour quelque chose auquel je ne peux rien.

« Il y a environ cent cinquante personnes qui viennent. La moitié en jet privé.

– Tu n'exagères pas un peu ? dit-il en plissant les yeux.

– Heureusement, Josephine et Georgia arrivent la semaine prochaine pour nous donner un coup de main. Elles peuvent accueillir vingt personnes chacune dans leur villa, le Firefly peut en prendre quatorze et le Cotton House, trente. Je suis sûre qu'on peut dispatcher les autres ici et là chez des amis, non ? »

Nous parlons d'organiser un comité d'accueil à l'aéroport et de décorer l'intérieur d'un ciel étoilé pour que les invités soient plongés dans le thème de la fête dès qu'ils atterrissent, quand j'aperçois quelqu'un qui traverse la pelouse en courant. Le regard enflammé, Jose Gomez m'attrape par le poignet et me force à me lever. Il m'entraîne vers les marches comme s'il voulait à tout prix me montrer quelque chose.

« Qu'est-ce que vous faites là, Jose ? C'est votre jour de congé. »

Un son guttural s'échappe de ses lèvres mais il continue à me tirer en direction des marches qui mènent à la plage jusqu'à ce que Phillip vienne à ma rescousse.

« Arrêtez, dit-il au jardinier. Qu'est-ce qui se passe ? »

Le jeune homme recule, l'air terrifié, soudain stoppé par l'irruption de Wesley.

« Rentre chez toi, Jose, lui ordonne mon majordome, l'obligeant à me relâcher. On en reparle demain.

– Qu'est-ce qui lui prend ? dit Phillip. Il m'a fait exactement la même chose la semaine dernière, alors que je prenais mon petit déjeuner. »

Jose disparaît déjà entre les arbres. Je ne sais pas qui est entré par effraction dans ma villa pour déposer le corail devant la chambre de Lily, mais Jose a un comportement si étrange que je ne peux pas m'empêcher de penser qu'il est impliqué. Il a souvent eu l'occasion d'observer Amanda dans le jardin voisin et je sais qu'il nous suit, Phillip et moi. Mon regard tombe de nouveau sur la villa des Fortini pendant que Wesley et Phillip parlent de la conduite du jardinier. La carcasse calcinée de la maison paraît plus sombre encore et mes souvenirs des fêtes autour de la piscine et des soirées dansantes dans ce jardin sauvage sont réduits en cendres.

« Il vaut mieux que j'appelle Solomon, dis-je à Phillip.

– Bonne idée, il faut tirer ça au clair. »

Je me précipite à l'intérieur pour appeler l'inspecteur sur son portable, mais il ne répond pas.

19

Peu après onze heures du matin, Solomon écoute un message vocal de Lady Vee lui disant que son jardinier a un comportement étrange, mais comme il est le seul policier de l'île, il ne peut rien faire dans l'immédiat. Il a un problème plus important à régler avant d'aller à Eden House. Quelqu'un a vu un bateau de pêche échoué à Old Plantation Bay et les services de secours en mer de Saint-Vincent ne veulent pas déclencher une opération de sauvetage alors que la tempête approche. Les courants vont emporter le bateau au large s'il n'agit pas rapidement. Quand il arrive au port, il ne distingue pas le bateau de pêche de la jetée. Peut-être a-t-il déjà été entraîné à plusieurs miles des côtes.

Solomon s'y reprend à trois fois avant de réussir à démarrer la vedette de la police. Tandis qu'il avance mollement, une grosse vedette traverse la baie à toute allure. *Aqua Dream* inscrit sur la proue, elle provoque dans son sillage des vagues qui rident la surface de l'eau. Une sensation de malaise lui picote la nuque. Il est quasiment certain que le mystérieux bateau est lié à la disparition d'Amanda, mais son chef ayant refusé de lui fournir un mandat de perquisition, il a les mains liées. Solomon accélère, il a beau scruter la mer devant lui, il ne voit aucune trace du bateau de pêche à la dérive, juste la vedette qui file à toute allure dans l'autre sens. Kellerman affiche sa liberté sous son nez comme pour le narguer.

Solomon met une demi-heure à repérer le bateau de pêche en perdition sur les vagues. C'est un de ces canots artisanaux comme ceux dont se servait son père, peint en jaune vif, sans rien pour s'abriter du soleil, et simplement équipé d'un petit moteur hors-bord. Hosea évoque encore l'époque où les pêcheurs ne prenaient que les poissons dont ils avaient besoin pour se nourrir et quelques-uns pour les voisins, et rejetaient les autres à la mer, vivants. Désormais, les chalutiers qui pêchent au large de Saint-Vincent attrapent tous les jours dans leurs filets des tonnes de poissons, ne laissant quasiment rien à la modeste flotte de Lovell. Solomon devine le soulagement du vieil homme qui le salue en agitant les bras. C'est Claude Boulez, un des meilleurs amis de son père, mais il est tout de même agacé. Il préférerait chercher Amanda Fortini et Tommy que de secourir des pêcheurs à la dérive. Le vieil homme est en short élimé, torse nu, sans rien sur la tête pour se protéger du soleil.

« Alors Papa, qu'est-ce qui t'arrive ? Un autre bateau de pêche ne pouvait pas te ramener ? »

Boulez lui fait signe de s'approcher et Solomon voit que la matinée a été bonne. Le panier qui est à ses pieds est chargé de flets, de vivaneaux queue jaune et de poissons-soldats. L'homme pourrait jubiler, mais il a le visage figé.

« Il faut que tu voies pourquoi mon moteur est cassé.

– Pourquoi ça ? Tu peux le réparer une fois rentré au port. »

Le vieil homme le fusille du regard. « Monte à bord, Solomon. »

L'inspecteur soupire, mais obtempère. La culture du

respect subsiste à Lovell, et les vieux n'hésitent pas à donner des conseils aux plus jeunes. Si un ancien du village demande quelque chose, on a le devoir d'obéir ; et l'insigne de policier de Solomon n'y change rien. Il se sert de son amarre pour attacher la vedette au canot et grimpe à bord. De près, Papa Boulez trahit son âge. Son torse est couvert de poils blancs emmêlés, ses yeux sont laiteux et il n'a quasiment pas de graisse sur les os.

« Qu'est-ce qu'il y a, Papa ? »

Boulez secoue la tête. « J'ai vu une bande de pétrels plonger d'un coup. J'ai cru qu'ils avaient trouvé un banc de mérous, alors j'ai foncé.

– Et qu'est-ce que tu as trouvé ?

– Quelque chose de si gros que je ne pouvais pas le hisser à bord. Je n'ai pas la force de remonter mon filet à la main.

– C'est un requin de récif ?

– Ça porte malheur d'en parler en mer. » Le vieil homme ferme les yeux. « Vas-y, regarde. »

Solomon passe devant lui sur le canot qui tangue comme un ivrogne sur les vagues. Il hisse le filet en transpirant, une main après l'autre, tandis qu'une demi-douzaine de vivaneaux rouges tombent à ses pieds. Quelque chose de lourd est coincé au fond, et il éprouve un choc quand il découvre la prise ; son cœur se met à battre à tout rompre. Il respire à fond et tire de toutes ses forces jusqu'à ce que le corps d'un homme tombe sur le ventre au fond du canot. Il porte un jean déchiré, et a encore une Rolex au poignet. Lorsque Solomon le retourne, sa vue se brouille soudain : le visage de Tommy Rothmore est presque méconnaissable. Un de ses yeux vert clair a été arraché de son orbite et sa peau est couverte d'entailles, forçant l'inspecteur à fixer l'horizon pour faire passer sa nausée.

Papa Boulez prie, agenouillé devant le corps. Solomon regrette de ne plus partager sa foi, mais aujourd'hui, il n'y a guère de signes d'une existence divine. Seul l'océan impitoyable, tandis que Moustique disparaît peu à peu. Quand il jette un coup d'œil vers l'est, il tombe sur l'*Aqua Dream* ancré si près qu'on distingue chaque hublot. Amanda Fortini a disparu dans son ombre et voilà que son ex a été sorti des mêmes eaux. Une cacophonie résonne soudain au-dessus de lui : les oiseaux s'attroupent à nouveau, juste au-dessus du corps de Rothmore, espérant se voir offrir un repas.

DEUXIÈME PARTIE

Bulletin météo tropicale
National Hurricane Center, Miami, FL
Lundi 16 septembre 2002
Pour l'Atlantique Nord et la mer des Caraïbes
Avis du National Hurricane Center sur la tempête tropicale Cristobal située au centre de Cuba, provoquant des dégâts matériels. Rafales de vent à 145 km/h.
Le cyclone se dirige vers le sud, évaluation du risque actuel : modéré.

20

Phillip est rentré chez lui faire la sieste lorsque Jasper rappelle. Avant même que je ne lui dise bonjour, il lance d'une voix blanche de désespoir :

« Ces fichus ouvriers sont d'une lenteur désespérante. J'ai besoin que tu viennes, Vee. C'est la catastrophe.

– Ici, c'est la même chose. Amanda n'a toujours pas réapparu et on ne trouve pas Tommy Rothmore non plus. Elle n'a pas donné signe de vie depuis trois jours et sa villa a été réduite en cendres, il semblerait que ce soit lui qui ait mis le feu. »

Je lui parle de l'enquête pour lui changer les idées et sa contrariété cède la place à la curiosité. Une des grandes forces de mon mari, c'est que malgré son irritabilité, il ne nourrit pas de rancœurs. Il exige des détails précis, à la manière d'un Hercule Poirot, mais quand nous nous quittons, je suis soulagée qu'il ait retrouvé son calme.

Quelques instants plus tard, le téléphone sonne de nouveau. Solomon parle posément ; il me demande un service, tandis que dans le fond, j'entends le cri des mouettes. Il veut que la seule ambulance de l'île soit envoyée au port d'Old Plantation. Quand il me donne une nouvelle consigne, je sens aussitôt que c'est sérieux.

« Amenez le Dr Pakefield, s'il vous plaît, Lady Vee. »

Je suis effondrée ; la gravité de Solomon suggère qu'il a retrouvé un cadavre. Je mets dix minutes à convaincre la réceptionniste du centre médical que l'on a besoin de façon urgente des services du médecin remplaçant, bien qu'il soit en train de faire des visites à domicile, mais mon ton autoritaire a l'effet désiré. Lorsque j'arrive en buggy, Simon Pakefield m'attend devant le bâtiment. Je ne l'ai pas revu depuis l'incendie de la villa des Fortini ; il me salue poliment, mais il a l'air fatigué, comme s'il était rongé par des soucis personnels. Nous vidons ensemble l'ambulance en empilant les boîtes de médicaments et de pansements dans le petit hall du centre médical. Une des bizarreries de l'île, c'est que l'ambulance sert également de fourgonnette et que souvent, le médecin la conduit lui-même. Quand je lui demande de se rendre directement au port d'Old Plantation, Pakefield a l'air déconcerté. Nous roulons normalement, car certains chemins de l'île sont si traîtres que l'on risque de casser un essieu en allant trop vite. Nous ne prenons pas la peine de faire la conversation. Nous savons l'un et l'autre que lorsqu'on demande une ambulance d'urgence, c'est rarement une bonne nouvelle.

À notre arrivée sur la jetée, Solomon est en train de parler avec Claude Boulez, à bord de son vieux bateau de pêche. Je connais le pêcheur depuis des années, car il vient à la villa pour vendre à Wesley de l'espadon et des homards qu'il a pêchés. Généralement, Boulez est tout sourire, mais ce jour-là, il me salue à peine avant de s'empresser de filer.

« Qu'est-ce qu'il y a, Solomon ? C'est Amanda ?

– On parlera une fois au centre médical, Lady Vee. »

Solomon glisse quelques mots à voix basse au Dr Pakefield et mes craintes sont confirmées quand ils soulèvent du fond du bateau une masse volumineuse enroulée dans une bâche. Elle a une forme indéniablement humaine. Quand je retourne dans l'ambulance, je me cramponne au tableau de bord. Sur le chemin du retour, les deux hommes gardent le silence ; et une fois au centre médical, je ne peux que les regarder transporter le corps à l'intérieur.

« Attendez dehors, s'il vous plaît, me dit Solomon. Il ne faut pas que vous voyiez ça.

– Vous avez besoin de quelqu'un pour identifier la victime.

– Ça doit être un parent ou un proche. »

Je le fixe du regard. « Pour moi, tous les gens de cette île font partie de ma famille. Je ne peux pas partir comme ça. »

Solomon pousse un gros soupir et me laisse entrer dans la salle où le visage de la victime est déjà exposé. Heureusement, je suis à côté du mur, car je suis obligée de m'y appuyer pour rester debout. J'ai toujours eu l'estomac bien accroché mais les blessures du jeune homme vont hanter mes cauchemars pendant des semaines. Je reconnais instantanément les cheveux blond cendré de Tommy Rothmore, mais son visage est massacré. Même notre médecin d'ordinaire si réservé est visiblement bouleversé de voir qu'un jeune homme a connu une fin aussi violente.

Il retire la bâche pendant que Solomon prend des photos avec son portable. Tommy est vêtu d'un jean en lambeaux, torse nu. Il est si mince qu'on dirait plus un adolescent qu'un homme. Les Rothmore vont connaître l'atroce souffrance de perdre un enfant et je les plains de tout mon cœur. Je craignais qu'il ne mette fin à ses jours après avoir vu l'état d'agitation dans lequel il se trouvait hier soir.

Le Dr Pakefield enfile une blouse blanche et des gants chirurgicaux pour examiner le corps sous les yeux de Solomon qui se dresse tel un géant. L'inspecteur prend des notes dans son carnet.

« Quand est-ce que vous l'avez trouvé ? demande le médecin.

– Un bateau de pêche l'a pris dans ses filets il y a deux heures.

– Il faudra qu'on fasse venir un médecin légiste de Saint-Vincent après la tempête, mais je peux vous dire qu'il s'est noyé. Ses poumons sont pleins d'eau. Si le corps avait été jeté à la mer, ce ne serait pas le cas.

– Il devait être retenu quelque part, répond Solomon. Il a une corde autour des chevilles. »

Pakefield remonte le bas déchiré de son jean pour examiner les jambes du jeune homme, et ma respiration s'accélère. La cheville droite de Tommy est ligotée par une corde élimée à l'extrémité, ses mollets sont couverts de coupures et de griffures. J'ai du mal à m'habituer à la mort horrible de ce pauvre garçon, mais me force à regarder ses blessures sans ciller. Des épines d'un blanc crayeux sortent d'une plaie au mollet, longues et fines comme des doigts arrachés.

« On dirait qu'il était attaché au fond de la mer, dis-je. Les fragments dans ses blessures sont des branches de corail, non ? »

Solomon acquiesce d'un signe de tête. « J'en prends un en échantillon.

– Il y a tellement de débris dans la mer qu'on ne peut pas trouver d'où proviennent ses blessures, répond le médecin. Pour l'instant, nous devons conserver le corps ici. Il y a une morgue au centre. »

Je regarde en silence l'inspecteur glisser un éclat de corail dans un tube en plastique avant d'aider Pakefield à mettre le corps dans une housse mortuaire. Jusqu'au moment où la tête du jeune homme roule sur le côté, comme s'il cherchait désespérément à dire une dernière chose. J'ai les mains tremblantes lorsque son œil restant se fixe sur moi comme s'il me suppliait de retrouver son assassin et je me promets de faire tout mon possible. Son corps est emporté dans la pièce d'à côté, où un tiroir ménagé dans le mur est ouvert. Les deux hommes manient le corps de Tommy avec respect, mais j'ai tout de même l'impression d'un abandon. Il n'y a plus aucune preuve de son existence, si ce n'est le numéro un marqué sur le tiroir en métal et une bouffée d'air glacé.

Je prends aussitôt congé de Solomon et du médecin. Je sais à quelle vitesse les nouvelles se répandent sur cette île minuscule et je veux annoncer moi-même la nouvelle à Lily avant qu'elle ne l'apprenne autrement. Solomon tient à garder le secret sur la mort de Tommy tant que ses parents n'auront pas été informés, mais il a peu de chances d'y parvenir, alors je remonte dans mon buggy pour rentrer à toute allure à Eden House.

21

Solomon déteste l'odeur des hôpitaux depuis que son père l'a obligé à dire un dernier adieu à sa mère quand il était enfant. Il a refoulé le souvenir, n'en gardant que les relents de médicaments et d'antiseptique. Le couloir a la même odeur aujourd'hui et il regrette que le Dr Bunbury ne soit pas rentré de vacances. Pakefield est si réservé qu'il a du mal à obtenir des réponses claires ; il passe visiblement trop de temps enfermé et sa peau claire ne révèle pas la moindre trace de bronzage. Le médecin semble toujours mal à l'aise mais on ne peut pas arrêter les gens sous prétexte qu'ils ont l'air coupable.

« Pouvons-nous parler dans votre cabinet, docteur ? Je voudrais vérifier quelques points. »

Pakefield l'emmène au bout du couloir puis s'installe derrière son bureau, la mine solennelle, comme s'il s'apprêtait à lui annoncer un diagnostic fatal.

« Je suis embêté, dit-il à voix basse. Tommy est venu me voir la semaine dernière, il souffrait d'anxiété, d'insomnie et d'idées obsessionnelles. Je lui ai prescrit un antidépresseur léger et lui ai conseillé de consulter un thérapeute, mais je suis peut-être passé à côté de quelque chose.

– Comment ça ?

– Chez un petit nombre de patients, les psychotropes peuvent déclencher des comportements délirants. Ça peut paraître bizarre, mais il est possible qu'il se soit suicidé, non ?

– Et la corde enroulée autour de sa jambe ? On dirait qu'il s'est écorché les jambes et les pieds sur le récif en essayant de se libérer.

– Je pense tout de même que Tommy a pu mettre fin à ses jours. Il y a des suicidés qui se remplissent les poches de pierres ; il a pu accrocher un poids à sa jambe avant de se jeter d'un bateau. Un canot peut dériver sur des kilomètres, emporté par le courant.

– C'est peu probable, docteur. On l'aurait retrouvé.

– Je suis soulagé. Ça m'ennuierait qu'il se soit supprimé à cause de son état psychique. »

Le médecin paraît soudain plus détendu et se déride.

« Je peux vous demander ce qui vous a amené aux Îles du Vent ?

– J'ai fait mes études dans le plus grand hôpital universitaire de Londres et j'y ai été chef de clinique pendant des années, puis j'ai eu envie de changer de carrière.

– Vous avez renoncé à un poste à responsabilité pour devenir généraliste ?

– Avec ma femme, nous voulions que les enfants voient le monde. » Pakefield bat des paupières. « Pardon, mais quel lien y a-t-il entre mon expérience professionnelle et la mort de Tommy Rothmore ?

– Aucun, excusez-moi. Simple curiosité.

– Pas de souci, mais il faut que j'appelle le médecin légiste et que j'écrive mon rapport. »

Quand Solomon sort du cabinet, les informations se bousculent dans sa tête. L'idée qu'un jeune homme accroche un poids à ses jambes pour hâter sa mort semble peu vraisemblable, et ce quel que soit son état mental. Mais quand il appelle son chef à Saint-Vincent, l'inspecteur principal Black adopte aussitôt la théorie de Pakefield. Il semble soulagé qu'on lui fournisse une histoire crédible à donner à la presse et aux familles : le jeune homme a mis fin à ses jours après avoir tué son ex pour se venger du mal qu'elle lui a fait. Le corps d'Amanda Fortini n'a pas encore été retrouvé, mais tout le monde sait que Tommy était furieux d'avoir été rejeté. Il se peut qu'il l'ait assassinée puis se soit débarrassé de son corps en mer avant de se donner la mort.

« Le médecin m'a l'air d'avoir la tête sur les épaules, Solomon. Dites-lui de mettre ça dans son rapport.

– C'est de la pure spéculation, monsieur. Et nous pensons tous les deux que Rothmore a probablement été enlevé alors qu'il était ivre avant d'être attaché quelque part pour qu'il se noie. On dirait qu'il a été traîné sur le récif, on a retrouvé des fragments de corail dans les plaies. »

Black trouve l'idée ridicule. « Enfin, Solomon, il n'y a jamais eu d'homicides à Moustique. Appelez les parents et annoncez-leur la tragédie. Mr Thomas Rothmore a mis fin à ses jours et Miss Amanda Fortini a disparu, probablement morte. Les gens de l'île peuvent en tirer leurs propres conclusions et l'affaire est close.

– Son corps a été retrouvé près de l'*Aqua Dream*. J'ai encore besoin du mandat de perquisition de façon urgente, monsieur.

– N'y comptez pas, répond Black. Le PDG d'Aqua Dream a des amis haut placés et l'équipage jouit de l'immunité diplomatique dans nos eaux. Ne vous en approchez pas, compris ? Si vous montez à bord, vous êtes viré. Arrangez-vous pour qu'on parle de cette histoire de suicide à la radio aujourd'hui. Et rendez visite aux habitants. Les gens de l'île doivent être informés que c'est fini avant que la panique ne gagne. »

L'inspecteur range son portable dans sa poche et aperçoit de nouveau le mégayacht à l'horizon, provocateur. Il prend un chemin qui passe derrière le centre médical et s'enfonce dans un bosquet touffu, vestige de la forêt tropicale qui recouvrait autrefois Moustique. À mesure qu'il avance entre les arbres, la température fraîchit rapidement. Il s'assied sur une souche renversée et regarde le soleil de la fin d'après-midi jouer entre les feuilles de bananier. Solomon s'apaise peu à peu en se remémorant le nom des arbres que son père lui a appris à identifier quand il était petit : arbre à encens, mûrier pays, quenettier, sébestier. Il est heureux de respirer les senteurs de la jungle au lieu de l'odeur âcre des produits chimiques du centre médical. Des colibris à tête noire et des tyrans gris volent au-dessus de lui, une corneille palmiste crie au loin. La beauté de l'île est intacte mais il est convaincu que Rothmore a dû être attaché pendant des heures avant d'être assassiné. Il s'apprête à repartir quand il entend un bruissement dans les arbres. Instinctivement, il se lève d'un bond pour voir d'où vient le bruit, se rappelant que Lily a été suivie, mais l'inconnu court vite. Les oiseaux surpris par l'agitation soudaine se mettent à crier, lui ne voit personne.

Solomon sort du bois en se demandant comment poursuivre l'enquête seul. Mais au fond de lui, il sait qu'il doit obéir à son instinct : il s'en voudra jusqu'à la fin de ses jours de ne pas l'avoir fait quand il était à Oxford. Il respecte la première consigne de son chef en faisant annoncer à la radio la mort de Rothmore et la disparition inexpliquée d'Amanda Fortini, mais il est hors de question qu'il rende visite aux gens tant qu'il ne connaîtra pas la vérité. Il feuillette les notes qu'il a prises dans son carnet. Sacha

Milburn est la seule personne de Moustique qui ait été en conflit avec ses deux anciens amis. Elle s'est brouillée avec Amanda et Tommy Rothmore était furieux qu'elle lui ait suggéré de demander conseil au pasteur de l'île. Il faudrait que Milburn ait perdu la tête pour tuer son ex, mais le fait est qu'elle lui a paru perturbée.

L'inspecteur sait où elle habite car la villa de ses parents est proche de Lovell. Autrefois, il l'admirait quand il allait à l'école en longeant la plage, arrivant toujours avec du sable dans ses chaussures. La maison en saillie à flanc de colline semble suspendue dans le vide comme par magie. Il prend tout son temps pour y aller car il ne peut plus rien pour Rothmore, et son assassin a peut-être tué Amanda Fortini. Tout ce qu'il peut faire, c'est essayer de comprendre pourquoi et donner tort à son chef prétentieux.

Le sentier qui mène à la villa Stargazer grimpe en lacets, avec une simple rampe pour empêcher les visiteurs de chuter de trente mètres de haut. Solomon est soulagé d'arriver sur la terrasse entourée de parois en verre à hauteur de taille pour permettre aux fêtards éméchés d'admirer le panorama sans craindre de tomber à pic. Quatre gros télescopes sont placés aux coins de la terrasse et une mosaïque représente les signes du zodiaque à côté de la piscine. À l'étage, des rideaux clairs flottent par les fenêtres qui sont ouvertes ; sur la table de la terrasse, des glaçons fondent dans un verre. Solomon reconnaît le carnet rouge et le stylo dont se servait Sacha Milburn la dernière fois qu'il l'a vue. Il se peut qu'il contienne des informations primordiales, mais il résiste à l'envie de le feuilleter.

Quand elle apparaît enfin, la jeune femme semble mal à l'aise. Elle est encore vêtue d'une tenue triste qui la rend quelconque et ses cheveux roux sont en bataille.

« Je vous ai vu d'en haut, dit-elle. Il est arrivé quelque chose ?

– Vous avez écouté la radio locale aujourd'hui, Miss Milburn ? »

Elle lui fait signe que non. « J'ai passé la matinée à écrire.

– Il y a une mauvaise nouvelle. Tommy Rothmore a été retrouvé mort il y a quelques heures. »

Solomon observe sa réaction. Sacha Milburn se montre plus forte qu'il ne l'imaginait. Elle garde la tête haute en se retenant de pleurer, mais sa voix se brise.

« Je savais qu'il arriverait un malheur, je l'ai même écrit il y a quelques jours.

– Il est possible qu'il se soit suicidé.

– Je n'y crois pas. Tommy n'était pas un lâche. La dernière fois qu'on s'est parlé, il m'a dit qu'il se remettrait de sa rupture avec Amanda.

– Je me souviens que vous m'avez dit que tout le monde savait qu'Amanda allait à Lovell le soir. C'est vrai ? »

Elle lui jette un regard noir. « Je l'ai vue moi-même. Il faut bien que quelqu'un surveille ce qui se passe sur l'île.

– C'est mon travail, Miss Milburn.

– J'ai monté la garde toute l'année. Je suis un peu la conscience de Moustique. Je l'ai vue aller là-bas à pied, après avoir retrouvé un type sur la plage.

– Vous espionnez les gens ?

– Je surveille juste ce qui se passe. » Elle a un regard méfiant. « Les télescopes ne sont pas simplement là pour regarder les étoiles, ils sont très pratiques pour observer les gens. Je suis tout ce qui se passe et je le note.

– Vous m'avez dit que vous écriviez un livre pour enfants.

– On peut appeler ça une parabole sur le bien et le mal. Il y a des gens qui enfreignent la loi et mentent, inspecteur.

Moi non plus, je n'ai pas toujours été bien traitée. Ça ne vous fait rien ?

– De quoi parlez-vous, Miss Milburn ?

– Il y a des gens de l'île qui ont été gentils avec moi tout l'été, comme Mama Toulaine et Dex Adebayo, mais il y en a d'autres qui se fichent bien de savoir comment vous allez.

– J'enquête sur un crime, Miss Milburn. Ce qui suppose de rechercher un meurtrier et non d'espionner le comportement de parfaits innocents. »

Elle lâche un rire désabusé. « Je surveille le gros yacht qui est dans la baie, l'*Aqua Dream*.

– Qu'est-ce que vous avez vu ?

– L'équipage descend à terre quasiment tous les soirs. Ils vont boire dans un bar de Lovell, bien que personne ne les ait invités à venir ici. »

Elle esquisse un sourire pincé. « Les gens me fascinent, surtout ceux comme Tommy et Amanda.

– Comment ça ?

– Les gens beaux. Quand j'étais petite, je ne réalisais pas à quel point ils étaient différents, mais maintenant je m'en rends compte. Ils évoluent dans le monde avec une telle aisance.

– Pas cette fois, répond Solomon. Je peux utiliser un télescope ?

– Allez-y. »

Il en choisit un qui est braqué sur les abords de Lovell, où les canots sont échoués sur le sable comme un banc de poissons multicolores. Le grossissement est tel qu'il distingue le nom de chaque bateau et la peinture qui s'écaille sur la coque. Quand une femme du village passe avec son cabas rempli de légumes, il voit les perles tissées dans ses cheveux. La précision des détails le met mal à l'aise. Les télescopes sont là depuis que la maison existe. Peut-être les Milburn le voyaient-ils aller à l'école tous les jours. Mais surtout, Sacha viole la vie privée des gens de l'île. Il continue à parler en regardant dans le télescope.

« Quand est-ce qu'Amanda est allée à Lovell ?

– Mardi et jeudi dernier, en fin d'après-midi, je l'ai noté dans mon carnet. Elle a retrouvé un type sur la plage et ils ont fait le tour de la pointe ensemble.

– Vous le connaissez ?

– Il travaille au Basil's Bar. J'ai oublié son nom de famille, mais son prénom, c'est Lyron. »

Solomon redresse brusquement la tête. « Vous êtes sûre ?

– À cent pour cent ; je l'ai vu plein de fois. Il a brutalisé Tommy le soir où il était ivre mort, jusqu'à ce que Dex le raccompagne à sa villa.

– Pourquoi n'avoir rien dit ?

– Je ne voyais pas le rapport.

– Ça pourrait tout changer. Merci pour votre aide, Miss Milburn. »

Solomon redescend jusqu'à la plage en trébuchant à moitié puis l'instinct prend le dessus. Il se met à courir dans le sable en direction de Britannia Bay.

22

Lily est encore sous le choc. Je lui ai demandé de rentrer pour lui apprendre la mort de Tommy et depuis, elle n'a quasiment pas dit un mot. Elle a déjà connu tant de malheurs, mais cette fois, je ne peux rien faire pour la protéger. On est en début de soirée, le soleil disparaît à l'horizon et j'essaie de garder mon calme, bien que le visage massacré du jeune homme me hante encore. Je suis terrifiée à l'idée que l'on s'en prenne, un par un, aux amis de Lily, la rendant vulnérable. Je ne comprends toujours pas comment quelqu'un a pu s'introduire dans notre villa pour déposer un morceau de corail devant sa chambre, et l'indépendance farouche de Lily la fragilise. Elle est tellement habituée à se prendre en charge qu'à vouloir la protéger, je risque de l'éloigner davantage encore et notre conversation tourne en rond.

« Redis-moi ce qui s'est passé, Vee. Ça n'a pas de sens.

– Je t'ai déjà raconté, ma chérie. Un pêcheur a trouvé le corps de Tommy dans son filet. Il était pieds nus, une corde enroulée autour de la cheville. Le bas de sa jambe était couvert d'écorchures avec des morceaux de corail dans les plaies. On aurait dit des bouts de craie aiguisés. »

Lily relève enfin la tête. « Ces piquants blancs s'appellent des doigts de mort ; quand ils sont calcifiés, ils sont aussi tranchants que des lames de rasoir. Je me suis déjà coupée en prélevant des échantillons sur des zones mortes du récif.

– Qu'est-ce que ça signifie d'après toi, Lily ?

– Son corps devait être accroché au récif par la corde qu'il avait autour de la cheville.

– Je crois aussi que c'est lié au corail, mais pourquoi aller faire une chose pareille ?

– Ils ont peut-être fait la même chose à Amanda ; il faut que je la cherche. » Lily est blême de fatigue, mais elle se lève aussitôt.

« Pas ce soir, s'il te plaît. Il fait nuit et tu as entendu le bulletin météo à la radio ; si elle maintient sa trajectoire, la tempête Cristobal va peut-être toucher la Jamaïque ce soir.

– Elle est encore à des kilomètres et la principale zone de corail blanchi est proche de la côte. Je plongerai demain, mais il faut préparer le bateau.

– Je t'accompagnerai et il vaut mieux que Solomon vienne aussi avec nous. »

J'essaie encore de la raisonner quand j'entends dans l'allée les pas d'un homme qui marche lentement sur les graviers.

« Je ne veux voir personne, Vee. Si tu as besoin de moi, je serai au port. »

Lily file en direction du chemin de la plage. J'espère voir Solomon, mais c'est Keith Belmont qui apparaît en haut des marches. En règle générale, j'apprécie tout le monde, hormis les gens grossiers, cependant, la rockstar sur le retour me porte sur les nerfs. C'est une des rares personnes de l'île suffisamment impolie pour venir sans être annoncée, mais je me compose un sourire de façade. J'ai lu une interview qu'il a donnée il y a plusieurs années où il se vantait d'avoir couché avec un millier de groupies et essayé toutes les drogues possibles et imaginables durant ses tournées. Je réprime un mouvement de recul quand il m'embrasse sur la joue. Keith a l'allure d'un vendeur de voitures d'occasion en quête de clients. Les cheveux gris attachés en queue-de-cheval, des rides profondes creusées autour de la bouche, il jauge mes réactions de ses yeux vert glauque. Je suis sûre que malgré tous mes efforts pour la masquer, l'antipathie qu'il m'inspire se voit. Il a peut-être appris la mort de Tommy Rothmore, mais je n'ai pas l'intention d'en discuter avec lui.

« Ravie de vous voir, Keith. Vous voulez boire quelque chose ?

– Un jus de fruits, s'il vous plaît. Je n'ai plus touché à une goutte d'alcool depuis des semaines. »

Quand Wesley apparaît, je lui demande une vodka tonic et un jus de fruits pour mon visiteur qui étudie ce qui l'entoure, des hibiscus en fleur aux espadrilles de Lily qui traînent à côté de la porte, comme s'il faisait un inventaire.

« Lily est là ? Je voulais lui dire un mot.

– Elle est sortie, j'ai été touchée d'apprendre que vous aviez l'intention de soutenir son projet.

– Elle fait du beau boulot sur le récif, mais si elle veut que l'association se développe, il faut mettre à la tête quelqu'un de plus connu. Elle doit faire des changements si elle veut que je m'implique.

– Cela m'étonnerait qu'elle accepte. Lily travaille jour et nuit, elle est passionnée par le système qu'elle a mis au point.

– OK, mais moi, je parle de publicité. Si on l'appelle Association de défense du corail Keith Belmont, elle aura le soutien des médias. » Tout en parlant, il sort un paquet de cigarettes. « Je peux fumer ?

– Allez-y, je demanderai à Wesley de vous apporter un cendrier quand il reviendra. »

En voyant la lueur qui pétille dans le regard de Keith lorsqu'il tire une longue bouffée de cigarette, je suis soulagée que ni l'une ni l'autre de mes filles n'ait rejoint l'interminable cortège de ses conquêtes. Je songe au temps que perd Lily à rédiger des demandes de subventions au lieu d'être sur le récif. L'argent de cet homme pourrait lui éviter de remplir en permanence des formulaires, mais le prix à payer en vaut-il la peine ?

« Pourquoi vous intéressez-vous au corail, Keith ?

– Croyez-le ou non, mais j'ai une conscience. Si je peux restaurer le récif, j'aurai fait quelque chose pour sauver la planète, laissé un héritage. Disons que c'est pour me faire pardonner tous les jets privés que j'ai affrétés et les gouffres à essence que je conduis.

– Vous pourriez soutenir son association au lieu de vouloir en prendre le contrôle.

– Je suis un leader, Vee. Ce n'est pas mon genre de rester dans l'ombre. » Le sourire de Keith me fait penser à un crocodile qui se délecte à l'avance devant sa proie. « J'enverrais son vieux bateau à la casse et je lui en achèterais un nouveau. Ce rafiot est couvert de rouille. Il faut un bon GPS et plus de place pour les plongeurs.

– Le *Revival* appartenait à sa mère, Emily. C'est le dernier lien qui la rattache à elle.

– C'est très touchant mais il faut restaurer le récif rapidement pour passer à une autre île et renouveler l'opération. Il vaudrait mieux que Lily signe demain avant que je change d'avis. Mon avocat veut régler les derniers détails.

– Elle n'a pas fini de lire votre contrat.

– Elle serait folle de refuser une grosse donation. » Il scrute de nouveau mon visage de son regard perçant. « Vous avez appris, pour Tommy Rothmore ?

– À l'instant. C'est affreusement triste, n'est-ce pas ?

– Vous pensez que c'est lié à la disparition d'Amanda ?

– Je n'en ai aucune idée, mais j'ai toute confiance dans notre inspecteur.

– Solomon Nile ? Il a l'air d'un type bien, mais totalement incompétent.

– Qu'est-ce qui vous fait dire ça ?

– J'ai été cambriolé cette semaine. Il ne savait pas quoi chercher et il était sacrément pressé de s'en aller.

– Il est débordé, Keith. Amanda Fortini a disparu depuis plusieurs jours. »

Lorsqu'il souffle un autre nuage de fumée, le musicien a perdu son sourire. Je ne sais pas s'il est venu pour intimider Lily ou récolter des ragots, mais il a frappé à la mauvaise porte. Je ne lui divulguerai pas le moindre détail, de peur de compromettre l'enquête de Solomon.

« Qu'avez-vous fait depuis que vous êtes revenu à Moustique, Keith ? »

Il accepte le changement de sujet avec une grimace, puis se lance, me racontant qu'il a nagé tous les jours, mangé sainement et purifié son âme. Apparemment, il a passé plusieurs semaines dans une retraite de yoga balinais et il en est revenu métamorphosé. Depuis, il évite le café, l'alcool et les drogues. Il a même retrouvé la foi religieuse qu'il avait abandonnée pendant ses folles années. Tout cela est certes admirable et la grosse croix en or qu'il porte au cou ne m'a pas échappé non plus, mais cette façade ne me convainc pas. Lorsque nos yeux se croisent de nouveau, son regard est aussi glacial que le permafrost et la raison de sa visite ne fait plus aucun doute.

« C'est à Lily d'en décider, Vee. Je lui rends simplement service.

– Je n'ai aucune influence sur elle, elle fait ses propres choix. »

Keith retrouve son sourire reptilien. « Soyez gentille, dites-lui de m'appeler avant que je retire mon offre. » Il laisse tomber son mégot sur les dalles en marbre et l'écrase d'un coup de talon. Quand il s'en va enfin, j'ai le cœur qui bat à tout rompre. Le musicien a trouvé le moyen de laver sa conscience des péchés qu'il a pu commettre, mais j'espère que Lily aura la sagesse de refuser. Keith Belmont a peut-être suffisamment de charisme pour enflammer un stade rempli de fans, mais en tête à tête, c'est un véritable crotale.

23

Quand l'inspecteur Nile arrive au Basil's Bar, il n'y a personne, à part quelques touristes bloqués sur l'île jusqu'à ce que la tempête soit passée. Ils sont manifestement heureux de prolonger leurs vacances et descendent cocktail sur cocktail, ravis de ce répit inattendu. Lorsqu'il aperçoit Dexter Adebayo dans le coin, il est étonné de le trouver à ce point vieilli. À en juger par ses papiers et son portable étalés sur la table, le Basil's lui sert encore de bureau, mais il a du mal à reconnaître le type insouciant qui lui a appris à plonger il y a quinze ans. Son regard est vide, comme s'il était démoralisé. Bien qu'il soit préoccupé, Solomon lui sourit.

« Content de te voir, Dex. Comment va ?

– Comme d'habitude, Solomon. Je pensais que tu resterais en Angleterre, histoire de faire marcher tes neurones.

– Moi aussi, honnêtement, mais la situation a changé, dit Solomon en s'installant sur un tabouret de bar. J'ai une petite question pour toi. Quand est-ce que ton XR7 est sorti pour la dernière fois ? »

Dexter lâche un rire désabusé. « S'il était à moi, je l'aurais vendu, mais le bar en possède la moitié. Ils le louent aux touristes les jours où je ne m'en sers pas pour les sorties de plongée. » Il feuillette ses documents et en examine un. « Les derniers à l'avoir loué, c'est une famille française du Cotton House, il y a dix jours. À chaque fois qu'il est loué, je garde une trace pour l'assurance, en cas de dégâts.

– OK, merci Dex. À plus tard. Il faut que je parle à mon frère. »

L'inspecteur se retourne et voit Lyron qui nettoie une table, l'air de s'ennuyer. Le jeune homme reste bouche bée quand Solomon le prend par le coude et l'entraîne vers la sortie.

« Je ne peux pas partir comme ça, Sol. Je suis coincé ici jusqu'à minuit.

– Tu viens avec moi, lui lance Solomon.

– Pourquoi ? Papa va mal ? »

Solomon fusille son frère du regard jusqu'à ce qu'il accepte de le suivre à la plage. Il est frappé de voir qu'en dépit de tout, Moustique est toujours aussi belle. Le soleil couchant marbre le ciel d'or et de lilas, mais il est dans une colère noire.

« Tu es en état d'arrestation, dit-il d'un ton sec à son frère.

– C'est une blague ou quoi ?

– Tu sais très bien pourquoi je suis là. Je croyais que tu m'aiderais, mais tu as tout fichu en l'air.

– Je comprends pas.

– Tu as le droit de garder le silence, mais en cas de procès, tout ce que tu diras pourra être retenu contre toi. »

Le sourire de Lyron s'évanouit. « Mais qu'est-ce que j'ai fait ?

– On t'a vu sur la plage, à deux reprises, avec Amanda Fortini, alors que tu m'as dit que tu ne la connaissais pas.

– T'es malade ou quoi, tu crois sérieusement que je pourrais faire du mal à une femme ? »

Lyron le regarde d'un air ébahi, mais Solomon n'en a que faire. Il l'attrape par le poignet et le traîne le long de la plage jusqu'au poste de police, où les frères Layton jouent aux cartes. Soudain, Lyron se débat et les deux hommes se lèvent d'un bond et se plaquent contre le mur. Le direct atteint Solomon à la mâchoire, envoyant voler ses lunettes, mais l'inspecteur balance un crochet du droit dans l'épaule de son frère. Il ne réussit à le maîtriser qu'après l'avoir bourré de coups de poing. Quand il le pousse enfin dans une cellule et la verrouille, Lyron a l'air exténué. Il tape dans le mur, secoue la grille et hurle en demandant un avocat, mais Solomon retourne dans le hall. Les frères Layton le considèrent subitement avec respect.

« Vous êtes encore là, les gars ? Vous voulez que je vous en colle une, vous aussi ? »

Ils secouent la tête.

« Laissez-moi régler ça tout seul, comme d'habitude, mais file-moi les clés de ta moto, Charlie. J'irai plus vite qu'avec le buggy. Je ne sais pas quand tu la récupéreras. »

Layton lui tend les clés sans protester, puis Solomon reste près de l'accueil à attendre que les hurlements de son frère se calment. Heureusement, ses lunettes sont juste rayées et non cassées, mais le temps que le silence retombe dans le poste de police, il est déjà huit heures du soir. Quand Solomon ouvre la porte qui mène aux cellules, son frère est assis sur le matelas, la tête entre les mains.

« Tu fais moins le malin, hein ? »

Au bout d'un moment, Lyron relève la tête. « Tu n'as pas idée de ce que c'est, d'être ton frère.

– Qu'est-ce que tu racontes ?

– Dès mon premier jour d'école, les instits m'ont dit à quel point tu étais doué. Tu réussissais tous les examens haut la main, tu remportais des médailles en course et en natation. Il n'y a rien au monde que je fasse mieux que toi.

– Arrête tes conneries.

– C'est la vérité.

– Je pensais que tu me soutiendrais dans mon boulot quand je rentrerais. Tu avais tellement de potentiel quand tu étais jeune.

– Quand est-ce que tu m'as aidé ? Tu es parti et je ne t'ai plus revu pendant des années. »

À ces mots, Solomon a un pincement de remords, mais il préfère l'ignorer. Il pose son dictaphone par terre et commence à parler. « J'enregistre cet interrogatoire de mon frère, Lyron Edward Solomon, en l'absence d'adjoint pour assister à notre conversation. Lyron, je te rappelle qu'en cas de procès, tout ce que tu diras pourra être retenu contre toi. »

Quand son frère relève de nouveau la tête, Solomon s'aperçoit qu'il pleure, mais il ne peut pas se permettre de s'apitoyer.

« Parle-moi de tes relations avec Amanda Fortini.

– Elle vient au Basil's, c'est tout. Ça nous est arrivé de flirter quand je leur servais des cocktails à elle et ses amis.

– Comment se fait-il qu'on vous ait vus ensemble à deux reprises à la tombée de la nuit sur la plage d'Old Plantation ?

– On parlait, c'est tout. Je n'ai pas le temps d'avoir une petite copine.

– Où étais-tu quand la villa des Fortini a été incendiée ?

– Au boulot, comme d'habitude. T'as qu'à demander à mon patron.

– Ne t'en fais pas, c'est bien mon intention. Comment se fait-il que tu aies une réputation de dealer ?

– Qui t'a raconté ces conneries ?

– Peu importe. Je fouillerai ta chambre ce soir.
– OK, tu connais l'adresse. »

Les deux hommes se fixent d'un œil torve, mais Solomon sait qu'il est en position de force.

« Lyron Nile a nié les deux accusations. Il reste en garde à vue pendant vingt-quatre heures, le temps que je cherche des preuves pour étayer les accusations. »

Solomon coupe le dictaphone d'un pouce rageur puis regarde de nouveau Lyron. Son frère pleure, la tête entre ses mains, redevenu le petit garçon d'autrefois si facilement influençable.

« Calme-toi avant de passer ton coup de fil. Tu n'as le droit qu'à un seul, alors ne te trompe pas. N'oublie pas qu'il me faut dix minutes à peine pour rentrer à la maison fouiller ta chambre. »

Solomon tend le téléphone à son frère et le laisse passer son coup de fil. Lorsqu'il revient, cinq minutes plus tard, Lyron l'évite du regard.

Quand il s'en va en laissant son frère songer à son avenir, l'inspecteur est anesthésié. Son père a du mal à se déplacer et n'est pas près de rentrer se coucher, alors il ralentit le pas et prend le chemin le plus long à travers un bosquet de dattiers tandis que l'obscurité recouvre peu à peu l'île. Il ne tarde pas à s'asseoir sur un bloc de pierre et reste là à contempler le sable à ses pieds. Il comprend la colère de son frère ; ce n'est pas facile de gagner sa vie sur Moustique. Jusque-là, il a toujours cru que Lyron était suffisamment malin pour ne pas toucher à la drogue, mais peut-être s'est-il trompé.

Une demi-heure plus tard, il arrive enfin chez lui. Appuyé sur sa canne, son père se tient devant un brasero et contemple les flammes qui sortent de la poubelle en métal percée de trous sur le côté. Solomon attend un moment en regardant les cendres tomber par terre.

« Tu fais un feu, papa ? »

Le vieil homme surveille la flambée, l'air soudain plus âgé, laissant Solomon accomplir un devoir professionnel qu'il préférerait s'épargner. Quand l'inspecteur entre dans la chambre de son frère, il est de nouveau assailli par les remords. Lyron a un panneau entier couvert de photos de famille. Il y en a une de lui le jour de sa remise de diplôme, une autre d'eux deux courant sur la plage, puis une de Lyron sur son dos quand il avait deux ans. Solomon cherche à l'intérieur des chaussures de son frère, sous son lit et dans ses poches pour pouvoir faire son rapport ce soir et avoir la conscience tranquille. Puis il prend le morceau de corail qui est encore posé sur le rebord de sa fenêtre et retourne aussitôt au poste de police, ne voulant pas affronter les questions de son père.

24

La visite de Keith Belmont m'a laissé un arrière-goût déplaisant. Peut-être est-ce de le voir aussi pressé de mettre la main sur l'empire de Lily. Elle m'a toujours paru avoir suffisamment la tête sur les épaules pour ne pas se laisser impressionner par une donation soumise à une telle réserve, mais je ne peux pas en être sûre. La tentation de pouvoir poursuivre son travail pendant de nombreuses années est peut-être trop forte. Quand Wesley vient voir si je n'ai besoin de rien, je l'informe que je prends le buggy pour descendre au port d'Old Plantation.

« Il vaut peut-être mieux que je vous accompagne, Lady Vee ?

– Je n'ai plus l'âge d'avoir un chaperon. »

À en juger par son regard, mon majordome a appris la mort de Tommy Rothmore, mais il est trop discret pour en parler.

« Je suis sûr que Lord Blake préférerait que vous restiez ici ce soir, en sécurité.

– Je ne peux pas laisser Lily rentrer toute seule à pied. »

Wesley se tient entre la porte d'entrée et moi, me bloquant le passage. Son côté protecteur est si étouffant que je suis soulagée de le saluer et de m'en aller. Quand je traverse la terrasse, les lumières extérieures scintillent à la surface de la piscine en éclairant les orchidées tropicales dont Jose s'occupe avec tant de soin, me rappelant la menace qui pèse sur le havre de paix que nous avons créé, Jasper et moi. Je prends le morceau de corail que j'ai trouvé devant la chambre de Lily au cas où Solomon serait au port, et me dépêche de rejoindre mon buggy.

Je descends vers le sud par le chemin côtier. Quand je passe devant le Basil's Bar et la vaste étendue de Britannia Bay, un air de blues résonne dans le silence. Je traverse un petit bois touffu et les lumières s'évanouissent peu à peu. D'habitude, j'aime me promener du côté sauvage de l'île, mais je suis trop anxieuse pour me détendre : je hurle presque quand un anhinga frôle le toit du buggy. L'air est moite sur ma peau, j'ai du mal à respirer, mais la sensation disparaît dès que j'arrive enfin à Old Plantation Bay. Le *Revival*, l'ancien chalutier de la mère de Lily, est éclairé, se détachant dans la pénombre. Quand je m'approche, le pont est jonché d'outils ; Lily, elle, est occupée à frotter la coque. En entendant mes pas, elle se retourne brusquement et ne sourit que lorsqu'elle me reconnaît.

« Il y a encore un graffiti, Vee. *Quitte Moustique ou crève comme le corail*, comme la dernière fois.

– Pourquoi tu n'es pas rentrée directement ?

– J'ai le droit d'être là. Je refuse de me laisser intimider, Vee.

– Nous ne devons pas prendre des risques inutiles. »

Lily trahit sa fatigue lorsqu'elle se laisse tomber sur un banc de la jetée à côté de moi et pose la tête sur mon épaule. En lui prenant la main, je suis saisie d'une fureur soudaine. Cette petite s'est construit une vie solide malgré des débuts difficiles, mais quelqu'un lui veut du mal, et cela ne peut pas être Tommy Rothmore, car à l'heure où cet acte de vandalisme a été commis, son corps gisait déjà dans la morgue du centre médical. Le visage usé par les ans de Keith Belmont me revient à l'esprit ; il est possible qu'il ait laissé l'inscription sur le bateau de Lily avant de venir me voir. Mais pourquoi un homme qui prétend aimer son travail de préservation la menacerait-il de façon aussi pernicieuse ?

« Tu as parlé de l'inscription à Solomon ?

– Je comptais aller le voir demain matin.

– Je t'accompagnerai. Je ne veux pas que tu te mettes en danger. »

Elle lève la tête vers moi, le visage plus calme.

« On avait le même âge, Tommy et moi. Quand on était petits, je l'adorais, mais ces dernières semaines, on s'était à peine parlé. Je m'en veux d'avoir pris le parti d'Amanda après leur rupture.

– Ç'aurait fini par s'arranger, il savait que tu étais attachée à lui. Tu étais obligée de soutenir ta meilleure amie.

– Si Amanda allait bien, elle ne nous laisserait jamais dans une angoisse pareille. Il faut que je la cherche demain. »

Son regard se perd sur des lumières lointaines, à l'horizon.

« Je veux organiser une commémoration demain soir, à l'église de bambou, suivie d'une veillée. Le pasteur Boakye peut célébrer la cérémonie. Tommy ne sera enterré que lorsque sa famille sera là, mais il faut lui rendre hommage dès maintenant. Il mérite des adieux dignes de ce nom.

– C'est une belle idée, Vee. »

Je me rappelle soudain les obsèques d'Emily. Je revois la petite, sage comme une image, d'abord dans l'église de bambou où elle était assise entre Jasper et moi, puis devant la stèle érigée dans le modeste cimetière de Moustique, bien que le corps de sa mère n'ait jamais été retrouvé. J'ai longtemps craint qu'elle reste traumatisée par cette perte tragique, mais c'est une battante comme moi, ce qui explique peut-être l'adoration que j'ai pour elle. Elle affronte chaque défi avec une énergie inépuisable.

« Tu n'es pas obligée d'achever l'œuvre de ta mère, Lily. Tu le sais ? Partout dans le monde, il y a des organisations de préservation des fonds marins qui auraient besoin de ton aide. »

Ses lèvres tremblent lorsqu'elle me sourit. « Je finis toujours ce que j'ai commencé, à mon rythme.

– Dans ce cas, tu as une nouvelle recrue. Je vais t'aider à nettoyer ton bateau.

– Habillée comme ça ? » Lily étouffe un rire.

Elle n'a pas tort ; ma tenue est ridiculement peu pratique : robe d'été en Liberty et petites sandales blanches.

« J'ai mon maillot en dessous. Tu as un bleu de travail ?

– Je vais te trouver quelque chose. »

Elle revient avec un short et un tee-shirt couvert de taches d'huile. La princesse Margaret rirait si elle me voyait ainsi vêtue gratter de la peinture sur une coque de bateau, mais le fait de travailler à deux incite Lily à me parler avec franchise. En l'entendant me décrire ses ambitions, je comprends que Keith Belmont tienne tant à s'engager dans son projet. Si son système de greffe parvient réellement à régénérer le récif, la méthode peut être utilisée sur toute la planète et elle deviendra une personnalité reconnue par le monde scientifique. Peut-être Keith veut-il échanger sa gloire éphémère et sa succession d'échecs conjugaux contre la promesse de laisser à la postérité l'image d'un bienfaiteur.

« Je suis tellement fière de toi, Lily, tu le sais ?

– Je n'aurais jamais pu faire tout ça sans Jasper et toi.

– C'est gentil, ma chérie, mais tu te débrouilles très bien sans que nous soyons là au premier rang pour t'applaudir. »

Nous continuons jusqu'à ce qu'il n'y ait plus de traces de

peinture et que je puisse enlever mes vêtements d'emprunt et remettre ma robe.

« Tu veux qu'on s'arrête pour boire un verre au Basil's ? »

Lily fait signe que non. « Je tombe de sommeil.

– Moi aussi. La visite de Keith Belmont m'a épuisée.

– Qu'est-ce qu'il voulait, au juste ?

– Que tu signes son contrat. Il est prêt à offrir à ton association une tonne de publicité et d'argent à condition qu'elle porte son nom. »

Lily esquisse un sourire ironique. « Ça m'a tentée, je l'avoue, mais je ne peux pas travailler pour un type aussi tordu. D'un côté, il est là à te dire qu'il veut purifier son âme ; et de l'autre, il drague des ados au Firefly.

– Qui ça ?

– Toutes les filles de moins de vingt-cinq ans, plus elles sont jeunes, mieux c'est.

– Est-ce qu'il courait après Amanda ?

– Ç'a été la première, cet été. Il l'a invitée à venir faire du yoga et elle a été obligée de mettre les choses au clair pour qu'il arrête de lui envoyer des fleurs. Sacha est la seule qu'il n'ait pas invitée à dîner.

– Keith a été blessé d'être rejeté par Amanda ?

– Je ne sais pas. La sincérité n'est pas son fort.

– Il a flirté aussi avec toi ?

– Il est venu plonger avec moi deux ou trois fois. Il est vraiment passionné par le corail, mais il me dégoûte. »

Dans ma tête, tout se met soudain en place. « C'est peut-être lui, le coupable ? Il est attiré par toi et Amanda. Elle a disparu et tu reçois ces horribles menaces.

– Mais pourquoi il s'en serait pris à Tommy ?

– Franchement, Lily, reconnais que c'est plutôt louche.

– On devrait peut-être parler du dernier graffiti à Solomon. Je lui envoie un texto tout de suite. »

En m'engageant de nouveau entre les arbres au volant du buggy, je suis soulagée que Lily ne rentre pas seule à pied. La végétation dense et l'odeur fétide qui monte du sol me rappellent qu'autrefois, des rites vaudous se déroulaient dans les clairières les plus obscures. Le comportement de Lily a également changé ; à mesure que la nuit s'assombrit, elle plonge dans le silence, me faisant regretter que le buggy n'ait pas des phares plus puissants. Nous roulons dans le noir depuis quelques minutes à peine quand elle me demande de m'arrêter.

« Je l'ai de nouveau entendu, Vee, murmure-t-elle. C'est là que j'ai été suivie, la dernière fois. »

Je me retourne et ne vois que les ombres noires des arbres qui se pressent autour de nous.

« Allons-y. » Quand nous repartons, le bruit des pas s'amplifie au point de couvrir le bourdonnement du moteur. Je freine de nouveau et lance : « Qui est là ? Montrez-vous. »

Une haute silhouette d'homme s'avance pesamment sur le chemin et je prends la main de Lily. S'il a l'intention de nous faire du mal, l'union fait la force.

« C'est moi, Lady Vee, je rentre du boulot. » C'est Dexter Adebayo. Il est identique à lui-même, avec son allure corpulente et ses dreadlocks grises qui lui arrivent aux épaules, si ce n'est qu'il a la mine plus sombre. « Je me suis arrêté pour fumer une cigarette dans les bois après avoir bu quelques verres au bar. Ma femme pique une crise quand je fume à la maison.

– Vous nous avez fait peur, Dex, dit Lily.

– Pardon mesdames, mais rappelez-vous que la seule chose dont il faut avoir peur, c'est de la peur elle-même. C'est Franklin Roosevelt qui l'a dit et les présidents américains ne mentent jamais, hein ? » Un sourire apparaît enfin sur son visage. « Il vaut mieux que je rentre à la maison avant que ma femme demande le divorce. »

Lily attend que ses pas s'éloignent puis elle éclate de rire. Elle semble persuadée que ce qu'elle a entendu les fois d'avant, c'était uniquement Dexter qui titubait dans les bois à la recherche d'un endroit où fumer, mais je n'en suis pas aussi sûre. Lily sort son téléphone de sa poche et regarde l'écran. « Solomon est encore au poste de police. Il nous attend. »

La jungle résonne d'étranges échos alors que nous nous dirigeons vers le sud.

25

Solomon fixe son écran d'ordinateur en attendant ses visiteuses. Il a dressé une liste de tous les habitants de Moustique susceptibles d'avoir enlevé les jeunes héritiers de la fortune des Fortini et des Rothmore. Selon toute logique, l'assassin doit être un homme robuste, capable de maîtriser Tommy Rothmore.

« Laisse-moi sortir, espèce d'enfoiré ! » hurle Lyron de l'autre côté de la porte qui sépare le bureau des cellules.

Solomon ne prend pas la peine de lui répondre. Il éprouve encore une telle déception à l'égard de son frère qu'il n'a aucune envie de discuter avec lui, bien qu'il ait établi son innocence. Le patron de Lyron au Basil's a confirmé qu'il était à son travail quand la villa des Fortini a été incendiée, mais il faut que ça lui serve de leçon.

Nile passe en revue la liste des indices dont il dispose. Le corail trouvé sur tous les lieux de l'enquête et chez les victimes doit avoir un sens : c'est la seule façon de communiquer du meurtrier. L'inspecteur principal a peut-être raison, il est possible que ce soit un simple crime passionnel : Tommy Rothmore aurait tué son ex-petite amie puis jeté son corps à la mer et se serait suicidé parce qu'il était rongé par la culpabilité, mais cette théorie ne le convainc pas. La même inscription qu'avant a été peinte sur le bateau de Lily Calder : *Quitte Moustique ou crève comme le corail*. La maison de Keith Belmont a été cambriolée et un morceau de corail y a été également laissé. Si le meurtrier est déjà mort, qui continue à harceler les habitants de l'île ?

Solomon regarde par la fenêtre et voit Lady Vee descendre de son buggy avec un morceau de corail dans les mains accompagnée de Lily. Il ne doit pas se laisser distraire par sa beauté, mais il est humain. Au moment où les deux femmes entrent dans le poste de police, du côté des cellules de détention, Lyron se remet à hurler qu'il veut être libéré. Solomon préfère garder le nez baissé sur les fragments de corail retrouvés chez Amanda Fortini et dans la villa de Keith Belmont qui sont posés sur son bureau.

« Vous avez arrêté quelqu'un ? » demande Lady Vee.

Il hésite avant de répondre. « Mon frère, Lyron. Je sais maintenant qu'il n'est pas impliqué mais je ne veux pas le laisser rentrer ce soir. Il faut d'abord qu'il se calme.

– Ça ne doit pas être facile pour vous deux. » Le regard paisible de Lily se pose sur lui.

« N'y faites pas attention. Vous pouvez me montrer le corail, Lady Vee ? »

Elle le lui tend. « Je l'ai trouvé dimanche matin, devant la chambre de Lily.

– Il n'est pas pareil que celui de la villa de Keith Belmont. » Solomon examine les trois motifs gravés : une toile d'araignée, des flèches croisées et une coupe renversée ou un U. « Je sais que ce sont des symboles obeah, mais j'ignore ce qu'ils signifient.

– Je ne comprends toujours pas pourquoi le meurtrier laisse des morceaux de corail », murmure Lily.

La tête penchée, Lady Vee examine la signature du tueur, gardant ses pensées pour elle.

« Lily, pensez-vous que ce que vous faites sur le récif puisse irriter certaines personnes sur l'île ? demande Solomon. Vous avez fait modifier une loi l'année dernière, non ? Les pêcheurs ne peuvent plus pêcher au chalut dans les baies, et il y a des mois où ils ne peuvent pas pêcher du tout.

– La plupart me soutiennent. Le récif de corail est leur moyen de subsistance ; s'ils le détruisent, il n'y a plus de poissons.

– C'est vrai, mais peut-être que ça affecte également les activités illégales. Les bateaux sont bien plus restreints dans leurs mouvements. »

Lady Vee le regarde. « Je persiste à penser que Keith Belmont est impliqué. Il m'a rendu visite ce soir et s'est montré assez menaçant en m'avertissant de ne pas me mêler des affaires de Lily. Il m'a l'air tout à fait capable de commettre un meurtre de sang-froid et il s'est pris de passion pour le corail.

– Ça ne fait pas de lui un assassin, Lady Vee. S'il a mis en scène un cambriolage dans sa villa pour faire croire à son innocence, c'est réussi. Il a eu l'air sincèrement étonné de trouver le corail devant chez lui.

– Il a peut-être écrit ces menaces sur le bateau de Lily pour l'intimider et la pousser à lui céder l'association, et cet été, il a couru après Amanda et Lily.

– Belmont fait partie des suspects, mais nous n'avons aucun élément tangible pour prouver qu'il ait enlevé Amanda ou Tommy. La réponse se trouve peut-être dans les fragments de corail. Dites-moi qui a les clés de votre villa, Lady Vee.

– Jasper, Lily et moi, mes enfants, et notre majordome, naturellement. »

L'inspecteur griffonne dans son carnet. « Il faut que je parle à Wesley.

– Nous le connaissons depuis des dizaines d'années et il a toujours été loyal. Je préférerais que vous ne l'embêtiez pas.

– Wesley saura peut-être qui a pu voler une clé de chez vous.

– Interrogez Phil Everard tant que vous y êtes. »

Solomon lève les mains en signe de dénégation. « Il était à Sainte-Lucie quand Amanda a disparu, il est donc hors de cause. »

Lady Vee redresse soudain la tête, l'air stupéfait. « Ça y est, je crois que j'ai compris. Il s'agit de l'endroit. Le meurtrier se sert du corail pour nous donner des informations précises sur l'endroit où trouver ses victimes. Il a parlé à Tommy de sa méthode, avant de le tuer.

– Comment ça, Lady Vee ? demande Solomon.

– Tommy m'a donné ce morceau de corail le soir où la villa d'Amanda a brûlé. Il me l'a mis dans les mains en me disant que c'était là qu'il fallait chercher son corps. J'ai cru qu'il parlait du parc des Fortini, mais il parlait du récif. »

Le visage de Lily s'anime soudain. « Il fait partie de la famille des cornes de cerf. Il n'y a qu'une colonie au nord d'ici ; c'est dans un endroit dangereux, à L'Ansecoy Bay. Il est comme celui du lit d'Amanda, avec exactement le même motif de flèches croisées. »

Solomon imagine le visage sceptique de l'inspecteur principal Black s'il apprenait que l'assassin de Tommy Rothmore noie peut-être ses victimes et laisse leurs corps au fond de l'eau, attachés à un banc de corail particulier, et pourtant, il a vu de ses yeux la corde autour de la cheville du jeune homme. Il est possible qu'il y ait sur l'île un déséquilibré capable de commettre une série de meurtres singuliers.

« Si c'est le cas, notre meurtrier a accès à un bateau et

une tenue de plongée, et il est suffisamment vigoureux pour maîtriser un jeune homme sportif, dit Solomon. Si on a le temps avant l'arrivée de la tempête, on peut plonger demain matin à L'Ansecoy Bay pour chercher Amanda. C'est le seul moyen de démontrer cette hypothèse.

– Vous avez un brevet ? demande Lily.

– Dex Adebayo m'a appris à plonger il y a des années, et j'ai passé mon brevet du BSAC au Royaume-Uni.

– Dans ce cas, on peut plonger en binôme. »

Lady Vee lève de nouveau la tête. « Vous voulez que j'amène Phillip ? Il n'a plus trop le pied marin depuis que ses problèmes d'oreille ont affecté son équilibre, mais il peut m'aider sur le pont.

– Bonne idée, Lady Vee. On se retrouve au port à huit heures. »

À minuit, bien après le départ des deux femmes, Solomon est encore penché sur son bureau, conscient que les recherches du lendemain ne donneront peut-être aucun résultat, mais c'est toujours mieux que de ne rien faire, à l'image des frères Layton. Il passe en revue tous les citoyens de Moustique en regardant s'ils ont des casiers judiciaires, mais cette vérification est à elle seule un casse-tête. Le signal Internet est faible et le fichier des antécédents est si vieux que la moindre recherche prend des heures. Il s'apprête à renoncer, quand la fenêtre qui est au-dessus de son bureau s'ouvre subitement à la volée, laissant entrer un grand courant d'air frais. La tempête s'annonce enfin, juste au moment où il a besoin que le temps soit calme.

Entendant un bruit sec, il ouvre la porte de son bureau et respire de la fumée à pleins poumons. Un pétard rebondit par terre en enflammant un filet d'essence. D'instinct, il attrape l'extincteur et éteint les flammes avant que le bâtiment ne se transforme en brasier comme la villa des

Fortini. Il se précipite dehors mais il n'y a rien, si ce n'est le vent qui forcit. Celui qui a balancé une bombe artisanale par la fente du courrier est suffisamment sportif pour s'échapper sans être vu.

Ce n'est qu'une fois à l'intérieur qu'il est saisi par le choc. Si le meurtrier a versé de l'essence par la porte du poste de police, l'innocence de son frère est clairement confirmée. Ça prouve que l'assassin le surveille de près, alors qu'il est minuit passé. Il repense à la manie de Sacha Milburn d'espionner tous les gens de l'île. C'est peu probable, mais il l'imagine presque mettre le feu à la villa des Fortini sous prétexte qu'elle s'est sentie délaissée toute sa vie et s'est persuadée qu'Amanda se comportait mal avec Tommy – mais est-elle folle au point d'aller incendier le poste de police de l'île ?

Solomon renonce à rentrer chez lui. Il a beau en vouloir à Lyron, il ne peut pas laisser son frère dans un endroit qui vient d'échapper à une bombe incendiaire. Il retourne dans son bureau, éteint son ordinateur et essaie de s'installer confortablement sur sa chaise dure, mais c'est peine perdue.

26

Mardi 17 septembre 2002

Hier soir, il me semblait évident qu'il fallait rechercher le corps d'Amanda sur le récif, mais maintenant que le jour est levé, je m'interroge. Nous risquons de perdre notre temps dans une vaine quête. Lorsque je la retrouve en bas, cependant, Lily semble déterminée. Je suis inquiète à l'idée que Solomon et elle plongent sur le récif de corail où poussent les doigts de mort, dans la zone la plus dangereuse de la côte de Moustique, mais une fois sa décision prise, rien ne peut l'arrêter.

Quand nous montons dans le buggy, le temps a changé. Un vent chaud souffle en rafales de la mer et des nuages filent dans le ciel, annonciateurs de la tempête qui se prépare, mais Lily n'a pas l'air préoccupée outre mesure par les conditions météorologiques. Nous passons devant la villa du Dr Bunbury. Avec ses briques chaulées et sa clôture blanche toute neuve, la maison à un étage semble avoir été directement transplantée du Royaume-Uni. En short et tee-shirt, le Dr Pakefield fait déjà du sport sur la pelouse, enchaînant sans se ménager les sauts en étoile et les fentes sous le soleil qui tape. Ce régime qu'il s'impose a quelque chose de masochiste. Il déploie une telle énergie qu'il ne nous a pas remarquées et quand il s'arrête, son tee-shirt est auréolé de sueur.

« C'est une séance bien intensive sous une chaleur pareille, Simon », dis-je.

Le médecin fait volte-face. « Je me maintiens en forme, Lady Vee. Je n'ai pas le choix ; je nage comme un fer à repasser.

– C'est dommage, dans un endroit pareil. »

La main en visière, il esquisse un sourire hésitant.

« J'espère que nous vous verrons ce soir, à la cérémonie d'hommage pour Tommy ?

– Je risque d'avoir trop de travail, désolé.

– Venez, soyez gentil, sur l'île, c'est une tradition de dire adieu aux disparus.

– J'essaierai, promis. »

Il se retourne avant même que je ne puisse lui répondre et se met à faire des pompes. Je jette un coup d'œil derrière moi en repartant et vois qu'il poursuit sa séance de torture, Lily, quand à elle, est concentrée sur la tâche qui l'attend.

Je passe par le même chemin qu'hier soir, mais aujourd'hui, l'île semble inoffensive ; je n'ai jamais peur dans les bois touffus quand le soleil scintille entre les branches et les perruches jacassent dans les arbres. Par réflexe, je m'arrête un moment à Britannia Bay, en regrettant de ne pas pouvoir échapper à la sortie de plongée pour aller faire du paddle. J'adore sentir le sable entre mes orteils, contrairement à la princesse Margaret qui avait horreur de la sensation de picotement. Il fallait toujours que je prévoie des serviettes et de l'eau chaude pour qu'elle puisse se rincer les pieds après s'être baignée. Il n'y a qu'une demi-douzaine de personnes sur la plage ce matin, qui se promènent le long du rivage comme si l'île était l'endroit le plus sûr au monde.

Solomon et Phillip nous attendent sur la jetée du port d'Old Plantation. Solomon semble impatient de lever l'ancre, alors que mon vieil ami est visiblement inquiet. Depuis quelque temps, il préfère rester à terre, mais je suis soulagée de partager avec lui la responsabilité de barrer le *Revival* pendant que Solomon et Lily plongeront. L'attitude de Lily a déjà changé. À présent qu'elle est le capitaine, elle a plus d'assurance et parle avec fermeté.

« Vee et Phil, mettez vos gilets de sauvetage. Si jamais on chavire, personne ne viendra à notre secours. »

Dans la baie, la mer est calme, mais dès que nous sommes au large, les vagues se renforcent. Phillip se cramponne désespérément à tout ce qu'il peut, mais je suis tout de même contente qu'il soit là. Il faudra que quelqu'un surveille la ligne de vie quand nous serons arrivés à L'Ansecoy Bay.

« Vous avez une combinaison à ma taille ? demande Solomon à Lily.

– J'ai passé l'été à plonger avec des grands gaillards de l'University of the West Indies, alors vous avez l'embarras du choix. » Elle lui fait un grand sourire. « Vous avez le droit de descendre jusqu'à vingt mètres, mais restez attaché à la ligne. Si vous vous noyez, je peux faire une croix sur mon assurance. »

Je reste dans la timonerie tandis que nous faisons route vers le nord. Le vent qui a légèrement forci depuis hier soir est grisant. Le bateau tangue et roule sur les hautes vagues mais heureusement, j'ai le pied marin. Solomon, qui a passé son enfance sur le bateau de pêche de son père, semble également à l'aise.

Par temps calme, la virée jusqu'à l'extrémité nord de Moustique est un plaisir, mais aujourd'hui, je ne peux me défaire du sentiment que nous faisons une erreur. Je regarde la côte pour me changer les idées. Quand nous passons devant Endeavour Bay, j'aperçois quelques vacanciers devant la base nautique. Deux véliplanchistes filent à une vitesse impressionnante au gré du vent qui souffle en rafales, leur voile rouge au ras de l'eau.

Lorsque Lily dépasse Honor Bay, Point Lookout apparaît. Dès que nous atteignons la pointe nord de l'île, la mer devient plus agitée. C'est le chenal le plus dangereux de Moustique, où la mer des Caraïbes se heurte à l'Atlantique ; et à la saison des ouragans, il est souvent battu par d'énormes déferlantes, mais aujourd'hui, les conditions sont raisonnables. Par beau temps, L'Ansecoy Bay est un endroit idéal pour pique-niquer, avec une vue extraordinaire sur Bequia et Saint-Vincent. La baie fait également partie de l'histoire de l'île. Il y a de cela trente ans, le paquebot français *Antilles* s'est échoué sur son récif. L'équipage et les passagers ont été évacués à terre avant d'être recueillis par le *Queen Elizabeth*, mais le navire a connu un sort moins enviable. La coque en flammes a été abandonnée après de nombreuses tentatives de sauvetage. Sa carcasse rouillée ne fait plus qu'un avec le récif mais il est interdit d'y plonger et je comprends pourquoi quand je vois les lames déferlantes qui font rouler le *Revival* d'un bord sur l'autre. Cela secoue un peu ; cependant, leurs assauts semblent plus espiègles que cruels. Mon stress augmente lorsque je regarde l'eau sombre. Bientôt, Lily sera sous la surface, prête à affronter tous les dangers pour retrouver son amie.

27

Solomon ne s'est pas servi d'un détendeur depuis dix ans au moins. Il ne peut que compter sur ses souvenirs et des instructions claires pour ne pas se mettre en danger. Il remonte la fermeture éclair de la combinaison qu'il a empruntée et voit le visage encore crispé de Phillip Everard. Lorsque l'acteur va aider à mouiller l'ancre pendant que Vee prend la barre, sa démarche semble plus assurée.

Assise sur le garde-corps, Lily attend que Solomon et elle soient parfaitement équipés et vérifie une dernière fois la pression de leurs bouteilles d'oxygène.

« Les courants sont traîtres, au fond, restez bien attaché à la ligne de vie. Ne vous laissez pas emporter par le courant de retour ; plusieurs plongeurs sont morts comme ça.

– Ne vous en faites pas, je connais.

– Comme vous voudrez. » Elle esquisse un sourire. « Nous enfreignons la loi, inspecteur. L'Agence maritime a interdit de plonger ici sans autorisation écrite.

– Peu importe, de toute façon, je serai probablement viré. »

Le sourire de Lily s'élargit d'un centimètre avant qu'elle ne bascule en arrière dans l'eau. Quand Solomon se laisse tomber à son tour, il a la tête qui tourne. Ce monde sous-marin baigné d'une lumière turquoise est si beau qu'on a peine à imaginer qu'il puisse être dangereux, mais des forces invisibles essaient de le dévier. Il descend à la verticale, en suivant les palmes de Lily. Même les poissons doivent lutter. Un banc de mérous l'encercle jusqu'à ce qu'un courant les entraîne plus au nord. Il aimerait s'arrêter pour contempler ce nouvel univers où rien n'est sûr ou prévisible. À terre, son corps lui paraît encombrant, mais dans les profondeurs, il n'est plus qu'un bout de bois ballotté au gré de l'eau.

Lily avance rapidement avec fluidité. Solomon a le sentiment pénible de l'avoir également mise en danger en acceptant de plonger. Il se peut que le récif ne leur révèle rien sur le sort d'Amanda Fortini, mais déjà la coque brisée d'*Antilles* apparaît. Solomon voit qu'elle est fondue dans l'écosystème sous-marin et ses contours arrondis par des masses de bernacles, d'algues et de coraux roses mousseux. Lily l'examine, cherchant de quelconques signes de la présence du meurtrier. Quand Solomon s'approche d'elle, elle forme un cercle avec le pouce et l'index pour lui demander si tout va bien. Il lui répond par le même geste mais ne voit que la coque cassée du paquebot qui autrefois promettait le luxe à des touristes français fortunés jusqu'au jour où il s'était approché trop près des côtes de Moustique dans l'espoir d'apercevoir ses célèbres résidents.

Solomon distingue quelque chose qui brille au fond de la mer et descend le long de la ligne de vie, mais ce ne sont que des éclats de verre brûlé polis par les courants après le naufrage d'*Antilles*. Il regarde par une brèche de la coque, quand un vivaneau rouge surgit devant lui en manquant de lui arracher son masque, étonné par l'apparition de cet invité surprise. Alors qu'il continue à inspecter l'épave par la trouée, il remarque une masse noire accrochée à du métal rouillé. Par réflexe, il se détache de la ligne de vie pour pouvoir aller voir de plus près, mais soudain, il part en vrille. Les courants l'entraînent et Lily n'a pas remarqué qu'il était en difficulté. Il lutte avec acharnement, mais la mer est plus forte, le tirant en arrière et le rejetant contre la coque tour à tour, à un tel rythme qu'il ne peut pas suivre. S'il ne réussit pas à se cramponner à quelque chose de solide, le courant va l'emporter dans les profondeurs. Son cœur ralentit uniquement quand il réussit à agripper la chaîne de l'ancre.

Quelques instants plus tard, Lily apparaît à côté de lui. Elle secoue la tête devant cette erreur élémentaire puis raccroche son harnais à la ligne de vie. Il lui montre l'intérieur de l'épave et elle s'anime alors ; ils regardent tous les deux par la brèche, oubliant l'accident évité de justesse. Lily tapote sa montre mais il est hors de question qu'il laisse derrière lui la mystérieuse masse noire. Il tire dessus pour la dégager. Quand elle émerge enfin, il s'aperçoit que c'est une housse mortuaire, identique à celle où se trouve Tommy Rothmore, au centre médical. Derrière son masque, le visage de Lily se tend.

Ils remontent à la surface avec le sac derrière eux. Dès qu'il sort la tête de l'eau, Solomon voit Phillip Everard qui lui tend la main pour l'aider à monter à bord. L'acteur semble avoir repris des forces, mais il est visiblement perturbé par leur cargaison.

« C'est Amanda ? murmure-t-il.

– Je ne sais pas, nous allons voir. »

Solomon attend que Lily soit remontée à bord puis demande aux autres de reculer. S'il y a un corps à l'intérieur, il ne peut pas prévoir dans quel état il sera. Le souffle saccadé, il ouvre la housse de quelques centimètres, libérant un filet d'eau. Il se fige en voyant une mèche de cheveux blonds s'échapper de l'ouverture. La nuance d'or pâle est immédiatement reconnaissable, mais il jette un coup d'œil à l'intérieur de la housse pour en avoir le cœur net. Amanda Fortini n'a plus rien d'une jeune femme de la haute société ; sa peau est marbrée, ses yeux bleus laiteux. Il s'apprête à refermer la housse quand un morceau de corail marqué de deux flèches croisées tombe sur le pont. Le meurtrier a dû le glisser à l'intérieur pour montrer qu'il est le maître du jeu. Solomon se fiche de savoir ce que signifient les symboles ; ce ne sont que des provocations, une façon pour l'assassin de le narguer dans une langue étrangère. Les dents serrées, il remonte la fermeture éclair.

« On rentre », lance-t-il.

Phillip Everard s'est affalé sur un banc à la proue, Lady Vee lui tient la main. Lorsque Solomon rejoint Lily dans la timonerie, elle est trop occupée à négocier les déferlantes pour lui parler, mais son désarroi est manifeste. Elle vient de retrouver le corps de sa meilleure amie accroché au corail qu'elle tient tant à préserver. Elle essaie de réprimer les larmes qui roulent sur son visage. Solomon voudrait la consoler, mais la mer est si démontée qu'elle doit se concentrer. Il va à la proue pour téléphoner à l'inspecteur principal Black. Il est obligé de crier pour lui annoncer la nouvelle de la mort d'Amanda Fortini, car le vent lui arrache les mots avant qu'ils ne parviennent à son chef.

28

Quand le *Revival* s'amarre dans le port d'Old Plantation, Phillip a l'air si épuisé que Lily lui propose de le raccompagner chez lui. J'entends Solomon les remercier tous les deux pour leur aide, mais c'est au courage de Lily que je songe en regardant la housse mortuaire étendue sur le pont de son chalutier. Bien des gens s'effondreraient en apprenant qu'une amie est morte dans des circonstances aussi horribles, mais ses souffrances passées l'ont fait mûrir et malgré son jeune âge, elle nous a ramenés sans se plaindre par une mer agitée. Je me mets soudain à frissonner ; bien que le vent soit encore doux, mes vêtements sont trempés par les embruns.

« Vous pouvez m'accompagner au centre médical, Lady Vee ? demande Solomon. J'aimerais que nous échangions nos impressions, après. »

Je suis contente d'être associée à l'enquête, même si je redoute de voir le corps d'Amanda. La seule ambulance de Moustique arrive déjà, avec Simon Pakefield au volant. Le médecin semble toujours aussi distant, mais son humeur est bien le cadet de mes soucis. Amanda était peut-être au fond de la mer depuis sa disparition, il y a quatre jours, et nous avons besoin d'éléments précis pour découvrir son meurtrier.

Une fois le corps transporté à l'intérieur du centre, Solomon explique ce qui s'est passé. Le médecin semble choqué par la nouvelle, mais conserve son professionnalisme et fait signe à l'inspecteur après avoir ouvert la housse.

« Mettez une blouse et des gants. J'ai besoin d'aide pour la poser sur la table. »

J'aperçois la main d'Amanda qui dépasse du sac comme si elle essayait désespérément d'en sortir. Solomon vacille, mais se ressaisit aussitôt.

« Asseyez-vous, si vous vous sentez mal, inspecteur. »

Solomon secoue la tête. « Ça va, allons-y. »

Les deux hommes ne mettent qu'un instant à soulever le corps d'Amanda pour le poser sur la table et je comprends alors la réaction de Solomon. Je ne sais quelle part des dommages corporels est due à des sévices. Les ecchymoses verdâtres qui lui couvrent en grande partie la peau ont peut-être été causées par le temps ; la chair semble boursouflée, le bikini rouge lui scie les cuisses. Le visage de la jeune femme a perdu sa minceur et sa délicatesse, il a une vilaine plaie sur la tempe droite, ses traits sont méconnaissables. Seuls ses cheveux aux luxueuses mèches dorées conservent leur beauté.

« On dirait une victime d'accident de voiture, constate le médecin ; elle a été percutée du côté gauche. Il suffit de la regarder pour voir qu'elle a une fracture du crâne, des côtes brisées et une fracture du bassin. À mon avis, elle a dû mourir sur le coup.

– C'est possible qu'elle ait été heurtée par une vedette lancée à toute allure ?

– Ce serait cohérent, oui. »

Tandis que nous contemplons le corps d'Amanda, je sens la colère m'envahir. Quelles qu'aient été ses erreurs, elle ne méritait pas une mort aussi violente. L'explication la plus évidente reste qu'elle a été fauchée par la vedette que Mama Toulaine a vue dans le port. Je n'imagine personne sur l'île, pas même Keith Belmont, qui soit suffisamment déséquilibré pour commettre un meurtre aussi barbare puis descendre le corps au fond de la mer.

« Qu'en est-il de la housse mortuaire ? demande Solomon.

– Le logo du centre médical est imprimé à l'arrière, mais je ne peux pas vous dire quand elle a été prise.

– Pourquoi ?

– Je ne suis que le médecin remplaçant. Je n'ai aucune raison de vérifier les fournitures du centre médical. Il n'y a pas eu de mort récemment, à part le jeune Rothmore.

– Qui peut en avoir volé une dans la réserve ? »

Le médecin secoue la tête. « Si je savais. On n'a pas de caméras de surveillance. Le centre est ouvert toute la journée pour recevoir les patients.

– Je suis sûre que nous pouvons obtenir cette information auprès d'une autre source, dis-je. Il ne faut rien dire de notre découverte tant que sa famille n'a pas été informée. Je pense que nous devrions annoncer la mort d'Amanda lors de la cérémonie que j'ai organisée en hommage à Tommy Rothmore ce soir.

– À vous de voir, Lady Vee. » Le médecin retire ses gants et les laisse tomber dans l'évier. « C'est un drame. Les gens sont déjà bouleversés par la mort de Tommy, et voilà que cette jeune fille est assassinée. »

Simon Pakefield nous regarde tour à tour, Solomon et moi, comme si nous étions de potentiels assassins. Dans un silence pesant, Solomon l'aide à remettre le corps brisé de la jeune femme dans la housse puis à l'emporter dans la pièce d'à côté. Amanda est déposée dans la morgue, où seule une mince cloison de métal la sépare de Tommy

Rothmore, les deux amants réunis dans la mort, bien qu'ils aient rompu depuis des semaines.

Nous contemplons le tiroir dans lequel se trouve le corps d'Amanda, moi, trop anesthésiée pour pleurer et Solomon, le visage figé. Je comprends mieux la corde coupée autour de la cheville de Tommy ; le tueur a dû le ligoter à une autre partie du récif, où ses liens ont été rongés par les vagues battant contre les branches de corail mort. Je jette un coup d'œil à la seule fenêtre de la pièce ; elle est en verre dépoli afin de protéger l'intimité des morts, réduisant le soleil de midi à une tache nébuleuse.

29

Solomon est fasciné par la réaction de Lady Vee devant le corps d'Amanda Fortini. L'air énergique et décidé, elle va ensuite s'asseoir avec lui sur un banc à une centaine de mètres du centre médical, loin des oreilles indiscrètes. Il est impressionné qu'elle parvienne à laisser ses émotions de côté pour rendre justice à la victime.

« C'est quelqu'un qui sait plonger et qui a le goût du danger, dit-elle. Il aurait pu laisser le corps d'Amanda dans un endroit bien plus sûr mais il a préféré la baie la plus difficile d'accès.

– Il a choisi un lieu chargé d'histoire ; on parle encore du naufrage d'*Antilles*. Mon père se rappelle être allé en bateau voir si les passagers étaient sains et saufs. » Ébloui par le soleil, Solomon ferme les yeux et essaie d'imaginer le meurtrier plongeant jusqu'au récif en traînant le corps dans la housse derrière lui. « Je persiste à penser que l'*Aqua Dream* est impliqué.

– Nous parlons de l'assassin comme si c'était un homme, mais ça peut très bien être une femme, non ?

– Il faudrait qu'elle soit très athlétique. Celui ou celle qui a fait ça s'en est pris à deux jeunes gens en pleine possession de leurs moyens, puis les a traînés dans un bateau pour les transporter jusqu'au récif.

– Je vois ce que vous voulez dire, mais ça doit être quelqu'un qui connaît extrêmement bien le terrain. Moustique est constituée de corail. L'assassin a prélevé des fragments de l'ADN de l'île pour servir d'indices. Je vais essayer de trouver ce que signifient exactement les symboles aujourd'hui. Je vais passer voir votre père avant l'hommage à Tommy, et j'irai de bonne heure à l'église pour parler au pasteur Boakye. »

Solomon la regarde s'éloigner dans sa robe claire, quintessence de l'Anglaise en voyage. Il n'aurait jamais imaginé qu'elle devienne sa meilleure alliée sur Moustique, mais sa sagesse et sa perspicacité en font une partenaire idéale. Où qu'elle aille sur l'île, elle est chaleureusement accueillie.

Lorsque l'inspecteur retourne au centre médical pour parler à l'infirmière à mi-temps, il s'agace de nouveau. La jeune femme lui explique que la réserve est fermée à clé en permanence, mais il a des doutes. Il doit bien y avoir des moments où il n'y a personne à l'accueil, laissant la possibilité à n'importe quel visiteur de voler une housse mortuaire et de s'échapper sans être vu par une des issues de secours.

Il quitte le centre à quatorze heures en réfrénant sa colère. Il sait que s'il s'est senti mal dans la salle d'examen, c'est parce que la vision du corps d'Amanda lui rappelait cruellement la femme qu'il a trahie à Oxford. Il regarde l'*Aqua Dream* qui flotte à l'horizon, comme enraciné. L'inspecteur principal Black lui a ordonné de ne pas s'en approcher mais le respect de la procédure n'a suffi à protéger ni la victime d'Oxford, ni Amanda Fortini. Cette fois, il doit suivre son instinct, avant qu'il n'y ait un autre mort. Il retourne au port en marchant aussi vite qu'il peut. Il doit s'y prendre à plusieurs fois avant de réussir à démarrer la vedette de la police et à présent, il y a une forte houle et plus de vagues. Elles ne sont pas encore assez hautes pour déferler, mais la tempête se fait sentir. Cette zone des Caraïbes réagit au phénomène météorologique qui se dirige vers les Îles du Vent, fournissant à Solomon un prétexte idéal.

Quand il arrive près de l'*Aqua Dream*, il ne voit aucun signe de Dan Kellerman et fait le tour du yacht en prenant des photos avec son téléphone. Il s'en approche suffisamment pour lever l'appareil devant chaque hublot et photographier l'intérieur. Il prend également en photo le tender stationné sur le pont. La vedette ne porte pas de traces qui laissent supposer qu'elle ait causé des dommages corporels, mais aucun nageur ne pourrait échapper à son énorme moteur. Il est tenté de grimper l'échelle de coupée pour monter de nouveau à bord, quand le capitaine surgit, furieux de le voir.

« Qu'est-ce que vous foutez là ?

– Bonjour, Capitaine. Je peux monter ? lance Solomon avec son plus beau sourire.

– Je vous l'ai déjà dit, personne ne monte sur ce bateau sans mandat de perquisition.

– Je suis seulement venu vous proposer de vous mettre à l'abri. Je vous autorise à approcher du rivage. Choisissez la baie que vous voulez et protégez-vous si la tempête arrive. Vous pouvez vous amarrer jusqu'à ce qu'elle soit passée. »

Le capitaine le fusille du regard. « Vous avez pris des photos à l'instant ?

– Oui, je suis passionné par la faune marine. Vous savez que l'année dernière, on a repéré un requin-baleine près d'ici ?

– La ferme, espèce de con. Je vais vous faire virer.

– Je le répète, faites attention à vous, Capitaine. Accostez si la tempête se dirige sur nous. »

Quand il rentre au port, Solomon est satisfait ; au moins, il a des images de l'agencement du yacht. Il va chercher la moto de Charlie Layton au poste de police et retourne à Lovell. La maison de Wesley Gilbert est tout en haut du village et donne sur une douzaine de cases aux couleurs vives qui descendent en cascade jusqu'à la plage. Avec ses murs bleu foncé et sa clôture blanche, elle paraît austère par comparaison, à l'image de l'ancien soldat qu'il est.

Lorsque Solomon s'approche de sa maison, le majordome de Lady Vee a la radio allumée. Un air de flamenco s'échappe par la porte, doux et mélodieux, chaque note parfaitement en rythme. Ce n'est qu'en s'avançant plus près qu'il s'aperçoit de sa méprise. Gilbert tient une guitare contre lui, jouant les yeux fermés. Solomon attend qu'il ait fini avant de s'annoncer.

« Vous avez un sacré talent, Papa.

– Je devrais m'exercer plus souvent. » Gilbert ne semble pas perturbé par l'arrivée d'un visiteur. Il appuie l'instrument contre le mur et lui fait signe d'entrer. « C'est un peu tôt pour m'appeler Papa. Jusqu'à ma retraite, Wesley me va très bien. »

Solomon sourit en guise de réponse, mais l'attitude de Gilbert n'incite guère au relâchement. Le majordome l'examine comme un maître d'école envisageant diverses punitions.

« J'imagine que vous n'êtes pas venu pour bavarder, Solomon ?

– J'ai besoin de savoir ce qui se passe dans la villa de Lady Vee. Les violences sont liées d'une manière ou d'une autre au projet de restauration du corail de Lily Calder.

– Vous voulez une bière ?

– Avec plaisir, merci. C'est votre jour de congé ?

– Lady Vee nous a tous donné la journée ; certains d'entre nous sont de service pour la veillée de Tommy Rothmore, ce soir. La plupart des domestiques de l'île ont été embauchés. »

Solomon regarde autour de lui pendant que Gilbert va chercher à boire. Les meubles sombres sont en bois ordinaire, les murs ornés de tableaux représentant les feuillages éclatants de l'île mêlés aux fleurs blanches des vespérales. Il reconnaît le style de Mama Toulaine mais n'aurait jamais pensé trouver ses œuvres chez Wesley Gilbert. L'inspecteur le suit à l'extérieur, où le majordome apporte deux bières blondes et un bol de nachos. Gilbert s'installe dans un transat et pose les pieds sur la balustrade, l'air détendu.

« En quoi puis-je vous aider, Solomon ?

– Vous avez dû souvent voir Tommy Rothmore et Amanda Fortini cet été. Avez-vous remarqué quoi que ce soit de suspect, à Eden House ?

– Je m'efforce de ne pas regarder de trop près. Mon rôle est d'être le majordome de Lady Vee et Lord Blake, en leur garantissant la plus grande discrétion.

– Les règles ont changé, Wesley. On vient de retrouver le corps d'Amanda. »

Gilbert écarquille les yeux. « Quelle tristesse ! Elle était si jeune.

– Vingt-trois ans depuis quelques mois.

– Tommy et Amanda étaient les jeunes héritiers d'immenses fortunes. L'argent leur a été servi sur un plateau, ça peut être à la fois une chance et une malédiction. » Le majordome a un ton neutre, c'est une simple constatation, non une critique du fossé entre les riches et les pauvres. « Tommy a arrêté de venir à Eden House juste après leur rupture.

– Pourquoi s'en prendre à eux, à votre avis ? »

Gilbert boit une gorgée de bière. « Les gens comme eux ne font pas toujours preuve de beaucoup d'attention.

– C'est-à-dire ?

– Ils sont trop distingués pour claquer des doigts, mais quand on est serveur, cuisinier ou domestique, on est invisible. Il y a des gens qui ne supportent pas d'être ignorés.

– Vous en faites partie ?

– Je ne ferais pas ce métier si ça me blessait à ce point. Après l'armée, j'aurais préféré faire autre chose que devenir majordome, mais ça me va. » Gilbert soutient le regard de Solomon. « Parce que Lady Vee et Lord Blake me traitent bien. Ce n'est peut-être pas le couple le plus riche de l'île, mais c'est celui qui a le plus de classe. Ils ont transmis ces valeurs à Lily. »

Solomon est déçu par cette conversation. Il espérait des réponses et non une déclaration de loyauté professionnelle. Les questions qu'il s'apprête à lui poser vont gâcher l'ambiance, mais il ne peut pas les éviter.

« Le coupable laisse des morceaux de corail chez ses victimes et à moins qu'il ne passe à travers les murs, ça doit être un proche. Quelqu'un s'est introduit dans Eden House durant la nuit de samedi à dimanche sans casser de fenêtre ni forcer de porte. Il est monté à l'étage et a laissé un morceau de corail devant la chambre de Lily. C'est quelqu'un qui possède une clé et qui connaît la maison.

– Les seules personnes dans ce cas sont les proches de Lady Vee et moi-même. Quant à savoir si j'ai fait faire des doubles de clés pour en distribuer, franchement, il y a longtemps que je l'aurais fait, si j'avais voulu du mal à cette famille.

– Et Jose Gomez ? Lady Vee l'a vu dans le jardin à minuit.

– Jose est muet, pas idiot. Il ne ferait jamais de mal à quiconque.

– Qu'avez-vous fait samedi soir et dimanche matin, Wesley ?

– Je savais qu'on en viendrait là. » Gilbert esquisse un sourire pincé. « Je suis allé chez Patti Toulaine en sortant du travail et j'y suis resté jusqu'à huit heures le lendemain matin.

– Je savais que vous étiez ami avec Mama Toulaine, mais pas que vous étiez en couple.

– Vous êtes parti longtemps, Solomon. Patti est trop attachée à son indépendance pour cohabiter, mais ça fait des années qu'on est ensemble.

– Ça explique ces beaux tableaux. Qui a pu s'introduire de nuit dans Eden House ? »

Gilbert réfléchit. « Je ne sais pas ce qu'il en est des proches de Lady Vee. Il est possible que l'un d'eux se soit montré imprudent et que quelqu'un ait fait faire un double.

– Et les amis ? Elle laisse facilement entrer les gens, non ?

– Les Blake organisent de nombreux dîners.

– Et Phillip Everard ? Il est proche des Blake depuis des années. »

Gilbert éclate de rire. « Ce type est à moitié amoureux de Lady Vee et il ne ferait pas de mal à une mouche. Il est tellement attentionné qu'il se souvient même de mon anniversaire. L'année dernière, il m'a offert une montre Cartier. Il aidait Lord Blake à Sainte-Lucie quand Amanda a disparu, non ?

– Je me demande juste qui a pu emprunter une clé et la laisser traîner par négligence. »

Solomon remercie Gilbert avant de partir. Il est soulagé que l'alibi du majordome le mette hors de cause, mais il a besoin de s'en assurer. C'est intéressant que Mama Toulaine ait choisi comme compagnon quelqu'un d'aussi mesuré, mais aujourd'hui, Wesley a laissé entrevoir sa véritable personnalité. Gilbert a parlé de l'indifférence des jeunes gens qu'il a servis tout l'été, hormis Lily Calder, et il est possible que quelqu'un qui n'ait pas son flegme se soit senti offensé. Jusque-là, Solomon était persuadé que Jose Gomez était étranger aux violences et trop immature pour nourrir une colère aussi meurtrière, mais le jeune homme se comporte étrangement depuis plusieurs semaines.

En quelques minutes, Solomon rejoint le bord de mer pour chercher Jose. La case des Gomez est une bicoque en piteux état qui paraît vulnérable bien qu'elle soit élevée sur des pilotis pour la protéger des fortes houles. Les marches de la véranda sont en partie cassées, rien n'est entretenu. Solomon attend plusieurs minutes après avoir frappé à la porte, mais il n'y a personne.

30

Je prends mon buggy pour descendre à Lovell, encore ébranlée, mais j'ai promis de rendre visite à Hosea Nile et ne veux pas revenir sur ma parole, bien que je n'arrête pas de penser à la mort d'Amanda. Des temps plus heureux me reviennent en mémoire dès que je vois les cases de Lovell alignées à flanc de colline, rehaussées de couleurs pastel qui brillent au soleil des Caraïbes. Quand Jasper m'a amenée ici pour la première fois, il y a quarante ans, les villageois vivaient dans de tout autres conditions, sans eau courante ni électricité, ni services de santé. À présent, il y a une école, une église et une bibliothèque. Je vois que le village connaît une relative prospérité, à en juger par les limettiers, les bananiers et les géraniums qui fleurissent devant les maisons.

La case d'Hosea Nile est au cœur de Lovell et donne sur la mer. Il est dans sa véranda en compagnie de Mama Toulaine et se lève lentement en me voyant. Je dois cacher ma stupeur de le trouver aussi amaigri et de sentir sa main qui tremble quand il prend la mienne. Mama Toulaine reste en arrière, mais c'est également un plaisir de la voir. L'artiste est resplendissante avec sa robe bleu paon ornée de broderies écarlates et son port de tête majestueux. Elle m'embrasse sur la joue avant d'accepter le cake que j'ai apporté, et nous laisse tous les deux dans la véranda. Hosea a beaucoup changé depuis le temps où il était un jeune pêcheur sûr de lui qui passait des jours entiers à nous montrer les différentes criques en bateau, à l'époque où la jungle était si dense qu'une grande partie du rivage était inaccessible. Il semble content d'avoir de la visite, mais il s'exprime avec lenteur et il est distrait, le regard constamment attiré par la mer.

Mama Toulaine se joint à la conversation quand elle revient avec des tranches de cake présentées sur une assiette. Je me fais peut-être des idées mais j'ai l'impression que la peintre est tourmentée par quelque chose, bien que la nouvelle de la mort d'Amanda n'ait pas encore été ébruitée. Je ne sais pas si elle est inquiète pour Hosea ou si elle a des soucis personnels.

« Solomon se plaît dans son nouveau poste ? » je demande à Hosea.

Celui-ci met un certain temps à me répondre. « Il aurait dû rester à Oxford. Il est revenu par sens du devoir.

– C'est une qualité admirable chez un jeune homme. J'ai toujours cru à la loyauté.

– Moi aussi, Lady Vee, mais un de mes fils en a trop et l'autre, pas assez. »

Le vieil homme a l'air si triste que je change de sujet. Hosea a toujours eu le don de lire la mer ; d'après lui, la tempête Cristobal peut mettre quarante-huit heures à choisir la prochaine île qu'elle va frapper. Nous avons le temps de fermer les volets et de nous préparer au pire. Il y a des décennies qu'une tempête tropicale n'a pas fait de dégâts sérieux à Moustique. Nous sommes généralement épargnés par les typhons qui vont déraciner des arbres et démolir des maisons aux Bahamas.

Hosea ne tarde pas à montrer des signes de fatigue, bien que je ne sois là que depuis une demi-heure, et son élocution devient difficile.

« Va te reposer un peu, tant que tu as la force de te lever », lui dit Mama Toulaine.

Quand Hosea finit par accepter, elle l'aide à se mettre debout ; lui qui marchait à vive allure est si diminué par la maladie de Parkinson qu'il avance à présent à petits pas chancelants et je reste assise en silence, dans l'incapacité de l'aider. Au bout de quelques minutes, Mama Toulaine revient, l'air solennel.

« Vous venez à la cérémonie, Mama ? dis-je.

– Bien sûr, je rends toujours un dernier hommage aux âmes qui trépassent. C'est la coutume obeah.

– Je voulais vous demander, justement. L'obeah est une forme de sorcellerie, non ? »

Elle secoue la tête avec fermeté. « C'est une religion comme votre christianisme. Elle a des milliers d'adeptes à Sainte-Lucie et ici aussi, à Moustique. Le ciel est assez grand pour une multitude de dieux.

– Ne le prenez pas mal, je veux seulement comprendre.

– La magie obeah peut servir à faire le bien ou le mal, mais peu de gens ont le don, comme moi. » Quand elle se retourne vers moi, son regard est inquiétant. « Hosea se fait du souci pour son fils Lyron, c'est pour ça qu'il est fatigué. Il ne voulait pas être impoli en allant se reposer.

– J'étais ravie de le voir, inutile de vous excuser. » Mes yeux se posent sur deux symboles à peine visibles gravés sur le dos de ses mains, identiques aux motifs taillés sur les morceaux de corail. « Je peux vous demander ce que signifient vos tatouages, Mama ?

– La vie et la mort. » Toulaine tend les mains pour me montrer les symboles. « La coupe offerte est le dieu de la vie ; c'est l'eau et le vin qui ne tarissent jamais. Les flèches croisées symbolisent Guédé, le dieu de la mort. Il se tient à la croisée de ce monde et de l'autre monde, habillé en croque-mort, avec ses porteurs de cercueils. Il détient notre sort entre ses mains.

– C'est fascinant. Et il y a d'autres symboles obeah ?

– La plupart sont tirés du monde de la nature. Nous croyons que les oiseaux sont des messagers spirituels. Si vous voyez un hibou blanc, votre village sera frappé par la mort ou la maladie avant trois jours.

– Que signifient les toiles d'araignée ?

– Elles portent également malheur, elles symbolisent la confusion. Si vous trouvez une toile d'araignée, ça signifie que quelqu'un vous gêne.

– Les flèches croisées sont très puissantes ? »

Mama hoche lentement la tête. « C'est le pire des signes. Les flèches montrent que le Guédé va venir vous chercher tout de suite si vous avez fait quelque chose de mal.

– Les jeunes ne comprennent pas à quel point la vie et la mort sont liées.

– Ils croient être éternels. Mais vous avez vous-même des soucis, Lady Vee. Je l'entends à votre voix.

– Qui n'en a pas ? »

Mama Toulaine laisse échapper un petit rire. « La clairvoyance est parfois pesante.

– Je ne vous envie pas. Le présent est déjà suffisamment compliqué comme ça. Il y a beaucoup de gens qui pratiquent l'obeah, ici ?

– Dex Adebayo a été élevé comme ça, moi aussi, mais il y en a plein d'autres. Certains propriétaires de villa croient aussi à nos rites. »

Le visage de Mama est empreint d'une telle sagesse que j'aimerais me confier à elle, mais je dois m'en tenir aux généralités. « Quelqu'un s'en prend à de jeunes membres privilégiés de la communauté et laisse derrière lui des symboles obeah.

– Regardez ceux qui sont les plus proches de vous. Tenez, ce Dr Pakefield, par exemple. Il s'est rendu de nuit sur le gros yacht qui défigure l'horizon là-bas.

– Et pourquoi ça ?

– À vous de le découvrir. » Mama Toulaine plonge son regard dans le mien comme si elle lisait dans mon âme, puis soudain, elle se recule et son sourire s'évanouit.

« Qu'avez-vous vu ?

– Je ne peux pas le dire tout haut. Vous aimez cette petite, alors veillez à ce qu'il ne lui arrive rien. Vous entendez ?

– Parfaitement, Mama. »

Après cela, la conversation devient difficile. Le destin que l'artiste a lu dans mes yeux l'a murée dans le silence.

31

Solomon se passerait bien de la tâche qui l'attend au poste, cet après-midi, mais il n'a pas le choix. Il ne lui reste plus qu'à espérer qu'après sa brève incarcération, son frère sera dans de meilleures dispositions.

Lyron est debout sous la fenêtre en hauteur, regardant d'un air calme à travers les barreaux. Quand la porte est déverrouillée, il reste à distance, ne manifestant aucune velléité de se battre. Il va s'asseoir dehors, sur le banc, et Solomon le rejoint. Les deux frères regardent la mer virer peu à peu au gris.

« Crois-moi ou pas, mais j'étais content que tu rentres, marmonne Lyron.

– Moi aussi. Je croyais qu'on traînerait ensemble à Saint-Vincent, pour draguer les filles.

– À quoi bon ? T'as aucune chance. »

Solomon ne peut pas s'empêcher de sourire. « Tu aimes toujours autant la provoc, hein ?

– Moi, j'ai le sex-appeal, toi, l'intelligence.

– Il est temps de passer à autre chose, Lyron. Tu es assez intelligent pour devenir pilote. Si tu as besoin d'argent pour la formation, je t'aiderai à en trouver.

– Il faudrait d'abord que je passe l'examen d'entrée. »

Le jeune homme laisse passer un silence avant de poursuivre. « Il y a un truc qui te tracasse, hein, Sol ? Tu t'es fait virer, au Royaume-Uni ?

– J'ai commis une erreur. Comme toi. J'essaie de vivre avec. »

Lyron le dévisage calmement. « Il y a d'autres souvenirs qui te reviennent aussi, hein ?

– Comment ça ?

– J'ai changé ta vie. Notre mère est morte à cause de moi.

– Tu plaisantes ? »

Lyron donne un coup de pied dans un caillou. « C'est un fait. Je n'y peux rien.

– Tu as ça sur le cœur depuis tout ce temps ? » Solomon s'apprête à démentir, mais la vérité s'impose peu à peu à lui. « Je te détestais quand j'avais sept ans, mais j'ai arrêté bien avant d'en avoir huit. Comment aurais-je pu en vouloir à un bébé qui commençait à peine à marcher ? »

Lyron se redresse légèrement. « T'es sûr ?

– Sûr et certain.

– Et tu m'aiderais à entrer à l'école d'aviation ?

– Je mettrai autant que ce que tu auras économisé tant que tu ne fais pas de conneries. Si tu as besoin d'argent, tu me le dis. OK ? »

Lyron hoche lentement la tête, puis se lève, mais l'inspecteur ne peut pas le raccompagner. Il lui serre l'épaule, puis se détourne, soulagé d'avoir pu apaiser les tensions.

Quand il prend la moto de Charlie Layton pour se rendre à la villa de Lady Vee, l'inspecteur ne pense plus qu'à l'enquête. Il se moque du vent qui se lève, secouant les branches des arbres et faisant chasser les roues. Sa seule obsession, c'est de découvrir comment sont mortes les deux victimes afin d'ôter ce poids de sa conscience.

Solomon se gare devant Eden House, la peau moite

dans l'air humide. Il aperçoit la villa en ruine des Fortini, à moins de cent mètres de là, en songeant que la perte que la famille a subie aujourd'hui est bien plus cruelle ; la mère d'Amanda s'est effondrée en larmes au téléphone quand elle a appris la mort de sa fille.

Lily Calder a retrouvé son calme, à la voir ainsi sur la terrasse de la villa de Lady Vee. Elle se lève de son transat d'un seul mouvement avec l'aisance d'une gymnaste, en le dévisageant intensément de son regard turquoise.

« Vous êtes seule ? lui demande-t-il.

– Vee va directement à la cérémonie après être passée voir votre père.

– Vous auriez dû aller avec elle. Ce n'est pas prudent de rester seule.

– Je vais être entourée de gens tout le reste de la journée. »

Ils s'asseyent à la table du jardin. « Ça va, Lily ?

– Plus ou moins, dit-elle avec un sourire hésitant. Si ce n'est que j'ai perdu deux de mes meilleurs amis d'enfance.

– Je suis désolé de vous le dire, mais vous êtes peut-être la prochaine cible du meurtrier.

– Comment ça ?

– Vous êtes l'experte des coraux de l'île, il a écrit des menaces sur votre bateau et il assassine des gens qui vous sont chers. Il s'est même introduit dans votre villa de nuit pour laisser sa signature devant votre porte.

– Ça n'a pas de sens. Je n'ai pas d'ennemis ici.

– Amanda et Tommy pensaient sans doute la même chose. »

Elle frissonne dans le vent. « Vous dites ça pour me faire peur ?

– Bien au contraire. Je ne veux pas qu'il vous arrive quelque chose.

– Moi non plus. » Le sourire de Lily s'élargit enfin. « Il y a plein d'autres récifs qui ont besoin de mon aide. Vous devez avoir des soupçons, Solomon. Qui est le coupable, à votre avis ?

– La dernière fois qu'on a vu Amanda, elle nageait en direction de l'*Aqua Dream*. Je n'ai pas le droit de monter à bord, mais j'y suis allé tout à l'heure pour prendre des photos. Les deux hommes d'équipage bénéficient de l'immunité diplomatique, on ne peut pas les poursuivre en justice. »

Elle secoue la tête d'un air incrédule. « Je peux voir les photos ? »

Lily s'assied à côté de lui pour regarder les photos sur son téléphone. Sur l'une d'elles, on voit la vedette Bayrider stationnée sur le pont, prête à être descendue dans l'eau grâce à un bossoir hydraulique, d'autres montrent l'intérieur du yacht. Les cabines que Solomon a photographiées à travers les hublots sont étonnamment modestes pour un yacht de ce prix, avec un mobilier en bois standard, du lino gris au sol et rien de luxueux. Dans l'une d'elles, un équipement de plongée et des bouteilles sont posés contre une cloison.

« Il n'y a aucune trace de violences, murmure-t-elle. Peut-être qu'ils les ont directement emmenés sur le récif. » Les yeux de Lily se ferment soudain. « Ces salopards l'ont peut-être séquestrée là-bas. Dieu sait combien elle a pu souffrir avant de mourir.

– Le Dr Pakefield pense qu'elle est morte sur le coup dans l'eau.

– C'est une maigre consolation.

– Parlez-moi d'elle. Je passe à côté de quelque chose, j'en suis sûr ; j'ai besoin de comprendre le lien entre Tommy et elle.

– Elle était drôle, gentille et généreuse, mais pas très douée pour l'empathie.

– Arrogante, vous voulez dire ?

– Amanda adorait sa vie, mais Tommy était plus réservé. Tous les deux pouvaient être égocentriques. Ça empêche parfois de voir les signaux d'alarme, vous ne croyez pas ? »

Solomon secoue la tête. « Mon chef veut que tout le monde croie que Tommy l'a tuée avant d'aller se noyer.

– Même s'il souffrait, il n'aurait jamais fait ça, il était bien trop gentil. » Les yeux de Lily s'embuent et Solomon se mord la langue ; il avait oublié que la mère de la jeune femme avait mis fin à ses jours en se noyant.

« Pardon, c'était maladroit de ma part.

– D'habitude, je ne réagis pas comme ça, mais aujourd'hui, c'est l'anniversaire de sa mort. Généralement, j'essaie de m'occuper au lieu de rester à la maison à broyer du noir.

– Je connais ça. Ma mère est morte jeune, elle aussi. »

Il est étonné de voir de la compassion dans son regard. Sa main se pose un instant sur son poignet comme un papillon lui effleurant la peau, puis elle se lève d'un bond.

« Il est presque cinq heures, je ne veux pas être en retard pour l'hommage à Tommy.

– Je vous accompagne ?

– Je veux bien, merci, je vais juste me préparer. »

Lily s'en va en courant, montant les marches quatre à quatre. Quand elle réapparaît sur la terrasse cinq minutes plus tard, elle porte une robe courte noire, des talons hauts et de grosses lunettes noires. Elle devrait monter dans une limousine au lieu de grimper à l'arrière d'une vieille moto, mais visiblement, elle s'en moque. Quand Solomon démarre, Lily lui passe les bras autour de la taille comme si c'était la chose la plus naturelle du monde.

32

À Moustique, la notion du temps n'est pas la même qu'ailleurs. Les événements commencent toujours plus tard que prévu, même les commémorations. À dix-sept heures, je suis une des premières à arriver à l'église de bambou, mais j'avais hâte d'échapper à ma conversation tendue avec Mama Toulaine. J'admire ses tableaux, néanmoins, l'aura de mysticisme qui l'entoure me rend nerveuse, comme si elle pouvait réellement voir les aléas de la vie avec plus de clarté que le reste d'entre nous.

L'église est à l'écart de Lovell, à l'intérieur des terres, sur un terrain plat. Il n'y a ni vitraux, ni voûte, ni flèche, et pourtant la bâtisse en bois apparaît sur les photos de vacances de nombreux visiteurs. De là où je suis assise, je vois parfaitement l'arbre éléphant. Sa forme massive penche vers mon banc, comme si l'éléphant tendait sa trompe. Sur l'île, tout pousse dans des proportions gigantesques en raison du climat, y compris le mille-pattes qui rampe sur le banc devant moi. L'assassin de Tommy et Amanda fera peut-être une apparition. Il doit encore être à Moustique, car personne n'a le droit de quitter l'île. C'est l'endroit idéal pour repérer d'éventuels comportements suspects.

Je m'empresse d'aller parler au pasteur Boakye dès qu'il

arrive. Bien que ce soit un nouveau venu sur l'île, il est déjà très apprécié ; il est toujours soigné, les cheveux tressés, l'air sérieux. Il me fait l'effet d'une force bienfaisante qui prend les jeunes sous son aile. Son sourire bienveillant m'assure que la plupart des problèmes peuvent être réglés, mais quand je l'informe de la mort d'Amanda Fortini, son expression est solennelle. Je veux qu'il l'annonce au début de la cérémonie pour que nous puissions leur rendre hommage à tous les deux.

« Comment est-ce possible dans un endroit si paisible, Lady Vee ? murmure-t-il.

– Je ne sais pas, révérend, mais je voudrais que ça s'arrête.

– Quelle tragédie pour leurs familles ! Je prierai pour les deux, je vous le promets. »

Aller à l'église m'a toujours apporté du réconfort, mais lorsque je retourne m'asseoir sur mon banc, je me dis que prier pour Amanda et Tommy ne suffira pas.

Sacha Milburn remonte précipitamment l'allée centrale sans me remarquer. Avec sa robe bleu marine à col montant qui traîne au sol, elle a des airs de gouvernante victorienne. Elle était tellement mignonne, enfant, quand elle passait les étés à jouer avec Lily, mais aujourd'hui, elle semble encombrée par les soucis comme si elle avait du mal à vivre dans le monde des adultes. La jeune femme s'assied sur le banc d'en face en s'essuyant les yeux, et soudain, je suis submergée par le souvenir des êtres chers aujourd'hui disparus. Les dernières obsèques auxquelles j'ai assisté étaient celles de la princesse Margaret. Elle avait planifié elle-même la cérémonie dans les moindres détails et demandé une célébration intime pour la famille et les amis proches dans la chapelle Saint-George, au château de Windsor, sans la présence de tiers pour voir notre chagrin.

Je ferme les yeux pour me remémorer les moments plus heureux que j'ai pu connaître à l'église de bambou, les mariages qui y ont été célébrés par de belles journées d'été où l'on jetait du riz sur les jeunes mariés.

Je suis soulagée de voir Phillip qui s'est manifestement remis de son mal de mer. Il est impeccablement vêtu d'un costume de lin sombre et me prend aussitôt la main, toujours aussi attentionné.

« J'ai de bonnes nouvelles de Sainte-Lucie. Je viens d'avoir Jasper au téléphone, ça avance bien, il est ravi.

– Dieu merci, je l'appellerai tout à l'heure. »

Je suis si occupée à regarder les gens arriver que je ne prête guère attention à ses propos. La moitié d'entre eux viennent de Lovell et j'aperçois Dex Adebayo vêtu d'une de ses chemises hawaïennes bariolées ornée d'un vol de flamants roses qui lui barre le torse, mais son expression est sombre et ses gestes trahissent une certaine fébrilité. Me serais-je trompée sur son compte, depuis toutes ces années ? Peut-être a-t-il fini par haïr les jeunes gens richissimes à qui il apprend à plonger et qui repartent vers de nouvelles aventures en jet privé alors qu'il reste coincé là… Le Dr Pakefield est finalement venu ; il est assis tout seul sur un banc, faisant fuir les gens avec son air sévère. Il faut que je parle à Solomon de sa virée nocturne sur l'*Aqua Dream* dont il n'a rien dit. Il se peut que le médecin ait reporté sa colère intérieure sur les jeunes de l'île. Ce ne serait pas le premier médecin à détruire des vies au lieu de les sauver.

Je repense à Phillip ; j'essaie de l'imaginer en assassin, comme tous les autres membres de l'assemblée. C'est un de mes plus vieux amis, il est très sympathique mais incroyablement susceptible. Dès que l'on critique son jeu d'acteur, le pauvre souffre le martyre. Sa sensibilité est à double tranchant. Il fait preuve d'une empathie excessive, captant la moindre vibration dans une pièce comme une corde de violon trop tendue. Je sais que sa bisexualité le perturbe depuis des années et il semble avoir eu une enfance difficile, mais depuis trente ans que je le connais, il m'a offert un soutien sans faille. Il était en train d'aider Jasper à Sainte-Lucie le matin où Amanda a disparu, et je suis donc soulagée de pouvoir le rayer de la liste des suspects.

Lorsque le pianiste joue les premières mesures d'un air paisible, je jette un coup d'œil derrière moi. Tout le personnel de ma villa est venu assister à la cérémonie. Magnifique dans son costume noir, Wesley fait asseoir Jose Gomez à l'avant, pour garder un œil sur lui. Mon majordome n'a jamais changé de comportement. Il a toujours été d'une extrême dignité, servant ma famille avec professionnalisme tout en restant discret sur sa vie privée. La conversation que nous avons eue hier dans la cuisine était d'une rare franchise.

Il en va tout autrement de Jose Gomez. Mon jeune jardinier semble être un brave garçon, mais il se conduit bizarrement et je n'en comprends pas la raison. Je sens un curieux picotement dans mes mains quand Mama Toulaine s'assied à l'extrémité de leur banc, comme si la température avait soudainement chuté. Elle porte la même tenue éclatante, et ses cheveux sont ornés de perles et de plumes écarlates. L'artiste est une spécialiste des symboles obeah laissés sur les morceaux de corail. Il se peut qu'elle en sache plus qu'elle ne veut bien le dire.

Le pasteur se tient près de l'autel, sous une grande croix en bois, revêtu d'une chasuble blanche amidonnée. Il annonce avec douceur la mort d'Amanda. L'assemblée étouffe un cri, puis des photos de Tommy Rothmore apparaissent sur un écran, me rappelant l'enfant blond qu'il était. On le voit sauter dans l'eau, pique-niquer avec des amis, en tenue de soirée, enlaçant l'épaule d'Amanda Fortini. Ils se ressemblent tellement qu'on dirait presque qu'ils étaient frère et sœur, deux beaux aristocrates qui avaient le monde à leurs pieds et ne semblaient avoir aucun ennemi.

Phillip me donne un coup de coude, me sortant de mes rêveries. Lily arrive en retard avec Solomon ; l'inspecteur porte une veste élégante par-dessus son uniforme et je n'ai jamais vu ma filleule aussi à l'aise en compagnie d'un homme. Ils s'assoient côte à côte sur un banc du fond. Lily a besoin de quelqu'un d'assez d'intelligent pour retenir son intérêt et il est possible que Solomon soit capable d'accepter son indépendance d'esprit, mais je ne dois surtout pas m'en mêler. Si Lily sent la moindre pression, on peut être sûr qu'elle prendra ses jambes à son cou.

Quand le pasteur Boakye prend la parole, je songe à nouveau aux deux victimes. Il nous exhorte à célébrer leur vie tout en pleurant leur mort si prématurée. J'aperçois le Dr Pakefield, le regard rivé sur son livre de cantiques, qui ne desserre pas les dents pendant que nous chantons « Amazing Grace ». Il me paraît si maladroit que je ne l'imagine pas avoir l'assurance nécessaire pour commettre un meurtre. La musique ne m'émeut pas particulièrement, jusqu'à ce qu'une jeune fille de Lovell entonne a cappella une prière africaine, uniquement accompagnée par le chant des oiseaux. La pureté de sa voix est telle que je me laisse enfin aller, pleurant non seulement Amanda et Tommy, mais la princesse Margaret et mes proches disparus, alors que Phillip continue à m'étreindre la main. Mon ami retient ses larmes comme tout le monde, sauf Keith Belmont que je viens de remarquer. Il est au bout de notre banc, les yeux cachés par des lunettes noires. Je me souviens qu'il m'a dit avoir retrouvé la foi et il porte au cou son affreuse croix en or, mais son attitude me fait peur. Il est complètement immobile, comme un serpent qui s'apprête à attaquer.

33

À la fin de la cérémonie qui a duré une heure, Solomon regarde les gens se lever. Keith Belmont est le premier à partir et lui lance un sourire fugace avant de s'éclipser. Lily réconforte son amie Sacha Milburn qui, de tous les membres de l'assemblée, est celle qui a manifesté le plus d'émotion. Étant donné sa curieuse habitude de surveiller les habitants de l'île, Solomon garde la jeune femme sur sa liste des suspects, mais à la voir sangloter, il faut beaucoup d'imagination pour voir en elle une meurtrière plausible.

Les gens ne semblent pas pressés de partir, hormis Jose Gomez. Quand Solomon le remarque à l'arrière de la foule, le jardinier de Lady Vee s'éloigne. Avant que l'inspecteur n'ait pu le rejoindre, il a disparu au milieu des arbres environnants, le laissant face à une série de questions sans réponses. Le personnel du Cotton House a disposé à l'ombre de l'arbre éléphant des rafraîchissements offerts par Lady Vee. On se croirait dans une garden-party huppée, et ce soir, on écoutera de la musique, on boira et on dansera sur Britannia Beach. C'est une tradition de longue date à Moustique de célébrer les morts en faisant la fête au lieu de funérailles sinistres.

Solomon s'apprête à s'en aller quand le pasteur Boakye l'arrête.

« Je peux vous parler un instant ? » Il a toujours son accent mélodieux d'Afrique de l'Ouest, mais il semble plus tendu que la dernière fois.

« Bien sûr, révérend. Allons dans un endroit discret. »

Le pasteur l'emmène dans un coin désert, ombragé par des fougères arborescentes. Solomon remarque un changement dans la façon d'être de Boakye. Il a des gestes nerveux et des perles de sueur au-dessus de la lèvre. Le pasteur sort un mouchoir pour s'essuyer le front avant de reprendre la parole.

« J'aurais dû vous en parler avant. Tommy est passé me voir dimanche soir, vers deux heures du matin.

– Le soir où la villa d'Amanda a brûlé.

– Il avait la voix pâteuse, des traces de brûlures sur ses vêtements. Il m'a dit qu'il avait été agressé. Quelqu'un avait laissé des malédictions chez lui, gravées sur des morceaux de corail. Il les avait jetées, mais je voyais bien qu'il souffrait. Il pensait que quelqu'un lui avait jeté une malédiction obeah qui l'empêchait de trouver le repos. Il n'arrêtait pas de parler du corail. Il disait qu'il était en train de mourir, comme lui.

– Qu'est-ce que vous avez fait ?

– Pas assez, répond-il en fermant les yeux. Il a dit qu'il avait peur de mourir, mais au bout d'un moment, il s'est calmé.

– Il ne vous a rien dit d'autre ?

– Il m'a dit que son agresseur détestait les coraux. Qu'il voulait leur mort. Je lui ai demandé qui le persécutait, mais il avait trop peur pour le nommer.

– Ça n'a pas de sens.

– J'ai persuadé Tommy de dormir chez moi, pour qu'il

ne reste pas seul tant qu'il délirait. Je lui ai fait son lit sur le canapé, mais le lendemain matin, il avait disparu en laissant la porte ouverte. J'aurais dû rester auprès de lui jusqu'au matin. Ça lui aurait peut-être sauvé la vie.

– Ce n'est pas de votre faute. Si quelqu'un voulait sa mort, il l'aurait tué de toute façon. »

Le prêtre a l'air stupéfait. « Vous ne croyez pas que c'est un suicide ?

– Je suis policier, révérend. Tant qu'il n'y a pas de preuves, on n'a aucune certitude. »

L'air affligé, Boakye disparaît au milieu de la foule de plus en plus volubile à mesure que le Pimm's coule à flots. L'attitude du pasteur contraste singulièrement avec celle de ses fidèles. Il semble rongé par des soucis personnels dont il ne souhaite pas parler, mais Solomon n'a pas le temps de s'attarder sur la question. Ce soir, tout le monde chantera et dansera sur la plage, préférant commémorer la vie de deux jeunes gens dans la joie plutôt que dans la tristesse, mais tant qu'il n'a pas trouvé le meurtrier, Solomon ne peut se détendre. Son regard se pose sur Lady Vee et Lily et il se dirige vers elles. Il a une stature si impressionnante que la foule s'écarte telle la mer Rouge devant lui.

34

J'ai perdu tant d'êtres chers que je n'aime plus les veillées. La mort est peut-être l'unique chose inéluctable de la vie, mais je n'ai aucune envie de l'accueillir à bras ouverts. Je suis contente de pouvoir me changer les idées lorsque Solomon nous invite, Lily et moi, à l'accompagner au poste de police. Nous découvririons la vérité plus rapidement si nous nous y mettons tous ensemble. Je remarque avec intérêt que Lily préfère se rendre au poste sur sa vieille moto que dans mon buggy et c'est donc seule que je fais le chemin jusqu'à Lovell.

Quand Solomon nous fait entrer, nous sommes accueillies par un mur de chaleur et des odeurs de cigarette et de café froid. Lorsqu'il s'assied avec nous à l'accueil, son regard brille toujours de curiosité.

« Vous avez du nouveau, Lady Vee ?

– On a vu le Dr Pakefield se rendre en vedette sur l'*Aqua Dream*, tard dans la soirée, lundi, ce qui est une entorse à son contrat. Le médecin de Moustique est censé rester sur l'île vingt-quatre heures sur vingt-quatre au cas où quelqu'un tomberait malade. Et je continue aussi à m'interroger sur Keith Belmont. Il a l'air tout à fait sincère et d'un coup, il fait froid dans le dos.

– Nous n'avons rien contre Belmont, mais je vais vérifier pour Pakefield. Et vous Lily, quelque chose à signaler ?

– On ne devrait peut-être pas faire une fixation sur le corail. Ce qui compte surtout, à mon avis, ce sont les symboles que grave le meurtrier.

– Mama Toulaine m'a expliqué ce qu'ils veulent dire, aujourd'hui. Les flèches croisées symbolisent le dieu de la mort, Guédé, et la coupe offerte est le dieu de la vie. La toile d'araignée signifie que quelqu'un vous gêne.

– C'est intéressant, répond Solomon. Chez Tommy et Amanda, on a laissé le signe de mort, mais chez Keith Belmont, le signe de vie. Et devant votre chambre, on a déposé la toile d'araignée, c'est bien ça, Lily ?

– Si je comprends bien, je le gêne, mais il y a une petite chance que je reste en vie, dit-elle avec un rire incertain. C'est bon à savoir.

– Ça peut être quelqu'un de Lovell, imprégné du folklore ancestral. Ou un propriétaire de villa qui essaie de brouiller les pistes.

– Mama m'a dit que Dex Adebayo croyait à l'obeah.

– Sa femme affirme qu'il était avec elle quand la villa a brûlé, c'est son seul alibi. Je vais le surveiller de près. Nous n'avons pas encore découvert qui s'est introduit dans Eden House dans la nuit de samedi à dimanche. C'est probablement quelqu'un qui connaît bien la maison. Jose Gomez a un comportement étrange, vous me disiez ? »

Je secoue la tête. « Il est vulnérable, mais il adore travailler dans les jardins et jusqu'à maintenant, c'était un employé modèle.

– Mais il a changé, Lady Vee. Il vous suit, ainsi que Phillip et peut-être même Lily. Dès que je m'approche de lui, il se sauve. »

Lily n'a pas l'air convaincue. « Comme Jose m'aide bénévolement sur le bateau, je le laisse travailler avec un masque et un tuba sur la partie la moins profonde du récif. Il est très habile pour les greffes, mais ça fait des semaines que je ne l'ai pas vu au port. »

J'aperçois ce que Solomon a écrit dans son carnet. C'est une liste de noms, celui de Jose en premier, suivi de Keith Belmont, Simon Pakefield et Dex Adebayo. Tout en bas, il a noté « *Aqua Dream* ». C'est presque le même éventail de suspects que celui que j'ai en tête. Solomon me passe son téléphone pour me montrer les photos de l'intérieur de l'*Aqua Dream*, qui est bien plus quelconque que je ne l'imaginais.

« Je m'attendais à des dorures et des lampes en cristal.

– Moi aussi, Lady Vee. L'essentiel, c'est qu'il ne vous arrive rien à toutes les deux. Je veux que vous demandiez à Phillip de s'installer à Eden House et à Wesley de dormir sur place tant que cette affaire ne sera pas résolue.

– Ça ne devrait pas poser de problème ; ils se font tous les deux du souci pour nous.

– Vous serez plus en sécurité à plusieurs. Bon, dites-moi ce que vous avez prévu pour la fête de ce soir sur la plage.

– Il faut que les gens puissent parler de Tommy et Amanda ; leur mort nous a tous profondément touchés. J'ai chargé le Basil's Bar de tout préparer sur Britannia Beach, il y aura de la musique, et un barbecue. Tous les gens de l'île sont les bienvenus.

– Il y a de grandes chances que l'assassin soit là. J'imagine qu'il est également venu à la commémoration pour voir la souffrance qu'il a causée. Nous devons tous garder la tête froide et guetter le moindre comportement suspect. » Solomon griffonne dans son carnet. « Il faut absolument trouver qui a une clé de chez vous, Lady Vee. Réfléchissez bien, vous ne voyez pas qui aurait pu rester seul à l'intérieur assez longtemps pour fouiller dans vos affaires ?

– Je réfléchirai, Solomon, c'est promis. » Je me lève brusquement, débordant soudain d'énergie. « Je vais aller voir si tout va bien à la maison. Je peux rentrer seule, ne vous en faites pas, j'ai le buggy. »

Je prends rapidement congé et me précipite dehors. Il fait une chaleur étouffante à l'intérieur du poste, j'ai besoin d'air frais. Nous sommes bloqués sur une île où un inconnu nous joue des tours effroyables. Ce qui me préoccupe le plus, c'est que l'assassin ait laissé un morceau de corail devant la chambre de Lily. Elle est peut-être la prochaine sur la liste, mais malgré ce que j'ai appris sur les symboles obeah, c'est une menace que j'ai du mal à concevoir. Depuis qu'Amanda a disparu, je fais attention à fermer à clé toutes les portes de la villa, bien que nous y ayons vécu en sécurité pendant des années. Il faut de l'audace pour s'introduire de nuit dans une maison et y laisser un message funeste. Celui qui a fait ça a du cran, à moins qu'il ne soit devenu tellement fou qu'il se moque d'être arrêté.

35

Solomon s'attendait à ce que Lily parte avec sa marraine, mais elle est toujours assise sur une des vilaines chaises vertes du poste à examiner des fragments de corail. Ils n'ont pas encore ouvert la bouche que le portable de l'inspecteur sonne. Il entend une femme appeler à l'aide en criant, puis plus rien.

« Il est arrivé quelque chose à Sacha Milburn. »

Solomon se rue hors du poste et Lily le suit. Sur la moto lancée à plein régime, l'île n'est plus qu'un brouillard de vert. À leur arrivée, la villa Stargazer semble paisible et, sur la terrasse, les télescopes continuent à monter la garde. Ce n'est qu'une fois en haut que Solomon voit l'eau teintée de rose de la piscine et une forme sombre au fond.

Lily enlève ses chaussures et plonge la première, puis remonte Sacha Milburn à la surface. Contenant sa panique l'inspecteur tire son corps inerte sur la terrasse en marbre. Sacha a la peau glacée quand il l'allonge sur le dos et lui appuie sur le ventre jusqu'à ce que l'eau jaillisse de sa bouche. Il pose deux doigts sur son cou, mais son pouls est à peine perceptible.

« Non, pas encore », murmure-t-il.

Il voit bien qu'elle est en train de partir. Elle est d'une

pâleur livide, du sang coule à l'arrière de sa tête et sa longue robe lui colle à la peau. Lily lui libère les voies respiratoires pendant qu'il presse en cadence son sternum. Il se souvient de la formation aux premiers secours qu'il a suivie pour intégrer la police, mais il est peut-être trop tard. Le sang continue à couler de la plaie qu'elle a au crâne, sa mâchoire est tombante, quand soudain son corps est parcouru d'un tremblement et elle revient à la vie. Lily tient la tête de son amie qui régurgite de l'eau en toussant et Solomon sent ses épaules se relâcher. Il a déjà trouvé deux cadavres cette semaine, si une autre victime mourait, il ne se le pardonnerait jamais.

Il suit les traces de sang et voit qu'elle a dû être agressée près des marches, en remontant de la plage, puis qu'elle a couru jusqu'à la maison. Le portable est encore au fond de la piscine, la jeune femme devait avoir son téléphone à la main et l'a appelé avant d'être poussée à l'eau. L'assassin a dû croire que c'était réglé, sachant que son personnel était à l'église de bambou, profitant du cocktail offert après l'hommage à Tommy Rothmore.

Sacha est en train d'émerger quand Solomon s'accroupit de nouveau à côté d'elle. « Vous avez vu celui qui vous a agressée ?

– Il m'a frappée par-derrière. » Elle a la voix somnolente, les yeux fermés comme si elle voulait à tout prix dormir.

« Ne t'endors pas, je t'en supplie, murmure Lily. Le Dr Pakefield arrive.

– Non, pas lui. Je ne veux pas le revoir. » Des larmes s'échappent de ses yeux mi-clos.

« De quoi avez-vous peur ? demande Solomon. Tout va bien, vous êtes sauvée. »

Le Dr Pakefield arrive, l'air solennel. Il a encore le costume sombre qu'il portait pour l'hommage à Tommy, une allure tout à fait banale, et pourtant son apparition contrarie la victime. Quand il s'approche, elle essaie de se dégager.

« Laissez-moi ! crie-t-elle, puis ses yeux se ferment soudain.

– Ne vous inquiétez pas, c'est normal, dit le médecin. Les traumatismes crâniens provoquent parfois des hallucinations chez les patients. Vous pouvez m'aider à la mettre dans l'ambulance ? »

La jeune femme s'évanouit et reprend connaissance tour à tour. Lily grimpe dans l'ambulance, laissant Solomon seul sur la terrasse. Il a du sang sur sa chemise blanche, son pantalon est trempé et Lily a oublié ses sandales. Elle voulait tellement aider son amie qu'elle est montée dans le véhicule encore mouillée et pieds nus. Il ne peut s'empêcher de sourire avec admiration en la revoyant plonger dans la piscine tout habillée, grâce à elle, Sacha s'en est sortie de justesse.

Solomon s'apprête à retourner au poste de police lorsque quelqu'un apparaît sur les marches qui mènent à la villa. Dex Adebayo a l'air tendu. Il garde ses lunettes noires quand Solomon s'approche et scrute la terrasse avant de le saluer.

« Où est Sacha ? Qu'est-ce qui se passe ?

– Elle a été agressée. Elle vient de partir en ambulance. »

Solomon guette sa réaction. Adebayo est visiblement choqué, mais il a aussi du mal à tenir en place. À en juger par son visage luisant de sueur et ses gestes fébriles, il a bu.

« Qu'est-ce que tu viens faire ici, Dex ?

– Sacha m'a demandé de venir, mais elle ne m'a pas dit pourquoi. C'est une amie, et je sais qu'elle traverse des moments difficiles. » Adebayo recule vaguement, essayant d'échapper au regard de Solomon.

« Tu as l'air stressé, Dex.

– La cérémonie m'a angoissé. Si j'ai quitté Sainte-Lucie pour venir m'installer ici, c'est pour avoir la tranquillité.

– Dis-moi ce que tu sais du corail. Tu es un plongeur, tu en vois tous les jours. »

Adebayo hoche la tête. « Je connais son importance depuis toujours. Mon père était pêcheur, comme le tien. Il m'a appris à protéger la faune sous-marine. Si le corail meurt, on crèvera tous de faim.

– Tu as été élevé dans la tradition obeah, non ?

– Ça ne veut plus rien dire pour moi, c'est juste des vieux trucs vaudous qui ne marchent plus depuis longtemps.

– Parle-moi du Bayrider que tu partages avec le Basil's. Ça t'arrive de le sortir tôt le matin pour aller plonger tout seul ? C'était une vraie passion, autrefois.

– Chaque sortie doit être rentabilisée, je ne le sors jamais seul, répond Dex, le regard glissant au sol. Salue Sacha de ma part. J'aime bien cette petite. »

Adebayo se retire, laissant Solomon sur la terrasse, où le système de filtration de la piscine efface déjà la teinte rosée de l'eau comme s'il ne s'était rien passé. Il cherche la signature de l'assassin, mais ne trouve rien, jusqu'à ce qu'il descende les marches qui mènent à la plage. Un fragment de corail a été abandonné, similaire à ceux qu'il a trouvés chez les victimes. L'inspecteur prend en photo la toile d'araignée taillée dans sa surface pâle, mais quand il l'examine de nouveau, quelque chose se brise en lui. Il en a tellement assez des jeux de l'assassin qu'il jette le morceau sur la plage, en contrebas. Il se peut que Dexter Adebayo ait agressé Sacha, devinant qu'elle était seule. L'enquête l'entraîne sur un territoire inconnu où des gens qu'il aime et en qui il a toujours eu confiance prennent des allures d'assassins.

36

Dès que j'entre dans la cuisine, je remarque la minutie avec laquelle Wesley a pensé au moindre détail. Des plats de salades, de pâté et de fromage ont été laissés dans le réfrigérateur comme si Lily et moi risquions de mourir de faim sans ses repas préparés d'une main experte. Je suis anxieuse à l'idée que quelqu'un ait pu voler mon double de clés d'Eden House. Je fais le tour des pièces en vérifiant toutes les fenêtres et les portes, mais tout est bien fermé. Les clés sont dans le tiroir de mon bureau dans une vieille boîte à cigares, exactement là où je les avais laissées et je les glisse dans ma poche. L'île paraît toujours aussi idyllique, mais la tempête se fait sentir. Un vent chaud souffle dans le jardin, arrachant les pétales des orchidées et agitant les jeunes bananiers. D'après la météo, la tempête Cristobal doit arriver demain. Elle peut tout aussi bien passer juste à côté que ravager l'île, et la fragilité de celle-ci ne m'a jamais paru aussi évidente. Moustique n'est qu'un grain de corail pris entre la mer des Caraïbes et l'Atlantique, à la merci de forces opposées.

Songeant encore à la tempête, j'essaie à tout hasard de joindre Jasper à son hôtel. C'est un soulagement lorsqu'il décroche immédiatement.

« C’est extraordinaire, Vee. En quarante ans, c’est la première fois que tu me téléphones. » Sa joie s’entend au bout du fil.

« Tu exagères. Je voulais juste savoir comment tu allais.

– À merveille. Les entrepreneurs m’écoutent, pour une fois, et la deuxième cargaison de marbre est d’une qualité parfaite.

– Tant mieux, chéri. »

Il y a un silence, puis il reprend la parole. « Qu’est-ce qui se passe, Vee ? Tu as l’air déprimée.

– J’ai de très mauvaises nouvelles. Nous avons retrouvé le corps d’Amanda ce matin. J’ai organisé une veillée ce soir pour Tommy et elle, mais j’ai juste envie de me coucher et de pleurer.

– Tu appelles pour que je te soutienne moralement ?

– Plus ou moins, oui.

– Écoute, ma chérie, je m’inquiète pour toi et promets-moi de veiller sur Lily. Tu comptes beaucoup plus que ces fichues villas.

– Tu es incroyable. Tu passes des jours à me tourmenter avec tes histoires de chantier, et soudain, tu me dis quelque chose d’incroyablement gentil.

– Je suis sincère, Vee. Sans toi, je serais perdu. »

Jasper exprime rarement ses émotions, comme s’il craignait de perdre la face, et lorsque je raccroche, ses paroles résonnent encore. Mon mari n’est pas toujours attentif, mais il a su trouver les mots justes et m’a remonté le moral en un rien de temps. Je décide de me rendre en buggy chez Phillip sans prendre la peine de le prévenir. Je m’en veux de l’avoir abandonné après la cérémonie sans lui dire au revoir. C’est à deux minutes d’ici en buggy, mais avec l’arrivée de la tempête, le taux d’humidité a grimpé et mes vêtements me collent à la peau.

Lorsque je me gare devant chez Phillip, sa villa a toujours autant de charme, malgré le vent qui secoue les arbres, disséminant au sol les fleurs violettes. La piscine ressemble à une source tropicale, entourée de dalles de corail fossilisé avec des fleurs sauvages qui poussent au milieu. Mon ami est installé dehors, contemplant la surface de l'eau comme si elle détenait la réponse aux plus grands mystères de la vie. Il a abandonné le costume Armani qu'il portait à la cérémonie en hommage à Tommy pour enfiler un short et une chemise en lin blanc qui soulignent son bronzage. Je vois bien que quelque chose ne va pas. Il ne me remarque pas lorsque je traverse la pelouse et quand il lève la tête, il semble en état de choc.

« Bon sang, Vee, tu m'as fait une peur bleue.

– Désolée, chéri. Tu as si rarement de la visite ? »

Il esquisse un faible sourire. « Je suis à bout de nerfs, c'est tout.

– Je vais aller nous chercher à boire.

– Surtout, n'entre pas. C'est tellement infesté de moustiques que j'ai vaporisé de l'insecticide partout. Je ne veux pas que tu respires ces cochonneries de produits chimiques. » Il me regarde à nouveau. « Lily t'a appelée ? Elle vient de me téléphoner du centre médical.

– Qu'est-ce qui s'est passé ?

– Sacha Milburn a été agressée. Apparemment, elle va bien, mais je n'en reviens pas. » Il a l'air hagard.

« Tout ça te bouleverse, n'est-ce pas ?

– Mon enfance a été un enfer, Vee. Ça me rappelle les mauvais souvenirs.

– Raconte-moi.

– Ce n'est pas joli joli. Mes parents étaient trop pauvres pour nourrir leur ribambelle de gamins et on se battait pour grappiller de la nourriture et de l'affection. Comme il n'y en avait jamais assez pour tout le monde, c'était sanglant. » Il sourit faiblement. « C'est curieux comme en vieillissant, le passé prend de plus en plus d'importance au lieu de s'effacer peu à peu. Je croyais que ça s'arrangerait avec le temps.

– Tu as vu un thérapeute ? »

Il fait non de la tête. « Il y a trop de psys d'Hollywood qui vendent les secrets à la presse. J'ai toujours détesté qu'on parle de moi, sauf pour encenser une prestation éblouissante.

– Il doit bien y avoir quelqu'un de discret, si le passé te tourmente encore. Je te promets que l'île retrouvera bientôt sa tranquillité. » Je pose la main sur son bras. « Si nous cédons à la peur, le meurtrier aura gagné. Ça te dérangerait de venir t'installer à Eden House, le temps que le danger soit passé ? Je vais également demander à Wesley. On se sentira plus en sécurité toutes les deux si tu es là. »

Son visage s'éclaire aussitôt. « Avec plaisir.

– Je t'ai apporté les clés, pour que tu sois libre de tes mouvements. Lily sera ravie et c'est plus prudent d'être à plusieurs. » Phillip dépose un baiser sur ma joue et je me demande pourquoi je ne l'ai pas invité plus tôt. Il a passé l'été tout seul, le cœur brisé. Je me rappelle avoir entendu parler de son enfance malheureuse dans une vieille ferme délabrée, au Canada. Son père et sa mère s'accusaient mutuellement d'être responsables de la misère dans laquelle ils vivaient, et Phil et ses frères et sœurs se retrouvaient pris entre deux feux. Une fois de plus, je suis admirative devant l'homme qu'il est devenu et remarque son pas élastique quand il file nous chercher à boire. Il revient avec deux Manhattan sur un plateau d'argent.

« Oublions nos soucis, Phil. Je veux profiter de la soirée ; la seule chose à faire, c'est de nous serrer les coudes et de rester sur nos gardes. J'ai l'impression étrange que l'assassin est sous notre nez et qu'il nous suffit d'ouvrir les yeux.

– J'aime ta combativité, Vee. » Un sourire s'épanouit enfin sur le visage de Phillip.

« Je trouverai le salaud qui a fait ça, crois-moi. Et quand j'aurai découvert qui c'est, je le ferai enfermer pour de bon.

– Ne prends pas de risques, surtout, et promets-moi une chose. Il te faut un portable ; j'en ai un autre que tu peux garder. C'est de la folie d'être injoignable dans un moment pareil.

– C'est hors de question, chéri. Ces choses sont faites pour nous persécuter. Si une conversation en vaut la peine, elle peut attendre que je sois rentrée. »

Je bois une autre gorgée de mon cocktail idéalement dosé pendant que Phillip me décrit comment il prépare sa maison à l'arrivée de la tempête. Je ne veux pas l'inquiéter dans son état de fragilité, mais la dernière agression m'a ébranlée. Sacha Milburn est le troisième membre de l'entourage de Lily à être visé et je crains que ma filleule ne soit la prochaine sur la liste. Raison de plus pour rassembler tous les gens que j'aime afin qu'il ne leur arrive rien.

37

Il est dix-neuf heures quand Solomon regagne le poste de police en continuant à s'interroger sur l'agression de Sacha Milburn. Le comportement de Dex Adebayo mérite réflexion, tout comme la réaction défensive de Sacha face au médecin. Il est décidé à retrouver Jose Gomez avant de se rendre à Britannia Beach. Le jeune homme ne peut pas fuir éternellement. Cela fait trois jours de suite qu'il ne vient pas travailler ; et au téléphone, sa mère n'a quasiment pas desserré les dents, mais à présent, il a besoin de réponses.

La case des Gomez paraît toujours aussi vulnérable, perchée sur son fragile socle en bordure de la plage. Papa Gomez est pêcheur, mais son petit bateau est échoué sur le sable rose. Solomon est content de voir que la plupart des bateaux ont été remontés à l'intérieur des terres pour les protéger de la tempête. Cette fois, il y a quelqu'un. En se garant, il voit que Luella Gomez est en plein travail. Elle est sur une échelle, en train de clouer un panneau d'isorel sur une moustiquaire, comme si la mince plaque suffisait à empêcher sa case d'être déchiquetée si la tempête se déchaînait.

Quand il l'appelle, Solomon est étonné par la réaction

de Luella. Elle descend précipitamment de l'échelle pour se jeter dans ses bras. La mère du jardinier pleure tellement que ses larmes mouillent sa chemise et il ne peut que lui murmurer des paroles de réconfort. Luella est une créole chétive d'une cinquantaine d'années qui a cinq enfants et dont le mari est soit en mer soit en train de boire au bar du coin, la laissant se débrouiller seule. Elle jongle entre deux emplois de cuisinière et de femme de ménage, tout comme sa mère de son vivant.

« Venez vous asseoir, Luella. Dites-moi ce qui se passe. »

Mrs Gomez sort un mouchoir de la poche de sa blouse. « Pardon, je n'aime pas me laisser aller comme ça, mais je suis tellement inquiète.

– Qu'est-ce qui se passe ?

– Jose n'est pas rentré du travail hier, et il est tellement bouleversé, en ce moment. J'ai peur qu'on le repêche en mer comme le garçon d'Old Plantation Bay.

– Je viens de le voir à l'église de bambou.

– Dieu merci, il est vivant.

– Et il est comment, à la maison ? Depuis quelque temps, il suit Phillip Everard et Lady Vee nuit et jour.

– Jose n'a jamais tenu en place et il préfère être dehors ; il va marcher au bord de la mer, la nuit. On a du mal à le faire dormir à l'intérieur.

– Qu'est-ce qui lui a pris, à votre avis, pour qu'il se mette à suivre des gens comme ça ?

– Mon fils vénère Lady Vee, Lily et Mister Phillip. Il doit avoir peur qu'il leur arrive un malheur. Ce sont les seules personnes à Moustique qui lui aient donné sa chance, alors il veut les protéger.

– Il pense qu'ils sont en danger ?

– Je ne vois pas d'autre raison. Il leur doit la vie.

– Non, Luella, je ne crois pas. C'est à vous que revient

cet honneur. Il a de la chance que vous vous soyez tellement bien occupée de lui. » Ces mots provoquent un autre déluge de larmes. « Si je le vois, je lui dis de rentrer immédiatement. »

Luella pose la main sur le poignet de l'inspecteur. « Jose ne ferait jamais de mal, Solomon. À Lovell, il y a des gens qui ont peur de lui parce qu'il est muet, mais Mama Toulaine dit qu'il a un bon esprit, du côté des dieux. Tu le crois, hein ? Dis-moi que tu comprends. »

Pour toute réponse, Solomon lui touche l'épaule. Luella faisait partie du petit groupe qui est venu en aide à son père quand il est devenu veuf. Il se souvient vaguement qu'elle lui chantait des berceuses pour qu'il s'endorme, lui donnait à manger et le laissait jouer avec ses fils aînés sur la plage. Mrs Gomez a encore les yeux humides au départ de l'inspecteur. Solomon ne veut pas croire que Jose est mêlé à l'affaire, mais son comportement étrange n'a toujours pas d'explication.

38

Je laisse Phillip faire son sac après avoir fini mon cocktail. Mon ami est encore tout excité par mon invitation. J'oublie souvent combien la solitude peut être insidieuse. De la solitude au désespoir, il n'y a qu'un pas.

J'ai juste assez de temps pour me préparer avant d'aller chercher Lily au centre médical. Quand j'étais petite, ma mère m'a appris comment s'amuser à une fête et depuis j'ai toujours suivi sa méthode. Il faut se choisir de jolis bijoux, se maquiller soigneusement et avant tout, sourire. Qu'il s'agisse d'un dîner, d'une réception ou d'une soirée, il faut aborder l'événement en toute confiance. Ce soir, c'est avec un sourire nerveux que j'applique un rouge à lèvres fuchsia, mais c'est mon meilleur atout. Je m'inspecte dans le miroir : je porte une robe jaune citron de Harvey Nichols, des sandales à lanières et une bonne dose de Chanel N° 5. Si l'assassin vient à la veillée, je suis une combattante sous le maquillage qui me sert de bouclier. Je me mets un peu de poudre bronzante sur les joues et quitte Eden House, portes et volets bien fermés, au volant du buggy en emportant avec moi la robe rouge préférée de Lily et ses sandales.

Je me dirige vers le centre médical, les nerfs en état

d'alerte. Si Sacha Milburn a pu être agressée en plein jour, chacun de nous est vulnérable. Quand je passe devant les écuries, les belles juments arabes de l'enclos s'élancent soudain. Le vent qui forcit les rend fébriles et l'une d'elles se cabre très haut avant de partir au galop. La clinique sent les médicaments et la panique, mais impossible d'y échapper. Je veux savoir exactement ce qui est arrivé à Sacha Milburn.

Lily est assise sur un banc, devant la chambre de Sacha, pieds nus sur le lino. Je vois qu'elle est bouleversée à la façon dont elle se lève d'un bond pour m'embrasser. Elle a passé des heures au chevet de son amie et je soupçonne que si je ne l'embarque pas de force, elle y restera volontiers toute la nuit. La peau dorée par l'été tropical, elle rayonne de vie malgré les épreuves de la journée.

« J'ai cru que Sacha s'était noyée, Vee. Elle ne respirait même plus.

– Vous l'avez sauvée, Solomon et toi. C'est le principal. »

Les yeux de Lily sont brillants de larmes. « Dans l'ambulance, ça avait l'air d'aller, elle parlait normalement, mais depuis elle a perdu connaissance. »

L'infirmière arrive avant que j'aie eu le temps de poser une autre question. L'air compatissant, elle nous annonce que Sacha est toujours inconsciente et que les commotions cérébrales sont imprévisibles. Les patients peuvent donner l'impression d'aller bien juste après un traumatisme crânien et sombrer ensuite dans le coma à cause d'un œdème cérébral. Elle nous explique que Sacha doit être évacuée à Saint-Vincent pour un scanner, mais que pour cela, il faut attendre que la tempête soit passée.

« Le médecin l'a examinée pour tester ses réflexes, et elle réagit. Peut-être que son corps se repose pour pouvoir se rétablir. Il est probable qu'elle va reprendre connaissance, mais on ne sait pas quand. Vous pouvez aller la voir. »

Mon cœur se serre quand je découvre Sacha sur son lit d'hôpital, ses longs cheveux auburn déployés sur l'oreiller, le drap bien tiré sur le corps. La chambre blanche est un vrai placard. Par réflexe, j'ouvre la fenêtre en grand pour que l'air circule et qu'elle entende le chant des oiseaux.

Lily tient la main de son amie, me rappelant son incroyable gentillesse. « C'est bizarre, Vee. Elle a sombré dans le coma juste après que le Dr Pakefield l'a examinée. Je suis sortie quelques minutes ; il était seul dans la chambre avec elle.

– Ce n'est qu'une coïncidence. Les symptômes d'un traumatisme crânien peuvent apparaître des heures plus tard. »

Lily n'a pas l'air convaincue et tandis que les pensées tournoient dans ma tête, je songe à l'avertissement de Mama Toulaine au sujet du médecin. Je reprends espoir quand les grands yeux verts de Sacha s'ouvrent soudain, le regard rivé sur quelque chose qu'elle seule peut voir, puis ils se referment. Elle ne semble plus aussi paisible et ses mains sont agitées de mouvements involontaires.

« Va te changer, ma chérie. Je vais parler au médecin », dis-je à Lily.

Il n'y a aucun signe de Simon Pakefield à l'accueil. Ce n'est qu'en parcourant le couloir que je vois la porte de son cabinet entrebâillée. Il est à son bureau, la tête entre les mains, les doigts pressés contre les tempes. Il reste immobile jusqu'à ce que je toque à la porte, le forçant à se lever précipitamment.

« Désolée de vous déranger, Simon. Je peux vous dire un mot ?

– Si vous venez pour Sacha, on en est réduits à attendre,

marmonne-t-il. Je ne peux pas faire grand-chose pour l'aider ; elle devrait être dans un service de neurologie.

– Vous avez l'air fatigué. Ça va ?

– Aucun médecin n'aime voir ses patients souffrir. »

Quand je jette un coup d'œil sur son bureau, mon regard tombe sur quelque chose que je n'avais pas remarqué jusque-là. Un autre morceau de corail, avec une toile d'araignée gravée dessus. Je le prends, et pour la première fois, le visage du médecin est gagné par une vague d'émotions où l'anxiété se mêle à la culpabilité.

« Où avez-vous trouvé ça ? » je lui demande.

Il retrouve aussitôt son air impassible. « Devant la chambre de Sacha, peu après son arrivée.

– Je peux l'emporter ? Solomon voudra le voir.

– Allez-y.

– Autre chose. On vous a vu vous rendre en vedette sur l'*Aqua Dream*, lundi, tard dans la soirée. Vous pouvez m'expliquer pourquoi ? »

Il cligne rapidement des yeux. « C'est faux. Je suis obligé de rester ici vingt-quatre heures sur vingt-quatre, à moins de prévenir à l'avance le conseil d'administration.

– J'ai toute confiance en la personne qui me l'a dit.

– Elle se trompe. » Il saisit un bloc-notes, essayant de mettre un terme à notre conversation. « Excusez-moi, mais j'ai du travail. »

Il a manifestement hâte de se débarrasser de moi, mais mon attitude envers lui a changé. « Je suis inquiète pour Sacha ; l'assassin laisse des fragments de corail en guise de signature, il se peut donc qu'il veuille de nouveau s'en prendre à elle. Nous devons assister à la veillée, ce soir, Lily et moi, je demanderai qu'on envoie un vigile.

– Elle est parfaitement en sécurité ici. »

Le fait est que l'assassin est peut-être quelqu'un en qui

j'ai toujours eu confiance jusqu'à présent. Il est possible que le Dr Pakefield se soit servi du bateau du Dr Bunbury pour prélever des échantillons de corail, dont celui qui est sur son bureau. Mais si le médecin est coupable, la violence ne lui procure aucun plaisir. À voir la raideur de ses épaules lorsque je finis par sortir de son cabinet, il est évident qu'il est malheureux.

Lily est éblouissante quand elle apparaît au bout du couloir dans la robe écarlate qui met en valeur sa silhouette svelte. Elle ne s'est pas maquillée, mais son teint est radieux. Je n'ai pas envie de la démoraliser, car elle vient de traverser bien des épreuves, mais je n'ai pas le choix.

« Tu es magnifique, ma chérie, mais tu peux appeler Solomon, s'il te plaît ? Je veux qu'il envoie ici un des frères Layton immédiatement. Le meurtrier a laissé un autre morceau de corail. »

La tension qui apparaît aussitôt sur le visage de Lily détonne avec sa robe éclatante. Je suis sûre que l'assassin serait ravi de voir son bonheur s'évanouir ainsi.

39

La fête sur la plage a déjà commencé lorsque Solomon reçoit le coup de fil de Lily. Le personnel du Basil's Bar a allumé un grand feu de camp sur le sable. Britannia Beach est exactement comme dans ses souvenirs d'enfance, un long croissant teinté de rose par la poudre de corail dont l'île est constituée, mais il n'éprouve plus le même sentiment de sécurité et ce serait une erreur de se laisser submerger par la nostalgie ce soir. Il ne tarde pas à repérer Charlie Layton au milieu d'un groupe d'hommes de Lovell qui profitent de la bière gratuite. Quand Solomon lui ordonne d'aller monter la garde auprès de Sacha Milburn à la clinique, il s'en va en courant pesamment. Le grand avantage de l'île, c'est que tout est à portée de main. Layton sera au centre médical en dix minutes s'il ne traîne pas en route.

L'inspecteur regarde derrière lui la foule qui grossit. En ce moment, le meurtrier doit jubiler. Il a tué deux personnes, en a laissé une troisième entre la vie et la mort, dévastant trois familles, mais nul ne soupçonnerait que la violence plane sur l'île. Seuls les deux grands portraits de Tommy et Amanda, le sourire insouciant, qui sont accrochés au-dessus du bar de fortune, indiquent que la fête est en réalité une veillée funèbre. L'alcool coule déjà à flots et les serveurs circulent avec des plateaux chargés de verres de vin. Quelques vieux amis de son père se détendent dans des transats, appréciant l'atmosphère. L'événement a attiré certaines des grandes personnalités de l'île. Keith Belmont discute avec Dexter Adebayo, en contemplant le feu d'un air sérieux au milieu des autres invités. Les enceintes surélevées au-dessus du sable diffusent à plein volume un choix de musique éclectique, allant du calypso au reggae en passant par le Motown.

La fête a incité les rares propriétaires de villa à descendre de chez eux. Il y a une actrice, un imprésario de New York et un homme politique britannique. Tout le monde commence à se dérider, les couples dansent, les rires sont de plus en plus forts. Des applaudissements éclatent quand résonne sur la plage un titre de Blue Heaven où la voix rauque de Keith Belmont les exhorte à danser comme des fous car il n'y aura peut-être pas de lendemain. Solomon pourrait regarder pendant des heures l'île donner libre cours à son hédonisme inhérent, mais ce serait risquer de passer à côté de quelque chose. À l'arrière de la foule apparaît le visage de Lyron qui discute avec un autre employé du Basil's. Son frère semble soulagé depuis leur conversation et lui rappelle davantage le gamin joyeux qu'il était autrefois. Il est content que Lyron soit là ce soir pour s'assurer qu'il est en sécurité.

Il est vingt-deux heures trente et les étoiles ne cessent de s'éclipser derrière des écheveaux de nuages, leur douce lueur changeant la mer en mercure. Quand il se retourne, il aperçoit Jose Gomez qui l'observe dans les dunes et se sauve précipitamment dès que leurs regards se croisent, exactement comme à la cérémonie. Solomon s'avance vers les dunes, mais le jardinier a déjà disparu. Gomez devait surveiller les invités de loin. Il n'y a rien d'autre sur la plage, si ce n'est une rangée de raisiniers sculptés par le vent.

Lorsque Solomon jette un œil à son portable, il a reçu un texto de Charlie Layton. L'état de Sacha est sérieux, mais stable. Lady Vee lui a demandé de rester à son chevet jusqu'à ce qu'on vienne le relever. Solomon scrute de nouveau la foule, où plus d'une centaine de gens regardent les flammes bondir de plus en plus haut, le visage éclairé par leur lueur orange. Keith Belmont est entouré de touristes français du Firefly et drague la plus jeune du groupe, comme au bon vieux temps. Dexter Adebayo est tout près du feu. À le voir contempler les flammes d'un air anxieux pendant que les autres invités s'amusent, il a du mal à reconnaître le moniteur décontracté qui lui a appris à plonger.

Pas de doute que Wesley Gilbert lui a bien dit la vérité à propos de Mama Toulaine et lui, car ils se tiennent tous les deux côte à côte, tellement à l'aise l'un avec l'autre qu'ils n'ont pas besoin de se parler. Solomon est seul lorsque Lily Calder s'approche de lui. La jeune femme tient d'une main des sandales à hauts talons et de l'autre un cocktail.

« Vous avez l'air pensif, Solomon.

– À force de tout surveiller, il y a des choses qui commencent à m'échapper.

– Vous avez vu la fille que Keith est en train de draguer ? Elle n'est pas un peu jeune, non ?

– J'ai vérifié son identité. Elle a tout juste seize ans ; j'espère qu'elle est à la limonade. »

Quelqu'un met *Three Little Birds* de Bob Marley & The Wailers à fond et la musique est si forte que Solomon ne s'entend plus penser. Il montre le bord de l'eau et Lily le suit. Il n'a pas encore évacué l'adrénaline de la journée ; s'il était encore à Oxford, il enfilerait ses chaussures de running et irait courir, mais là, il aimerait se mettre à l'eau et nager un bon moment. Lily Calder semble être du même avis. Ils s'éloignent le long de la plage sous la silhouette éclatante de la demi-lune qui domine le ciel, jusqu'à ce que la musique de la fête ne soit plus qu'un battement métallique assourdi.

« Vous avez du nouveau, pour l'agresseur de Sacha ? demande Lily.

– Elle a peut-être été suivie après la cérémonie, ou alors quelqu'un l'attendait à la villa. Il faut que je creuse le passé de quelques personnes, demain, y compris des gens à qui on n'a pas pensé. »

Lily s'assied sur le tronc couché d'un palmier et attend que Solomon vienne la rejoindre. « Qui peut bien être assez fou pour s'en prendre à mes amis et laisser des messages aussi haineux ?

– On trouvera, ne vous en faites pas. Mais vous devez être prudente.

– Je ne travaillerai plus toute seule sur le bateau de maman tant que cette histoire ne sera pas terminée.

– Je ne savais pas que le *Revival* appartenait à votre mère. » Solomon évite de la regarder directement. Cela fait des mois qu'il n'a pas été aussi attiré par une femme, mais ce n'est pas le moment de se laisser submerger. Elle semble perdue dans son monde, la tête renversée pour admirer le ciel nocturne. « Quel âge aviez-vous, quand elle est morte ?

– Cinq ans, et vous ?

– Je venais d'avoir sept ans. Je me souviens à peine d'elle, c'est peut-être mieux. Mon père, lui, est hanté par son souvenir. Il ne s'est jamais remarié.

– Ça vous arrive de vous en vouloir ?

– Je n'aurais rien pu faire.

– Je ne saurai jamais si le fait d'avoir à s'occuper de

moi quand mon père l'a quittée a été la goutte de trop. Elle aurait pu poursuivre sa carrière si elle n'avait pas eu d'enfant à charge. » Lily laisse échapper un rire étouffé. « Pardon, je sombre dans la mièvrerie. C'est l'alcool ajouté au choc de voir qu'une autre de mes amies a été attaquée. Il vaut mieux que j'y retourne. »

Solomon se lève en même temps, mais Lily perd l'équilibre. Elle trébuche de nouveau et il lui passe le bras autour de la taille pour l'empêcher de tomber. Elle se met sur la pointe des pieds pour l'embrasser sur la joue, alors qu'un vieil air de calypso s'élève dans le vent qui déforme les accords de guitare. Solomon s'apprête à l'embrasser à son tour quand elle se sauve pour retourner vers la lumière.

40

Il n'y a pas de plus bel endroit que la côte caribéenne pour admirer le ciel nocturne ; et peu avant minuit, la fête bat son plein. Le vent du large forcit, bien que la tempête soit encore à plus de cent cinquante kilomètres d'ici, mais aucun des invités ne semble s'en soucier. Ils continuent à boire et à danser, se laissant joyeusement aller. Phillip bavarde avec un employé du Cotton House et paraît plus détendu depuis notre conversation. Le personnel du Basil's a organisé la soirée à merveille, ce qui n'a rien d'étonnant. Les fêtes impromptues sont si fréquentes sur Moustique qu'ils sont capables de préparer un buffet, des cocktails et une sono en moins d'une heure. Mais la soirée n'a pas répondu à mes questions. J'ai passé les dernières heures à scruter la foule, à l'affût du moindre comportement suspect, et Lily et Solomon ont fait de même. Le Dr Pakefield est toujours à la clinique avec Charlie Layton qui monte la garde, et Keith Belmont a disparu il y a une heure avec une jeune fille du Firefly. Je ne comprends pas qu'elle laisse un homme qui a l'âge d'être son grand-père la raccompagner, mais la célébrité peut être séduisante, quand on est jeune. Je n'arrive pas à me défaire du sentiment qu'il est coupable. Keith m'a gratifiée d'un sourire satisfait quand il a emmené la fille en enroulant le bras autour de son épaule.

Le feu de camp qui s'élève plus haut dans le vent, jetant des pluies d'étincelles orange dans le ciel, me ramène soudain en arrière. J'aimerais tant que Jasper soit là ; son excentricité fait merveille dans toutes les soirées, et il veille à ce que tout le monde s'amuse. Certaines des plus grandes célébrités du monde ont perdu leurs inhibitions sur cette plage, vaincues par la liberté qui règne à Moustique. J'ai vu bien des personnalités de la scène et de l'écran disparaître dans les dunes pour des rendez-vous illicites dont personne n'a jamais soufflé mot au-delà des rivages de l'île. Mais quand j'ouvre les yeux, des fantômes s'attardent à la lisière de mon champ de vision. La seule source de lumière provient des étoiles. Elles scintillent dans le ciel parcouru de nuages qui filent vers l'intérieur des terres. La mort de Tommy et Amanda reste ma première préoccupation. Si je veux découvrir pourquoi ils sont morts, je dois garder la tête froide.

J'ai assisté à tant de fêtes dans ma vie que je sais exactement à quel moment l'énergie de la foule va retomber. Certains noctambules invétérés, comme Dex Adebayo, sont déjà partis. Il est une heure du matin et les danseurs se font rares, bien que la voix de Van Morrison invite encore à profiter de cette nuit idyllique pour danser sous la lune. Tout le monde se tourne vers moi quand je monte sur une caisse de bières posée sur le sable pour prononcer le dernier éloge funèbre.

« Merci à tous d'être parmi nous pour rendre hommage à deux jeunes gens remarquables. Tommy n'avait qu'une vingtaine d'années, mais il avait l'âme d'un vieux sage, il était gentil, sérieux, aimant. Amanda aimait faire la fête, mais c'était également une jeune femme brillante et d'une fidélité à toute épreuve, en particulier envers ma chère Lily. Ne les oublions jamais. Levons notre verre en leur honneur à tous les deux et ne partez pas tout de suite. Il reste encore beaucoup de champagne. »

Les invités m'acclament et applaudissent tandis que Lily me regarde avec un sourire radieux, bien que la soirée ne nous ait pas donné les réponses espérées. Je n'ai vu que le défilé habituel d'amis et de connaissances qui font la fête pour oublier la menace qui pèse sur nous. Les vacanciers du Firefly et du Cotton House ont beaucoup dansé et descendu une quantité d'alcool considérable. Je n'ai pas froid dans ma robe légère, mais j'ai envie de rentrer. La réaction de Wesley quand je l'ai appelé à l'aide me remplit de gratitude. Lorsque je lui ai demandé d'assurer notre protection, il m'a presque fait un salut militaire avant de courir chez lui chercher des affaires. Je mesure plus que jamais la chance qui est la mienne d'avoir pour majordome un homme d'une loyauté aussi indéfectible.

J'ai vu Lily disparaître dans le noir en bavardant avec Solomon il y a un moment. J'espère qu'au-delà des discussions qu'ils peuvent avoir au sujet de l'enquête, ils aiment bien passer du temps ensemble. Elle a besoin de s'amuser après être restée au chevet de Sacha, mais Solomon semble extrêmement concentré. Je suis sûre qu'il est demeuré sobre comme moi pour rester vigilant. Mon verre contient un mélange de jus de pomme et d'eau gazeuse qui ressemble à s'y méprendre à du champagne ; je ne veux pas avoir l'air d'une rabat-joie, mais ce n'est pas le moment de baisser la garde.

Phillip surgit soudain de la foule. Il prend mon verre pour le mettre sur une table et pose la main sur mon poignet. « Viens danser avec moi, Vee. Je leur ai demandé de passer notre chanson préférée. J'ai attendu ça toute la soirée. »

Le DJ met alors Bryan Ferry qui chante *Smoke gets in your eyes*. De nouveau, des acclamations retentissent, car Bryan est un habitué de l'île très apprécié, puis Phillip m'entraîne dans une valse lente autour du feu, sous les yeux de tous les invités qui se sont écartés. Pendant une seconde, je me laisse aller à m'imaginer mariée à Phillip et non Jasper, avant de chasser cette pensée de mon esprit.

« Ça ne va pas être facile de s'assurer que tout le monde rentre bien, murmure Phillip. Je leur ai dit de marcher groupés.

– Tu n'as rien remarqué de suspect ?

– Dex a l'air très tendu et Keith Belmont a attiré dans son repaire une petite lycéenne.

– J'espère qu'il ne lui arrivera rien.

– Solomon va lui rendre visite. On va dire aux gens de rentrer chez eux et puis on prendra un dernier verre sur ta terrasse.

– Parfait. » Il me serre légèrement l'épaule puis disparaît au milieu de la foule. Je ne vais pas tarder à mettre un terme aux festivités, mais j'ai la gorge sèche à force de parler, et je reprends donc mon verre sur la table puis le finis en quelques gorgées.

Je passe un quart d'heure à bavarder avec les invités qui s'en vont, et je suis prise d'une étrange sensation alors que je regarde le feu. Les flammes sont incontrôlables, les vêtements des gens d'une telle luminosité que je suis obligée de fermer les yeux. Quand je les rouvre, tout tourne autour de moi, mes pensées vont bien trop vite. Je cherche Phillip ou Lily pour qu'ils viennent à mon secours, mais ils sont trop loin. Une soudaine vague de nausée me monte à la gorge et je m'échappe instinctivement à l'écart des gens. Je me précipite au milieu des raisiniers avant de tomber à quatre pattes. J'ai encore la tête qui tourne, mais j'essaie de regagner la fête pour chercher de l'aide auprès des derniers invités, quand j'entends un bruissement dans les feuilles. Quelqu'un m'attrape par-derrière en me serrant les bras avec une telle force que chaque doigt va me laisser un hématome. Puis une douleur fulgurante me transperce le dos, si violente qu'elle me laisse sans voix. Je n'arrive même pas à appeler au secours et ma vue se trouble tandis que la lune disparaît entre les arbres.

TROISIÈME PARTIE

Bulletin météo tropicale
National Hurricane Center, Miami, FL
Mercredi 18 septembre 2002
Attention à tous les navires :
Avis du National Hurricane Center sur la tempête tropicale Cristobal située au nord d'Haïti.
Le cyclone se dirige vers le sud en direction des Îles du Vent à 177 km/h, évaluation du risque actuel : sérieux.

41

Mercredi 18 septembre 2002

Solomon regarde les invités s'en aller. La tempête a fini par arriver et le vent souffle en rafales qui soulèvent leurs vêtements, mais quand ils prennent congé, la plupart d'entre eux sont d'excellente humeur et certains tellement ivres qu'ils s'appuient sur une épaule amie. Il est plus d'une heure du matin lorsque le personnel du Basil's Bar rassemble les glacières puis replie les tréteaux des tables. Lily aide à ramasser les bouteilles de bière éparpillées dans le sable. Le vent violent calme l'ardeur des flammes dansantes et le feu de camp se meurt déjà. Un gros nuage tournoie dans le ciel, éteignant les étoiles.

Phillip Everard semble avoir bien vécu la soirée, bien que Solomon l'ait surpris à jauger la foule des invités, espérant manifestement identifier l'assassin. Il a l'air fatigué quand il s'approche de l'inspecteur.

« Vous n'auriez pas vu Vee ? demande-t-il.

– Elle bavardait avec un client du Cotton House il y a quelques minutes.

– Il faut que je la trouve. Elle veut distribuer des pourboires avant que le personnel ne rentre. »

Les deux hommes scrutent la plage, puis Solomon sort son portable et appelle Eden House. Everard a une lueur de panique dans les yeux en constatant que personne ne répond. L'affection que porte l'acteur à Lady Vee est manifeste, comme si elle était une des rares personnes de Moustique en qui il avait réellement confiance. Ils se demandent encore où elle peut bien être quand une silhouette surgit de l'obscurité. C'est curieux que Jose Gomez ait choisi de réapparaître ainsi à la fin de la fête. Il a les cheveux en bataille, les vêtements couverts de sable ; il agrippe Lily par le poignet d'un air hagard. Il essaie frénétiquement de l'entraîner sur la plage. Solomon voit que ses lèvres forment des mots, en vain, aucun son ne s'en échappe. Lily fait de son mieux pour le rassurer ; lui ne lui prête aucune attention. Il change de comportement dès que Solomon s'approche de lui. Il se recroqueville comme un enfant qui s'attend à être puni, mais l'inspecteur lui parle doucement.

« Qu'est-ce qui se passe, Jose ? Ta mère s'inquiète pour toi. »

Le jardinier roule les yeux vers lui ; il lui fait signe de le suivre d'un air suppliant. Jose court sur le sable, l'inspecteur sur ses talons, la lune guidant leurs pas. Il s'arrête devant le buggy de Lady Vee, et Solomon est de plus en plus inquiet. Elle ne serait jamais partie avant la fin de la fête en laissant son véhicule derrière elle. Jose lui montre de nouveau le buggy. En regardant de plus près, Solomon voit un fragment de corail posé sur le siège du conducteur. Sa surface est entaillée de flèches croisées.

« Non, pas vous », murmure Solomon.

Le jardinier s'enfuit déjà en courant, mais l'inspecteur le rattrape en quelques longues enjambées. Le jeune homme est hors d'haleine quand il le saisit par l'épaule.

« Qui l'a enlevée, Jose ? Qu'est-ce que tu as vu ? »

Les yeux de Jose se remplissent de larmes qui glissent sur ses joues, mais c'est son expression qui convainc Solomon de son innocence. Elle est pleine de confusion, comme si le monde des adultes restait une énigme pour lui. L'inspecteur lui dit de rentrer tout de suite chez lui. Jose lui a prouvé que Lady Vee a été enlevée, mais il est incapable de lui expliquer ce qui s'est passé. Il est terrifié par ce qu'il a vu. L'assassin devait être embusqué dans les dunes. Solomon était si occupé à observer les invités qu'il n'aurait jamais imaginé que l'hôtesse de la soirée puisse être enlevée sous son nez.

Quand Solomon revient au buggy, Lily a le visage figé ; elle se cramponne à la main de Phillip Everard mais elle parle posément.

« Vee a été enlevée, c'est ça ? Jose a vu ce qui s'est passé.

– Rentrez immédiatement à Eden House tous les deux. Fermez bien les portes et attendez-moi. »

Everard secoue la tête. « Je viens avec vous. Il faut qu'on retrouve ce fou avant qu'il ne lui fasse du mal. »

Solomon touche le pistolet qu'il a sur lui depuis qu'il a reçu son uniforme de la police. « Je suis armé, ne l'oubliez pas. Je suis là pour vous protéger. »

Lily proteste avec véhémence, mais Solomon attend qu'Everard l'ait aidée à monter dans le buggy et qu'ils se soient mis en route pour Eden House. Sur la plage, seules les braises mourantes indiquent qu'une fête s'est tenue là ; et la lune pâle réserve son jugement. Il a une curieuse sensation au fond de lui : il est sûr que quelqu'un l'observe. Il a eu la même impression à Oxford quand une autre vie lui a échappé. À l'époque, personne ne l'a rendu responsable, mais depuis, sa conscience n'a jamais cessé de le tarauder.

« Espèce de salopard ! » hurle-t-il à la nuit.

Seul lui répond le vent qui mugit quand la tempête finit par s'abattre sur l'île.

42

Je suis assaillie de cauchemars. Je vois Lily s'éloigner à la nage vers le large ; une crête de nuages noirs se dresse à l'horizon et les vagues déferlent sur le rivage. Je l'appelle, mais ma voix se perd dans la tempête. Quand j'ouvre les yeux, elle a disparu. Je ne vois que l'obscurité. J'ai un chiffon en coton dans la bouche, un bâillon serré entre les lèvres.

Je sens une douleur mystérieuse entre les omoplates et des relents âcres de produits chimiques dès que je déglutis. Je suis allongée sur du béton mouillé, la joue collée au sol, des courbatures dans tous les muscles. Mes poignets et mes chevilles sont ligotés par une corde si serrée que j'ai les mains et les pieds engourdis. Je ne me suis jamais sentie aussi exposée, couchée ainsi en position fœtale à la merci du meurtrier.

Je dansais avec Phillip et d'un coup, je l'ai vu faire le pitre avec Lily à l'arrière de la foule, puis ma vue s'est brouillée. La vérité se fait jour peu à peu, à mesure que je reconstitue le fil des événements. On a mis quelque chose dans mon verre. Cela explique la sensation de tournis, cet horrible arrière-goût dans ma bouche et mes membres qui tremblent encore. J'aurais dû rester avec les gens que j'aime au lieu de m'éloigner en chancelant, cherchant à tout prix à être seule. Je ne dois plus penser qu'à survivre. Je suis probablement à côté de chez quelqu'un. Celui qui m'a traînée ici a peur que j'appelle à l'aide, autrement, pourquoi me mettre un bâillon ? Je me frotte la joue par terre pour le desserrer, mais ne réussis qu'à m'écorcher sur le béton rugueux.

J'ai bien l'intention de lutter de toutes mes forces pour survivre. Je suis enfermée, un vrombissement mécanique bourdonne dans mes oreilles et un oiseau passe dans le ciel en réclamant le jour à grands cris.

43

Solomon passe en revue tous les suspects pendant que le buggy cahote sur le sable. Il est certain que le meurtrier a un compte à régler avec Lady Vee. En tête de liste figurent désormais Keith Belmont et Dex Adebayo. S'il savait lequel traquer en premier, il pourrait peut-être empêcher le meurtre d'une femme qu'il admire et respecte. Il passe par le chemin le plus court pour se rendre à la villa de Keith Belmont, sous un vent soudain si fort qu'il fait plier les palmiers. La vieille rockstar est le seul homme de Moustique que Lady Vee déteste franchement et Solomon a la certitude qu'il cache quelque chose. Le musicien a quitté la fête de bonne heure avec une jeune touriste, mais peut-être lui a-t-elle simplement servi d'alibi pour revenir commettre l'enlèvement.

En temps normal, l'inspecteur ne s'approcherait jamais d'une villa à deux heures du matin et encore moins quand le propriétaire essaie de séduire une adolescente, mais en cet instant, il se moque des plaintes à sa hiérarchie auxquelles il s'expose. Il garde le pouce appuyé sur la sonnette jusqu'à ce qu'à l'interphone, une voix ensommeillée lui demande d'arrêter ce raffut.

Quand la porte blindée s'ouvre en coulissant, Belmont est en caleçon et tee-shirt noir, la mine renfrognée.

« Qu'est-ce que vous voulez ? »

Solomon entre avant que le musicien n'ait eu le temps de le refouler. « Lady Vee a disparu. »

L'espace d'un instant, le musicien a une expression de stupeur, mais c'est peut-être de la comédie, comme lorsqu'il prétend s'être repenti. Il empeste l'alcool et le tabac, son attitude insolente reflète sa gêne d'être pris en flagrant délit. Il s'éloigne en bombant le torse et revient en peignoir, visiblement plus détendu sous ce camouflage supplémentaire. Belmont va chercher deux verres d'eau et lorsque Solomon s'approche de la table, se plante devant lui, il a l'air toujours aussi agressif.

« Où est la fille du Firefly ?

– Je suis revenu à la raison juste à temps, heureusement. Je l'ai raccompagnée à l'hôtel, l'ai embrassée chastement et lui ai souhaité bonne nuit. Ça mérite une médaille, non ?

– Pourquoi ?

– Je m'efforce de changer. » Belmont baisse soudain la tête. « Il suffit que j'essaie quelque chose une fois pour en avoir envie tout le temps, c'est le problème, quand on a une personnalité addictive. Les gens comme moi ne s'arrêtent pas de manger quand ils ont le ventre plein, comme le reste de l'humanité, et ça ne concerne pas que le sexe. C'est pareil avec les clopes, l'alcool et les drogues. Je me suis même pris de passion pour le corail – mais je suis allé trop loin avec l'association de Lily. Il faut que je m'excuse.

– Vous m'assurez qu'il n'est rien arrivé à la fille ?

– Elle doit être bien au chaud au fond de son lit. C'était tellement tentant de la ramener ici pour éviter de me réveiller tout seul. » Belmont soupire et Solomon se demande si le musicien laisse enfin entrevoir sa véritable personnalité.

« J'ai sacrément merdé ce soir, mais demain, c'est retour au régime sec.

– À quelle heure êtes-vous rentré ?

– Il y a environ une heure, en me sentant con. J'ai foutu en l'air la vie de tellement de femmes. » Les yeux injectés de sang de Belmont se posent enfin sur le visage de l'inspecteur. « Vous savez ce qui fait vraiment mal ? Mes enfants ne me parlent plus depuis des années. Ils ne décrochent même pas quand je les appelle.

– Ça n'a aucun rapport. Je dois retrouver Lady Vee. »

Belmont l'ignore. « Vous avez des addictions, Solomon ?

– Le sport, peut-être. Quand j'étais au Royaume-Uni, j'allais en salle ou je courais tous les jours.

– Ça ne compte pas. Moi, c'était l'alcool et les drogues. Je n'avais qu'à décrocher le téléphone.

– Qui appeliez-vous ? »

Il hésite avant de répondre. « Jamais deux fois de suite la même personne.

– Dex Adebayo ? »

L'air surpris de Belmont lui montre qu'il a vu juste. Cela explique que Lyron se soit retrouvé mêlé à l'affaire ; son frère doit le voir tous les jours.

« Vous n'avez jamais aimé Lady Vee, n'est-ce pas, Mr Belmont ?

– On s'entend pas si mal, mais la plupart des aristocrates méprisent les gens comme vous et moi. Elle se croit supérieure et son mari aussi.

– Ce n'est pas ce que j'ai constaté.

– Elle a eu tous les privilèges. Je savais qu'elle me collerait des bâtons dans les roues, pour l'association de Lily. J'aurais pu financer le projet du corail pendant des années, mais elle ne veut pas que je mette mes sales pattes dessus. »

L'amertume est palpable dans sa voix. « Elle pense que les types comme nous doivent rester à leur place.

– Lady Vee est la femme la plus généreuse de Moustique. Les Blake m'ont payé mes études sans condition.

– Vous êtes naïf. » Belmont repose son verre sur la table avec plus de force que nécessaire. « Si vous vouliez sortir avec sa chère filleule, elle vous bannirait de l'île.

– Je ne crois pas, non, répond Solomon en le regardant droit dans les yeux. Vous pouvez prouver l'heure à laquelle vous êtes rentré ?

– J'ai écrit quelques mails. Ils mentionnent l'heure à laquelle je les ai envoyés.

– Je peux voir votre ordinateur ?

– J'ai aussi téléphoné. Au pasteur Boakye.

– Pourquoi ça ?

– Il m'autorise à l'appeler à chaque fois que j'ai une tentation. Il sait que je lutte contre mes démons. Peut-être parce qu'il a les siens.

– Comment ça ?

– J'aime bien savoir à qui j'ai affaire, alors j'ai fait des recherches sur le Net et passé quelques coups de fil. Il s'avère qu'il n'a apparemment jamais suivi de formation dans un séminaire au Nigeria ni servi dans une église à Lagos, mais quelle importance ? Ce type m'a montré plus de réelle bonté que n'importe qui ici. »

Solomon est soudain intrigué. Beaucoup de gens de l'île chantent les louanges du pasteur, mais c'est peut-être un imposteur. Il aurait dû vérifier son CV au lieu de le croire sur parole quand il lui a raconté que son évêque l'avait envoyé à l'étranger.

Belmont a les yeux rivés sur la table. « Je ne fais de mal à personne, sinon à moi-même. Lady Vee est une snob mais ce n'est pas mon problème. Pourquoi je péterais un câble là comme ça, après avoir été traité avec condescendance toute ma vie ?

– Le corail compte beaucoup pour vous, n'est-ce pas ?

– Il est comme moi, c'est pour ça. Je suis le roi du come-back. J'ai fait une overdose, j'ai eu une greffe du foie. C'est un miracle si je suis encore là et le corail, c'est la même chose. Vous pouvez régénérer tout un récif avec quelques greffons bien placés. »

Belmont a une telle ferveur dans le regard que Solomon est pris au dépourvu.

« Montrez-moi ces mails, s'il vous plaît.

– Vous aussi, vous avez des démons, Solomon. Il suffit de vous voir. À qui avez-vous fait du mal, en venant ici ?

– Ne me forcez pas à vous arrêter, Mr Belmont. »

Le musicien se lève avec lenteur. Solomon a le cœur qui bat à tout rompre, bien que ce ne soit pas le moment de s'attarder sur ses erreurs passées. Sur le toit, la tempête souffle en rafales dans un hurlement strident.

44

La pièce est plongée dans l'obscurité, percée de quelques aiguilles de lune qui se faufilent par les trous de la cloison en bois. Des images se bousculent dans ma tête. Mes enfants encore petits courent vers moi alors que je vais les chercher au pensionnat. Les deux que j'ai perdus sont bien vivants entre mes bras. J'ai envie de les suivre et pour cela, il me suffit de me laisser partir à la dérive. Néanmoins, l'instinct me force à lutter pour remonter à la surface. La drogue qui coule dans mes veines me donne des spasmes, mais j'ai l'esprit frais et dispos. Il faut à tout prix que je rentre à la maison pour Lily. Elle a déjà perdu trop d'êtres chers ; je ne veux pas qu'elle ait à préparer d'autres obsèques.

Je réussis enfin à voir à mesure que mes yeux s'accommodent à l'obscurité. J'aperçois une tondeuse, des seaux et des balais à franges. En regardant mieux, je distingue des pots de sel et de chlore empilés sur des étagères et je reste sous le choc. Cet endroit m'est familier, parce que je suis chez moi. Je suis enfermée dans le pool house où Jose range tout le matériel de nettoyage. L'abri est à une centaine de mètres de la terrasse d'Eden House, à moitié caché par les arbres et les hibiscus. Je relève instinctivement la tête et je hurle, mais seul un murmure étouffé s'échappe du bâillon.

45

En arrivant au centre médical, Solomon voit Charlie Layton qui monte la garde devant la chambre de Sacha Milburn. L'agent de sécurité semble enfin mesurer l'importance de son rôle. Il est assis bien droit, les yeux rivés sur la porte, prêt à empêcher toute personne inconnue d'entrer. Il est aux anges quand Solomon le remercie ; mais Sacha est toujours inconsciente, ses boucles rousses étalées sur l'oreiller. Dix minutes plus tard, le Dr Pakefield entre précipitamment dans la clinique, l'air perdu.

« Où étiez-vous, docteur ? lui demande Solomon.

– J'étais allé prendre l'air dehors.

– Avec un vent pareil ? Venez, il faut qu'on parle. »

Le visage du médecin respire la rancœur contenue, mais il garde le silence jusqu'à ce qu'ils soient entrés dans son cabinet.

« Que voulez-vous ? Il faut que j'aille voir Sacha.

– Vous vous êtes absenté récemment sans autorisation. C'est un manquement à votre devoir.

– Comment ça ?

– On vous a vu à bord d'une vedette qui se dirigeait vers l'*Aqua Dream*. Qu'est-ce que vous croyiez, que toute l'île dormait ? J'ai des témoins, Dr Pakefield. Vous avez intérêt à vous expliquer. »

Le médecin se laisse tomber dans son fauteuil, soudain à court d'énergie. « J'ai reçu un appel, lundi, tard dans la soirée, d'un homme d'équipage de l'*Aqua Dream* qui me disait qu'ils avaient besoin d'un médecin de toute urgence.

– Votre contrat stipule que vous êtes obligé de rester sur l'île sauf autorisation.

– Il était désespéré. » Le médecin tourne le regard vers la porte comme s'il avait l'intention de s'échapper.

« Combien avez-vous été payé ?

– Ç'avait vraiment l'air d'une urgence. Ils savaient que c'était une entorse à mon contrat, alors ils m'ont dédommagé. Je ne pensais pas être rémunéré. »

La carrure imposante de Solomon projette son ombre sur le bureau. « Poursuivez, à moins que vous vouliez perdre le droit d'exercer ?

– Il n'y a que deux hommes d'équipage à bord du yacht. L'un d'eux s'était entaillé la jambe en plongeant. La plaie était infectée et il fallait la suturer. Je l'ai soigné, puis je suis reparti aussitôt. Je ne suis resté à bord qu'une demi-heure.

– Combien avez-vous été payé ? »

Le médecin bat des paupières. « Le capitaine m'a remis une enveloppe contenant trois mille dollars.

– Jolie somme pour panser une plaie, si c'est tout ce que vous avez fait. Qu'avez-vous vu d'autre, sur le bateau ?

– Juste un homme d'une trentaine d'années avec une plaie qui suppurait. J'ai eu l'impression qu'ils s'ennuyaient, tous les deux. Ils ont envie de rallier leur prochaine destination, puis de rentrer chez eux. Ils sont en mer depuis des mois.

– Pourquoi Sacha Milburn a-t-elle peur de vous ? Elle était terrifiée, après l'agression.

– Je vous l'ai dit, les traumatismes crâniens peuvent provoquer des hallucinations.

– Dites-moi la vérité ou je vais être obligé de vous arrêter. »

Les épaules de Pakefield s'affaissent encore plus. « J'ai des problèmes de couple, murmure-t-il. Ma femme est rentrée en Angleterre avec les enfants. Je suis allé boire un verre au Firefly pour noyer mon chagrin et Sacha était là. On a fini par coucher ensemble, juste une fois. J'ai aussitôt regretté, parce que je veux me remettre avec ma femme. Je n'ai peut-être pas été très gentil avec elle, le lendemain matin, mais j'avais fait une erreur stupide.

– Si vous l'avez rejetée, Sacha a donc des raisons de vous en vouloir et je parie que vous allez avoir besoin d'argent pour votre divorce. Vous gagnez deux fois plus à Moustique qu'à Saint-Vincent et les frais d'études de vos enfants vont être écrasants. » Solomon dévisage de nouveau le médecin. « Vous avez accès à une vedette et vous avez été à bord de l'*Aqua Dream*. Combien vous paient-ils pour garder le silence sur leurs agissements ?

– Je n'ai rien vu.

– Je pense que vous êtes jaloux des résidents de Moustique. Ça vous met en colère de voir leurs villas et leurs piscines gigantesques ?

– Pourquoi je travaillerais ici, dans ce cas ? Je suis attiré par la beauté de cet endroit.

– Vous avez menti, Dr Pakefield. Comment voulez-vous que je vous croie ? Restez dans le couloir, pour que Charlie Layton puisse vous tenir à l'œil, et ne touchez pas à un cheveu de Sacha Milburn. Vous m'entendez ?

– Tout ce que j'ai fait, c'est aider un blessé.

– Montrez-moi ce que vous avez dans votre tiroir avant qu'on sorte. »

Le médecin reste bouche bée. « Des affaires personnelles, c'est tout.

– Ouvrez-le. »

La première chose que voit Solomon, c'est un carnet rouge vif avec le nom de Sacha marqué sur la couverture.

« Pourquoi l'avez-vous pris ?

– Elle m'a demandé de le mettre en lieu sûr. »

Solomon ne prend pas la peine de contester un mensonge aussi éhonté. Il se contente de lui faire signe de le suivre. L'inspecteur sent la fureur qui se dégage du médecin quand il s'assied dans le couloir, les bras croisés sur sa blouse blanche amidonnée.

Charlie Layton est visiblement content d'être chargé d'une nouvelle responsabilité. Solomon préférerait coffrer Pakefield, mais c'est le seul médecin de l'île et Sacha a besoin de lui. Au moment où il s'en va, Layton se tourne vers lui.

« Elle va très mal, murmure-t-il. Vous voulez que j'appelle le pasteur Boakye ? S'il y a quelqu'un qui peut la sauver, c'est bien lui. Il fait des miracles.

– Comment ça ?

– Ma femme a perdu un bébé en janvier. Elle était brisée, jusqu'à ce qu'il vienne nous voir. Cet homme a des pouvoirs de guérisseur.

– Je ne crois pas aux miracles, mais il faut que je le voie, dis-lui de venir rapidement. Sacha a confiance en lui, ça pourrait l'aider. » Solomon s'apprête à sortir, mais la tempête fait déjà des dégâts. Le vent projette des tuiles sur les arbres et aplatit au sol les herbes de la pampa de deux mètres de haut. « Tu as toujours vécu ici, Charlie. Si tu devais désigner un coupable parmi les gens du coin, ce serait qui ?

– Dex Adebayo, répond Layton sans l'ombre d'une hésitation. Un homme qui menace sa femme, c'est jamais bon. »

Le sang se glace dans les veines de l'inspecteur. « Il se montre violent avec Cherelle ? »

Layton a l'air solennel. « Leur case est à côté de la nôtre. On les entend se disputer. Quand je vais frapper chez eux, elle a trop peur pour parler. »

46

Il fait encore à moitié nuit lorsque j'entends un bruit. Il est à peine audible sous les hurlements du vent ; ça pourrait être mon cœur qui bat à tout rompre, mais il se précise de plus en plus. Des pas sur le béton se dirigent vers moi. Je suis incapable de dire si c'est un homme ou une femme, mais je garde les yeux ouverts. Je dois affronter sans broncher ce qui va arriver.

La porte s'ouvre à la volée dans une explosion de lumière. Quelqu'un braque une torche sur mon visage puis une bâche en plastique retombe sur moi, alors que j'ai toujours les mains ligotées dans le dos. Au moins, j'ai retrouvé mon énergie. Je donne un violent coup de pied, mais la punition est immédiate. Je suis traînée hors du pool house et ma robe se déchire. Le plastique se soulève et j'aperçois Eden House. Ma maison est un château de conte de fées inaccessible. Je suis de nouveau aveugle, on me jette sur une surface dure puis un moteur se met en marche. On me conduit quelque part. J'essaie de garder la tête froide pour réprimer la panique. Nous roulons vers l'ouest sur les chemins les plus cahoteux de l'île.

Je ne sais pas encore qui m'a enlevée, mais au moins, le trajet est court. On me soulève, la bâche en plastique est resserrée autour de moi, m'empêchant presque de respirer. Cette fois, je comprends exactement ce qui se passe. Je suis au fond d'une vedette qui roule furieusement d'un bord sur l'autre, réveillant la douleur. Seul un fou prendrait la mer par une énorme tempête. Les vagues claquent contre les flancs du bateau qui dérive, puis le moteur hors-bord démarre dans une secousse. Mes épaules cognent contre la fibre de verre glacée et je serre les dents dans le vrombissement strident du moteur.

47

Il pleut des trombes d'eau quand Solomon arrive à Eden House. La villa souffre elle aussi des effets de la tempête et les volets tirent sur les gonds. Solomon est obligé de s'arc-bouter contre le vent pour monter les marches. Le temps d'arriver dans la véranda, ses vêtements sont trempés et le carnet de Sacha Milburn a subi le même sort ; sa couverture est imbibée d'eau, ses pages sont collées. Lorsqu'elle vient lui ouvrir, Lily a les traits marqués par l'angoisse, mais au moins, elle a suivi ses conseils de prudence. Elle referme le verrou de la porte d'entrée et l'emmène dans la cuisine, où Phillip Everard est assis à la table. C'est un soulagement de le voir ; tous les fidèles alliés de Lady Vee seront nécessaires pour la ramener saine et sauve. L'acteur se lève, manifestement impatient d'avoir des nouvelles, mais avant même qu'ils n'aient pu échanger un mot, Wesley Gilbert fait irruption par la porte de service.

« Je viens de faire le tour de la propriété, annonce Gilbert. Quelqu'un a pénétré dans le pool house récemment. La serrure a été forcée et j'ai trouvé quelque chose. Je crois que c'est une chaussure de Lady Vee. »

Il pose une sandale à talon haut sur la table et Lily hoche la tête.

« Elle est à Vee, j'en suis sûre.

– Analysons la situation, dit Solomon. On a trois principaux suspects : Dexter Adebayo, Keith Belmont et le Dr Pakefield. Dex et Keith ont quitté la fête de bonne heure et Pakefield avait disparu de la clinique au moment où Lady Vee a été enlevée. Il semblerait que le pasteur Boakye ait menti, mais ce n'est pas notre assassin. Il n'a matériellement pas eu le temps de faire le trajet de l'église de bambou à Stargazer pour agresser Sacha si tôt après la cérémonie, mais il se peut qu'il nous cache quelque chose. Je persiste à penser que l'*Aqua Dream* est impliqué d'une manière ou d'une autre, mais je n'ai pas l'autorisation de fouiller le bateau. »

Gilbert est le premier à intervenir.

« Il faut commencer par Dex. Il est au courant de tout ce qui se passe ici.

– Je crois qu'il vend de la drogue en douce, dit Solomon. J'ai appris qu'il était violent avec sa femme ; il est peut-être assez instable pour avoir commis ces crimes. »

Lily secoue la tête. « Il m'a toujours fait l'effet d'un type bien.

– C'est le cas de beaucoup de meurtriers, malheureusement. »

Solomon jette un coup d'œil dehors, où le vent déchaîné fait rage. Il fait trop noir pour juger de l'état de la mer, mais les vagues s'écrasent sur le rivage, en contrebas, menaçant également la sécurité de l'île. Il examine de nouveau ses compagnons. Lily a troqué sa robe rouge contre un jean et un tee-shirt, toujours aussi belle malgré son angoisse.

Phillip Everard se tient penché, les doigts tambourinant sur la table. « On perd du temps. Si on ne se dépêche pas de la retrouver, ce salaud va l'attacher au fond de la mer.

– Il faut que quelqu'un lise le carnet de Sacha, dit Solomon. Elle surveille l'île depuis un moment. Il contient peut-être des indices.

– Vous voulez que je m'en charge ? propose Phillip.

– Je veux bien, oui. Vous pouvez patrouiller dans la villa, Wesley, au cas où quelqu'un rôde encore ? L'assassin doit avoir une clé, n'oubliez pas. Lily, j'aimerais que vous alliez voir Dexter et sa femme avec moi. Elle se sentira plus en sécurité si vous êtes là. »

Il est deux heures du matin quand Solomon et Lily descendent en courant sous une pluie battante le chemin qui mène à la case des Adebayo. L'inspecteur veut savoir si Dexter a un alibi pour l'après-midi et la soirée, car tout semble le désigner comme le meurtrier, de l'accès à une vedette rapide à la connaissance des habitudes des victimes qu'il fréquente quotidiennement au Basil's Bar. Ses compétences en plongée en font également un coupable idéal.

Solomon tape du poing contre la porte. Au bout d'une minute passée à marteler sans relâche, il voit apparaître sur le seuil la femme d'Adebayo. Cherelle a l'air plus vieille que dans ses souvenirs.

« Dex n'est pas là, dit-elle en s'adressant à Lily. Il est allé boire chez quelqu'un après la soirée.

– On peut quand même parler, Cherelle ? demande Solomon. Ça ne prendra pas longtemps. »

Quand elle les fait entrer, le désordre règne à l'intérieur, des journaux sont empilés sur un banc à côté d'un tas d'affaires à repasser. Il n'y a rien qui laisse supposer que Dexter tire profit de son activité secondaire – il aurait acheté un nouveau réfrigérateur, au lieu de garder l'antiquité qui ronfle si fort dans un coin qu'il semble sur le point d'exploser.

Cherelle débarrasse le canapé pour que ses visiteurs puissent s'asseoir, puis se perche en face d'eux sur une chaise en grattant son vernis à ongles écaillé.

« Comment Dex occupe-t-il son temps, en ce moment ?

– À travailler et traîner au Basil's, comme toujours, répond sa femme d'une voix qui trahit sa fatigue. Il ne me raconte pas grand-chose.

– J'ai besoin de tout savoir, Cherelle. » Solomon se carre dans le canapé comme s'il avait tout son temps. « Plus vite vous parlez, plus vite on partira, mais d'abord, il faut que je vous pose une question. Est-ce que Dex est violent avec vous ? »

Lily tend le bras et pose la main sur celle de Cherelle. « Soyez sans crainte, vous pouvez nous parler. Depuis quand ça dure ? »

Cherelle s'apprête à protester, puis son visage se décompose. « Il y a quelque chose qui ne tourne pas rond, cette année. Je le reconnais à peine.

– Comment ça ?

– Je ne sais pas ce qui lui prend, mais je ne réussis plus à communiquer avec lui. Je ne sais jamais ce qui va le mettre en colère. Avant, c'était quelque chose que j'avais dit ou fait, mais maintenant, c'est sans raison. »

Solomon sent la nausée lui monter à la gorge ; une fois de plus, la femme d'Oxford lui revient en mémoire.

« Rien ne peut justifier les violences physiques, Cherelle. Je veillerai à ce que ça ne se reproduise pas, mais pour l'instant, je veux savoir quand vous l'avez vu pour la dernière fois. Il est passé chez Sacha Milburn juste après son agression et il était à la fête, ce soir. Vous savez où il se trouve en ce moment ?

– Dex n'en fait qu'à sa tête, ces derniers temps.

– Vous savez s'il lui arrive d'aller jusqu'au gros yacht qui est ancré devant Britannia Bay ?

– Il a livré plusieurs fois des bières et des cigarettes

à l'équipage ; ils le paient bien, mais je ne vois jamais l'argent. »

Avant de partir, Solomon vérifie que Cherelle a quelqu'un chez qui aller et fait le nécessaire pour la mettre à l'abri. Il est trop tôt pour dire si Adebayo est complice d'un assassin lancé dans une effroyable série de meurtres, mais la culpabilité de Solomon ressurgit sans qu'il ait pu la réprimer. Des images d'horreur se bousculent dans sa tête, le figeant sur place, et il est obligé de s'appuyer sur la balustrade, devant la case d'Adebayo. Il revoit la femme qu'il a trahie ; vingt-cinq ans, jolie, terrifiée.

« Elle avait à peine quelques années de plus que vous », murmure-t-il.

Lily se rapproche de lui. « Ça vous a ébranlé, hein ?

– Ce boulot n'est pas fait pour moi.

– Vous travaillez trop, c'est tout. Dites-moi ce qui se passe. »

Solomon souffle enfin. « Quand j'étais à Oxford, j'ai été appelé pour aller voir un jeune couple. Des voisins avaient entendu la femme crier, mais les deux fois où j'y suis allé, le mari était là. Elle ne disait quasiment pas un mot et je n'ai pas su interpréter son silence. Je sentais bien que le type était dangereux. Je voulais l'arrêter, mais mon supérieur m'a dit de ne pas m'en mêler. Il a affirmé qu'on ne pouvait pas le coincer si elle ne témoignait pas contre lui et que l'obliger à répondre serait enfreindre la loi sur les violences. Une semaine après, le mari a perdu la tête. J'ai retrouvé le corps de la femme dans le coffre de sa voiture sur une route de campagne, poignardé de plusieurs coups de couteau. Le type a écopé de dix-huit ans, mais ça n'y change rien. »

Il sent sur son dos la chaleur de la main de Lily, mais ne peut pas croiser son regard.

« Votre chef a pris la mauvaise décision, Solomon. Vous avez fait ce que vous avez pu.

– Je l'ai laissée mourir. Les trois quarts du temps, je n'arrête pas de me dire que je devrais démissionner de la police ; si je suis venu ici, c'est pour m'aider à prendre une décision. »

Lily a gardé la main sur son dos. « Vous devez vous pardonner. Tous les gens de l'île voient que vous êtes quelqu'un de bien et que vous êtes animé des meilleures intentions. C'est un poids sur sa conscience à lui, pas sur la vôtre. »

La certitude tranquille de Lily perce enfin ses défenses et peu à peu Solomon s'apaise.

48

Je surmonte mon mal de mer malgré le roulis et ne pense qu'à survivre en sentant la panique refluer peu à peu. Je ne peux même pas crier pour protester. J'ai toujours le même chiffon humide enfoncé dans la bouche, qui m'empêche de bien respirer. Le meurtrier s'est peut-être éloigné des côtes de Moustique pour pouvoir se débarrasser de moi, comme il s'est débarrassé de Tommy Rothmore.

Il me redresse en manipulant mon corps comme une vulgaire cargaison puis me laisse tomber dans un harnais. Le choc est si soudain qu'une douleur me transperce la hanche, mais ce salaud n'en a que faire. Il me traîne par les pieds en me faisant si mal que je m'évanouis.

Quand je reprends connaissance, je suis assise sur une chaise, les yeux bandés. Dans un silence oppressant, j'essaie de comprendre où je suis détenue. Il y a des relents de poisson pourri, à moins que ce ne soit du corail… Il flottait la même odeur saline de décomposition le matin où j'ai trouvé le présent du meurtrier devant la chambre de Lily.

Mon cœur se met à battre à tout rompre quand des pas approchent, puis une voix grommelle des jurons et soudain, une porte s'ouvre en grinçant. Je veux à tout prix voir mon ravisseur, mais ne distingue qu'une tache de lumière floue sur les bords du masque. Je sens contre ma joue les mains rêches et calleuses d'un homme qui m'enlève enfin le bâillon. Puis il me détache les poignets. C'est un soulagement de pouvoir laisser mes bras retomber le long du corps, les mains engourdies après avoir été ligotées pendant des heures.

L'haleine de l'homme empeste le café, l'alcool et le tabac. Peut-être faisait-il partie des invités de la soirée et m'a-t-il espionnée.

« Vous ne vous en tirerez pas comme ça. Toute l'île doit être à ma recherche », dis-je d'une voix enrouée.

Pour toute réponse, il m'arrache le bandeau. Quand je recouvre la vue, je suis dans un réduit sombre, une porte se ferme derrière moi et une clé tourne dans la serrure. La seule lumière provient des étoiles brillant par intermittence à travers un hublot qui offre une vue d'une trentaine de centimètres de large sur des vagues se brisant autour du bateau chahuté. La cabine ne contient qu'un seau, un rouleau de papier-toilette, une bouteille d'eau et un sandwich qui se dessèche sur une assiette. Mon ravisseur ne reviendra peut-être pas tout de suite, mais mon instinct me dicte de détacher mes chevilles et de me préparer à me battre.

Alors que je défais les liens, un flot de lumière argentée inonde soudain la cabine, confirmant que j'ai bien été amenée là où je pensais. Solomon m'a montré des photos du lino gris et du mobilier en bois de l'*Aqua Dream*. Les autres victimes sont-elles restées elles aussi à attendre leur sort à bord d'un yacht mystérieux ? Mes doigts se dépêchent car je suis consciente que c'est ma dernière chance.

49

Solomon a une telle quantité d'adrénaline qui déferle dans ses veines qu'il a envie de faire le tour de toutes les maisons à la recherche du meurtrier, mais au moment où il décide de la prochaine étape, son portable sonne. C'est Charlie Layton qui lui annonce que le pasteur Boakye ne répond pas au téléphone. Cette nouvelle éveille les soupçons de Solomon.

« Il faut aller voir le pasteur Boakye, dit-il à Lily. Il est possible qu'il ait menti. »

Guidé par son instinct, l'inspecteur se rend chez le pasteur, dont la case est légèrement en retrait du village. Quand il leur ouvre, le pasteur Boakye est tout habillé, bien qu'on soit au milieu de la nuit. L'espace d'une seconde, il semble prêt à s'enfuir, mais il reste planté sur place, car il n'y a pas d'issue. Il n'y a aucun moyen de quitter l'île tant que la tempête fait rage. Dans la véranda où Solomon se trouve avec Lily, le vent est si violent qu'il lui cingle le dos sans relâche.

« Vous allez quelque part, révérend ?

– Je vais voir un paroissien, marmonne-t-il. Il souffre dans la solitude.

– Keith Belmont, c'est bien ça ?

– Comment vous le savez ?

– Vous avez très rapidement été accepté ici. Je parie que vous connaissez tous les secrets des propriétaires de villa. Certains sont si célèbres que vous pourriez gagner une fortune en vendant des informations aux médias. »

Le pasteur a l'air horrifié. « Je ne ferais jamais une chose pareille. Tout le monde mérite la protection de Dieu ; c'est mon rôle d'aider tous ceux qui ont besoin de moi. »

Solomon le regarde dans les yeux. « Vous avez inventé vos diplômes, n'est-ce pas ? »

Les épaules du pasteur s'affaissent, comme s'il était un pantin désarticulé. « J'espérais recommencer à zéro.

– Une autre femme a disparu et vous avez menti. Vous êtes peut-être complice du meurtrier.

– Je me contente de suivre ma vocation, c'est pour ça que je suis là.

– Vous avez intérêt à vous expliquer, lui lance Solomon.

– Personne ne peut comprendre ce qu'est la pauvreté à moins de l'avoir vécue. » Il regarde ses mains. « Il y a vingt-cinq millions d'habitants à Lagos, beaucoup n'ont ni eau courante ni sanitaires, comme ma famille. Mes parents n'avaient pas les moyens de m'envoyer à l'école, mais la religion m'empêchait de devenir fou. J'ai failli perdre espoir quand notre pasteur nous a annoncé qu'il me fallait un diplôme de théologie pour exercer un ministère, alors que j'étais fait pour servir Dieu. » Le visage du pasteur rayonne de conviction.

« Alors vous avez acheté un faux diplôme et vous vous êtes inventé un CV de toutes pièces. Comment se fait-il que vous connaissiez aussi bien la Bible ?

– C'est le seul livre qu'il y avait dans ma famille. J'ai appris par cœur un grand nombre de passages.

– Il était évident que vous vous feriez prendre un jour ou l'autre. »

Boakye a les yeux brillants de larmes. « Je pensais que Dieu me protégerait. J'ai fait de mon mieux pour apporter mon soutien aux gens, personne ne travaillerait aussi dur que moi.

– Avez-vous agressé Lady Vee ce soir ?

– Bien sûr que non. » L'homme baisse la tête comme pour prier.

« Allez à la clinique au chevet de Sacha Milburn et restez-y jusqu'à ce que je vous appelle. Elle a confiance en vous et elle a besoin de protection. Si jamais j'apprends que vous ne l'avez pas fait, vous aggraverez votre cas. »

Le pasteur joint les mains. « Ne révélez pas mon secret, je vous en prie. Je suis fait pour ce travail. Aucun pasteur n'aime autant sa communauté.

– Vous n'habitez pas loin de Dexter Adebayo. Vous savez où il est allé ? »

Il secoue tristement la tête. « Encore un homme qui essaie de trouver sa voie.

– C'est sa femme que je plains, murmure Lily.

– Certains soirs, il lui arrive de dormir dehors, à côté du Basil's Bar, juste pour être seul. »

Solomon se fiche éperdument du sort de Boakye, mais quand il repart avec Lily, ses prières murmurées avec ferveur les accompagnent sur le chemin.

50

Je ne sais pas combien de temps je mets pour détacher la corde autour de mes chevilles. Je suis obligée de fléchir les pieds à plusieurs reprises pour les sentir à nouveau et je sais qu'il ne me reste peut-être plus beaucoup de temps avant que le meurtrier ne revienne. Ma hanche gauche est tuméfiée et le moindre mouvement est douloureux, mais c'est le cadet de mes soucis. Je fouille dans les placards alignés sur les cloisons, sans trouver autre chose que des bouées et des gilets de sauvetage. La seule chose utile est un fusil-harpon destiné à la pêche en eaux peu profondes, dont la petite flèche ne présente guère de danger pour un assaillant humain, mais je n'ai rien d'autre sous la main. Je pourrais barricader la porte avec la chaise et un banc en bois, cependant d'instinct, je me dis qu'il vaut mieux tout laisser en place. L'effet de surprise sera ma meilleure arme si je réussis à garder la tête froide.

Le bateau est toujours assailli par des courants violents. J'ai navigué des centaines de fois le long des côtes de Moustique et il me suffit de regarder par le hublot pour savoir exactement où nous nous trouvons. L'*Aqua Dream* est ancré dans Honor Bay, qui n'est pas l'endroit idéal où se réfugier pendant une tempête et le bateau dérive vers des écueils immergés. Des nappes de varech s'agitent à la surface de l'eau comme des cerfs-volants sous les bourrasques. Les crêtes déchiquetées des écueils affleurent dans la mer déchaînée, des vagues en rapprochent dangereusement le yacht qui tire sur son ancre, faisant grincer la chaîne. Au moins, si l'*Aqua Dream* sombre, je suis libre de mes mouvements, mais pour avoir une quelconque chance de m'en sortir, il faut que je puisse ouvrir la porte.

Je ferme les yeux et me revois nager jusqu'au *Britannia*, le yacht royal, par une journée caniculaire, après des semaines passées à vivre sous la tente, sur la plage. La princesse nous avait autorisés à venir nous doucher, puis nous avait invités à prendre un verre avec elle sur le pont et nous avions ri tout l'après-midi jusqu'au moment où il avait fallu regagner le rivage à la nage. Encore maintenant, je sens mon corps qui émerge de l'eau, la chaleur du soleil qui accueille mon visage. Le souvenir de ce moment de bonheur me donne un coup de fouet. Je dois à tout prix m'échapper.

La fureur de la mer me projette contre la cloison, quand soudain, j'entends de nouveau des pas. La cabine est toujours plongée dans le noir. Je ne vois qu'un filet de lumière sous la porte et pourtant, je suis étrangement calme. Le temps défile au ralenti jusqu'à ce que la porte s'ouvre enfin, seulement j'ai un avantage : je suis habituée à l'obscurité. Je balance violemment la crosse du fusil-harpon en pleine figure de l'arrivant. L'homme essaie de me donner un coup de poing, mais je me rue sur lui, en le renversant en arrière. Sa tête heurte la cloison dans un craquement sinistre, puis le silence retombe dans la cabine.

J'ai peur qu'un autre homme d'équipage n'arrive d'un instant à l'autre, mais dehors, je n'entends que le hurlement sauvage de la tempête, le vent qui pince les filières du yacht comme des cordes de harpe. Je suis soulagée de voir que l'homme que j'ai agressé respire encore ; quoi qu'il arrive, je ne veux plus de morts. Je jette un coup d'œil à l'extérieur et la chance continue à me sourire. La clé est toujours dans la serrure et je la tourne, emprisonnant le blessé.

À présent que je suis sortie, d'autres dangers m'attendent. Je parcours le couloir étroit sur la pointe des pieds en essayant une à une les portes des cabines, en vain elles sont toutes fermées. En entendant d'autres pas au-dessus de ma tête, je me précipite dans la dernière cabine, qui, celle-ci, est ouverte. À travers le hublot, je distingue plus clairement les écueils, mais il faut à tout prix que je sache qui m'a enlevée. Je tâtonne dans la pénombre, jusqu'à ce que je trouve un bureau puis j'ouvre le premier tiroir et me mets à fouiller, cherchant des indices.

51

Solomon et Lily retournent à Eden House juste après leur conversation avec Boakye. Il est possible que Phillip ait découvert des informations utiles dans le journal de Sacha. Wesley les accueille dans le couloir ; Phillip, lui, est toujours dans la cuisine, penché sur le carnet.

« C'est une espèce de parabole qui se déroule à Moustique, avec plein de personnages locaux et d'endroits célèbres. On dirait une histoire pour enfants.

– De quoi ça parle ?

– Une force obscure qui essaie de s'emparer de la beauté de l'île. Elle enlaidit les gens et contrôle leur esprit, tue les arbres et les animaux et rend le ciel gris.

– Elle cite des noms ?

– Je n'en vois pas, mais elle écrit si mal qu'il y a des passages illisibles. Elle a barré des paragraphes entiers.

– Donne, je vais essayer, propose Lily. Quand on était ados, on s'écrivait souvent, Sacha et moi ; je réussirai peut-être à déchiffrer son écriture. »

Phillip Everard hésite avant de lui passer le carnet, comme s'il s'en voulait de n'avoir pas trouvé de preuves concrètes. Quand Solomon lui propose de l'accompagner pour la prochaine visite, il accepte aussitôt, laissant Lily examiner de près les notes de Sacha avec Wesley à ses côtés. Alors qu'ils se dirigent vers Britannia Bay dans le buggy de Lady Vee, l'acteur est étrangement silencieux et son front plissé trahit son inquiétude. Il regarde droit devant lui, contemplant fixement la mer en observant les vagues rugissantes.

« Ça va, Phillip ? » lui demande Solomon.

Everard tressaille en l'entendant. « Je n'arrête pas de penser à Vee. Quand j'ai acheté ma villa, Jasper et elle ont été extraordinaires.

– On va la retrouver, ne vous inquiétez pas.

– J'espère de tout cœur que vous avez raison. Lily a déjà connu trop de malheurs. »

Solomon fait signe à Phillip de le suivre. Dex Adebayo se réveille en sursaut dans le transat qui lui sert de lit quand l'inspecteur l'appelle en criant.

« Qu'est-ce que vous foutez là ? » bafouille-t-il. Adebayo regarde tour à tour Solomon et Everard comme s'il se demandait lequel était le plus fou des deux.

« Pourquoi tu n'es pas rentré chez toi, hier soir ?

– Je supporte plus d'avoir Cherelle sur le dos.

– On dit que tu as changé, Dex. Tu es stressé, renfermé, tu n'es plus le même. Qu'est-ce que tu prends ?

– Je sais pas de quoi tu parles.

– Arrête, Dex. J'ai vu des tas de camés en Angleterre », dit Solomon.

Lorsque Dex se lève, il n'a plus rien à voir avec la figure locale si populaire sur l'île. « T'as intérêt à foutre le camp, au lieu de lancer des accusations.

– Et encore, ce n'est que le début.

– Espèce de connard prétentieux. »

Solomon esquive facilement le coup de poing qu'Adebayo lui balance. Pour la seconde fois de la semaine, le recours à la force s'avère être le meilleur moyen de clore une dispute, à défaut d'être celui qu'il préfère. Son crochet du droit atteint Dex en plein dans le ventre, le faisant tomber à genoux.

« Ce n'est pas très judicieux, marmonne Everard. Il peut vous accuser de violences policières.

– Ça ne lui servira à rien. Je t'arrête pour coups et blessures, Dexter. Tu as intérêt à me suivre. »

Lorsqu'il emmène le barman, Solomon se sent mieux. Il lui a fait payer les violences qu'il fait subir à Cherelle et a commencé à effacer sa dette envers la femme qu'il a laissée mourir. Jusqu'ici, il n'a jamais cru à la catharsis, mais finalement, c'est peut-être une théorie valable.

« Vous pouvez le ramener à Eden House, Phillip ? Enfermez-le dans une chambre et montez la garde, et dites à Wesley et Lily de me retrouver à Old Plantation Bay. »

52

Solomon s'apprête à courir jusqu'au port, mais avant, il décide de passer un coup de fil. Il se réfugie derrière le mur du Basil's Bar pour appeler l'inspecteur principal Black à Saint-Vincent dans le vent qui mugit au-dessus de lui. Lorsqu'il apprend que Lady Vee a été enlevée après la soirée en hommage aux victimes, son chef se tait, mais ce silence est de courte durée. Solomon écarte le téléphone de son oreille en entendant son supérieur hausser la voix. Black le traite d'imbécile, il est peut-être calé en histoire mais comme policier, il est nul.

« Il faut que je monte à bord de l'*Aqua Dream* cette nuit. C'est le seul endroit que je n'ai pas fouillé. »

– Ne vous en approchez pas, Solomon. Je vous l'ai dit cent fois. Si jamais vous y allez, vous finirez en taule.

– Lady Vee doit être là-bas, monsieur. Vous voulez qu'elle meure ?

– Vous n'avez pas mon autorisation. Je vous l'interdis, compris ? »

Solomon sort de son abri et sent aussitôt les assauts furieux du vent. « Pardon, je n'ai pas entendu. La tempête s'aggrave, vous disiez ?

– Ne jouez pas au malin avec moi, Solomon.

– Vous êtes toujours là, monsieur ? La ligne est mauvaise.

– Restez à terre. Compris ?

– Je ne vous entends plus. Je réessaie tout à l'heure, monsieur. »

Solomon a perdu assez de temps à obéir à des règlements absurdes ; il ne refera pas la même erreur. Il court vers le sud sous une pluie battante. C'est le pire moment pour prendre la mer, mais s'il veut découvrir la vérité, il n'a pas d'autre choix. Dans le port d'Old Plantation, les vagues démontées secouent les petits bateaux de pêche ; Wesley et Lily sont déjà sur la jetée. Quand Lily lui suggère d'utiliser le *Revival*, Solomon refuse d'un signe de tête. L'*Aqua Dream* verrait le chalutier arriver et lèverait aussitôt l'ancre. La seule solution est de prendre la petite vedette de la police et de naviguer tous feux éteints en espérant ne pas se faire repérer. Juste avant de partir, il appelle instinctivement Lyron et laisse un message sur son portable.

L'*Aqua Dream* n'est qu'une lueur à l'horizon. La demi-lune s'est cachée juste au moment où ils en avaient besoin et les étoiles sont masquées par les nuages. Quand l'inspecteur met le contact, Wesley semble déterminé ; Lily, quant à elle, a le regard brillant d'excitation, prête à relever le défi. Solomon doit choisir avec précision le moment pour mettre les gaz. À la moindre erreur, la vedette sera projetée contre la jetée et volera en éclats. Peut-être aurait-il dû garder la foi dans laquelle son père puise un tel réconfort. Il aimerait avoir un dieu à qui adresser ses prières, mais aucun ange gardien ne viendra à sa rescousse. Il parvient à éloigner la vedette de la jetée pour la livrer à la merci des flots.

Lorsque Solomon jette un coup d'œil à Lily, elle lui sourit. Elle a vu beaucoup de tempêtes, mais il pense aux dangers qui les attendent sur l'*Aqua Dream*. Les deux hommes d'équipage sont peut-être descendus à terre pour la nuit, mais il se peut également que les conditions météorologiques les aient obligés à rester à bord. Le moteur tourne à plein régime, quand soudain, on entend comme un fracas de cymbales tombant au sol et la vedette tombe en rade. La vague suivante fait gîter le bateau de quarante-cinq degrés à tribord. Si le moteur ne repart pas rapidement, ils vont chavirer.

« Je vais voir si je peux le réparer », dit Lily en disparaissant par l'écoutille, alors qu'une autre vague déferle.

Le visage de Wesley est toujours impavide et Solomon comprend enfin ce qui lui plaît dans son rôle de majordome. Il est capable de dissimuler la moindre émotion, quand bien même la tempête met sa vie en danger. Lorsqu'il prend la parole, son ton n'est pas dénué d'humour.

« La mer nous joue parfois des tours. C'est pour ça que j'ai choisi l'armée de terre, Solomon. »

Les deux hommes se dépêchent d'aller aider Lily à réparer le moteur, mais la cale est si exiguë qu'ils doivent se contenter de la regarder. La vedette est encore à la merci des vagues, qui l'entraînent tout droit dans les griffes de la tempête. Au bout d'une demi-heure, la jeune femme émerge, les mains couvertes d'huile.

« La courroie de transmission a cassé, dit-elle. Essayez le moteur, pour voir si ça marche. »

Après deux tentatives, Solomon réussit à faire repartir le moteur, mais ils ont perdu beaucoup de temps. Il ne reste plus qu'à espérer que l'équipage de l'*Aqua Dream* ne repère pas par les hublots leur petit bateau camouflé par les lames déferlantes. Le mégayacht apparaît de plus en plus nettement, et bien qu'il soit au moins dix fois plus gros que la vedette de la police, il subit les mêmes assauts et gîte à tribord à chaque énorme vague. Solomon remarque qu'une vedette est attachée à la proue par une longue amarre. Il ne sait pas quand elle est arrivée, mais la tempête pourrait facilement la fracasser contre la coque du gros bateau.

« Vous voulez que je pilote ? » lance Lily, la voix assourdie par le vent.

Solomon recule pour lui passer la barre. Wesley lui propose de sortir sur le pont avec lui, mais il lui demande de rester dans la cabine de pilotage avec Lily. C'est donc seul que Solomon se prépare au transfert. À la moindre erreur de jugement, il risque de rater le bon moment pour sauter à bord du yacht. Il retient son souffle lorsqu'une vague gigantesque soulève la vedette plus haut que l'*Aqua Dream* avant de la laisser retomber violemment. Il entend Lily compter comme le faisait son père quand il lui apprenait à naviguer. Une vague sur sept est plus haute que les autres. Lily lui fait signe et il comprend qu'elle va se positionner le long du yacht à la fin du prochain cycle.

L'inspecteur se cramponne au garde-corps. Il sait exactement ce qui l'attend ; s'il saute au mauvais moment, il tombera à l'eau et son gilet de sauvetage ne lui sera d'aucun secours. Il sera écrasé entre les deux bateaux. La mer s'ouvre, béante, prête à l'engloutir. Il jette un coup d'œil à la cabine de pilotage, attendant que Lily lui fasse signe que c'est bon, mais elle secoue la tête. Une autre vague impressionnante s'écrase sur la proue en le trempant, puis il s'élance.

Solomon agrippe le dernier barreau de l'échelle de coupée et se hisse sur le pont de l'*Aqua Dream*. Cette fois, il est seul ; Lily doit maintenir la vedette à proximité du yacht avec l'aide de Wesley pour pouvoir le récupérer après. Il lui fait signe de s'écarter, seulement les vagues se dressent de nouveau, masquant la vedette. Il a l'intention de surprendre le capitaine puis de fouiller le yacht, quelle que soit la résistance qu'il rencontre. Il se peut qu'il ne trouve qu'une cargaison de drogue, mais il y a une petite chance que Lady Vee soit toujours vivante.

Il se dirige vers la proue de l'*Aqua Dream*, or quand il jette un coup d'œil par la vitre, la cabine de pilotage est vide. Une carte nautique est dépliée à côté du tableau de bord où les voyants d'alerte météo et GPS clignotent. Il n'y a aucun membre d'équipage, bien qu'ils doivent être à bord. Personne n'abandonnerait un yacht à plusieurs millions de dollars en pleine tempête comme la *Mary Celeste* ; qu'est-ce qui a bien pu se passer ?

53

J'ai trouvé un briquet dans le tiroir du haut et je m'en sers pour explorer la petite cabine. Elle est meublée de façon sommaire, avec un bureau dans un coin et deux fauteuils. À en juger par la bouteille de whisky et le verre qui s'entrechoquent dans un des tiroirs du bureau, elle doit servir de refuge à quelqu'un. Il faut que je récupère une arme plus efficace avant qu'un autre homme d'équipage ne débarque. Je me souviens que Solomon m'a dit qu'il y avait deux hommes à bord. Le second risque de me découvrir à tout instant, et pourtant, je veux à tout prix savoir qui a commis ces méfaits.

La seule arme possible est un presse-papiers en métal. Il paraît plus meurtrier que le fusil-harpon. Il faudrait que je me poste derrière la porte pour essayer de refaire le même coup. Je repense soudain à la tête horrifiée de Phillip quand Solomon nous a surpris à fouiller la villa des Rothmore. Sur l'instant, j'ai eu du cran, et c'est le moment ou jamais d'en montrer.

Je lève le briquet et vois des livres sur une étagère, au-dessus du bureau : des romans de Victor Hugo et Thomas Mann, et puis aussi des pièces de théâtre d'Ibsen, Tchekhov et Pinter. Cela me surprend. Il ne doit pas y avoir beaucoup de dangereux meurtriers férus de littérature classique et de théâtre.

En continuant à fouiller dans les tiroirs, je découvre une enveloppe contenant des photos de Tommy, Amanda, Sacha et Lily quand ils étaient enfants et mon ventre se serre. Les photos proviennent de mes albums d'Eden House. Quelqu'un s'est promené dans la maison en se servant dans mes affaires personnelles. Dans le tiroir du dessous, je trouve un livre sur les symboles traditionnels de l'obeah. Quand je l'ouvre, une plume rouge s'en échappe, semblable à celles que Mama Toulaine attache dans ses cheveux, mais je ne peux pas croire que l'artiste ait quelque chose à voir avec ces violences, même si son aura spirituelle me met mal à l'aise. Je tombe également sur un petit bout d'écaille de tortue en forme de triangle : un médiator.

Mon regard glisse sur une autre photo punaisée à la cloison. C'est un gros plan sur une femme au visage ravissant dans la lumière vacillante. La dernière fois que je l'ai vue, c'était il y a près de vingt ans. Mais comment une photo d'Emily Calder, la mère de Lily, a-t-elle pu finir à bord de l'*Aqua Dream*, presque deux décennies après sa mort ?

54

Du pont de l'*Aqua Dream*, Solomon distingue tout juste la vedette de police. Lily aborde les vagues de front, mais le bateau ressemble à une boîte d'allumettes projetée en l'air à chaque mouvement de houle. Elle va devoir se débrouiller seule avec Wesley, car ils sont à une trop grande distance à présent pour pouvoir lui faire signe. Il reste tapi dans l'ombre de la cabine de pilotage, jusqu'au moment où il aperçoit de nouveau le tender qui flotte au bout d'une amarre, trop loin pour qu'il puisse lire son nom sur la proue. Solomon ne comprend pas qu'il n'ait pas été remonté sur le pont pour le protéger de la tempête, à moins que le propriétaire n'ait été pris de court par l'aggravation des conditions météorologiques.

La tête fourmillant d'hypothèses, l'inspecteur se glisse vers la cabine du yacht. Ses principaux suspects se trouvent tous sur Moustique, et pourtant, il a la certitude que l'un d'entre eux a un lien avec l'*Aqua Dream*. Une sonnerie de téléphone le tire brusquement de ses réflexions. Elle vient du carré qu'il a vu lors de sa dernière visite, mais cette fois, les rideaux sont tirés.

Il se penche pour regarder par une fente quand on le pousse si violemment qu'il heurte le garde-corps de toute sa haute taille. Il essaie de l'agripper, mais il bascule par-dessus bord tandis qu'un rire hystérique retentit à ses oreilles. Dans le vacarme des vagues, il remonte à la surface grâce à son gilet de sauvetage, de l'eau plein la bouche, le cerveau presque engourdi tant la mer est froide. Il voit l'*Aqua Dream* inondé de lumière qui se déverse par les hublots et la petite silhouette de la vedette de police juste avant que tout ne disparaisse. Il est enfermé dans une gigantesque machine à laver, incapable de respirer. Les souvenirs affluent lorsque la mer le recrache de nouveau. Il revoit le jour où il a été dépucelé par une fille du village à l'âge de quatorze ans, Lyron qui court sur la plage, son père prisonnier de son rocking-chair. Quand il arrive enfin à flotter sur le dos, l'*Aqua Dream* s'est éloigné. Il va devoir nager contre les vagues, mais déjà, la déferlante suivante s'abat sur lui.

55

Je n'entends que la chaîne de l'ancre qui crie sous les assauts de la tempête. Je suis certaine que l'autre homme est à bord, mais il ne s'est peut-être pas rendu compte que je me suis échappée de la cabine. Quand je rallume le briquet, je vois une boîte sur le bureau. Elle contient un paquet de cigarettes et un étui en métal qui cliquette quand je le prends. Lorsque je découvre à l'intérieur une demi-douzaine de balles, je suis de nouveau gagnée par la panique. Les mains tremblantes, je les glisse dans ma poche. Si les hommes qui m'ont amenée ici sont armés, j'ai peu de chances de m'en sortir, or celui que j'ai enfermé dans la cabine a repris connaissance. Je l'entends cogner contre la porte fermée en hurlant.

Affolée, j'explore de nouveau le tiroir, mais il n'y a rien qui puisse me servir. Avant même que j'aie fini, la porte s'ouvre à la volée et je cache le presse-papiers sous mon bras, recouvert par le tissu déchiré de ma robe. Dans le flot de lumière qui jaillit du couloir, je ne distingue pas les traits de l'homme, seul son rire morne me parvient quand il allume une lampe du bureau et s'affale dans le fauteuil, parfaitement à l'aise. Lorsqu'il prend la parole, il a l'accent des faubourgs londoniens et une voix éraillée par la cigarette.

« Vous êtes plus forte que je pensais. J'aurais jamais cru qu'une dame comme vous se défendrait bec et ongles.

– Qui êtes-vous ?

– Daniel Kellerman, mais vous pouvez m'appeler Dan.

– Nous nous connaissons, non ?

– Depuis très peu de temps. On fréquente pas les mêmes cercles, vous et moi. On s'est juste croisés dans une fête.

– Ramenez-moi à terre immédiatement.

– Désolé, ça va pas être possible. » Il affiche une compassion feinte. « Le boss voulait seulement vous secouer un peu, pour que vous arrêtiez de rechercher le meurtrier. Vous auriez dû rester dans la cabine, on vous aurait relâchée sur la plage demain, sans vous faire de mal. Mais là, c'est allé trop loin.

– La police est à ma recherche.

– Plus maintenant. » Il allume une cigarette et tire une longue bouffée. Son visage allongé et ses cheveux blonds mi-longs me disent quelque chose, mais je n'arrive pas à le resituer. « Vous voulez savoir ce qui est arrivé à votre ami l'inspecteur ?

– Solomon ?

– Il est passé par-dessus bord. Drôle d'idée d'aller se baigner par un temps pareil, hein ? »

Quand je me précipite vers le hublot, les vagues tourbillonnent et le yacht est dangereusement près des rochers, mais la vue de Moustique, si proche, me donne de la force. Il faut que je gagne du temps.

56

La colère de Solomon le propulse en avant. Les vagues se ruent dans un sens, puis dans l'autre ; la seule façon d'en venir à bout, c'est de persévérer. Son objectif est de rejoindre l'*Aqua Dream* par tous les moyens. À chaque accalmie entre les vagues, il nage d'un crawl régulier, jusqu'à ce que la lame suivante le fasse reculer. Il progresse lentement, mais le yacht grossit à chaque nouvelle tentative, illuminé comme un fanal.

Son esprit lui joue des tours et tandis qu'il fend l'eau avec vigueur, le passé se rappelle à lui. La femme qui est morte lui revient à l'esprit, avec son sourire fragile, semblant espérer qu'il survive. Il lit sur son visage qu'une mort inutile suffit et comprend qu'elle restera à jamais gravée dans sa mémoire. Il n'est pas prêt à renoncer.

Solomon est déporté par une autre lame. Il peut se noyer dans les souvenirs ou continuer à se battre. Il prend une longue inspiration et se met à nager avec énergie. Il met une éternité à atteindre de nouveau le barreau métallique et n'a presque pas la force de se hisser. Il se cache derrière la cabine de pilotage le temps de reprendre son souffle ; la mer était si froide qu'il est transi jusqu'aux os. Le yacht continue à rouler d'un bord sur l'autre, rendant difficile chaque mouvement. Il cherche d'instinct son pistolet, mais quand il le sort, l'eau ruisselle du canon.

Solomon s'apprête à se redresser quand une ombre passe devant sa cachette. C'est un homme, de dos, en vêtements sombres. Il s'arrête près du garde-corps avec sa capuche relevée pour regarder la tempête. Il reste là un long moment. Solomon le voit ensuite disparaître dans une descente et il le suit sans faire de bruit. Il retient son souffle en se retrouvant dans un couloir étroit.

L'homme à la capuche attend, visiblement tendu, devant une porte à travers laquelle lui parviennent des voix. Il semble fasciné par celles-ci. Sa tête est penchée vers la porte comme s'il ne voulait pas rater un mot.

57

Je me tiens le dos contre la cloison, serrant encore le presse-papiers contre moi. Ma seule chance de survie est de le laisser parler suffisamment longtemps pour qu'il baisse la garde.

« Ça va pas plaire au boss, dit-il. Il a horreur de se salir les mains.

– Dites-moi qui c'est. Puisque vous avez l'intention de me tuer, j'emporterai le secret dans la tombe. »

L'homme lui sourit. « Vous pouvez peut-être deviner toute seule. Il passe son temps à répéter qu'il veut tourner la page, que soi-disant il touche plus à l'alcool et à la drogue, mais je demande à voir. Il est accro. Il a toujours eu un faible pour les jolies filles et aussi les garçons, d'ailleurs.

– Pourquoi vous travaillez pour lui ?

– C'est un vieil ami. Je l'ai connu il y a des années, quand c'était la belle vie. » Son sourire s'élargit. « J'étais content de bavarder avec vous, mais les ordres sont les ordres. C'est jamais drôle de tuer une vieille dame ou un enfant, alors autant en finir au plus vite.

– Vous n'avez pas remarqué qu'on se rapproche de la côte ? On ne va pas tarder à heurter les écueils d'Honor Bay. Vous avez choisi le pire endroit pour jeter l'ancre. »

L'homme jette un coup d'œil par le hublot et l'espace d'un instant, il a l'air affolé, mais brusquement, il change d'attitude. Il a visiblement l'intention de me tuer avant de mettre le bateau en sécurité. Quand il se redresse, quelque chose dépasse de sa poche – la crosse métallique d'un pistolet. Je déverse aussitôt un flot de paroles, essayant de gagner encore une minute.

« Parlez-moi du corail. Ça me fascine, depuis le début. Pourquoi a-t-il laissé ces fragments chez les victimes ?

– Le boss déteste la régénération du corail et tous ceux que ça intéresse. Les signes qu'il a gravés sont des symboles obeah ; il est fasciné par tout ce qui est vaudou. » Kellerman sourit de nouveau, laissant entrevoir une dent en or dans la lumière tamisée. « Il en veut à la terre entière. Quand il en aura terminé avec Moustique, il restera plus personne. »

Subitement, un visage me vient à l'esprit et j'étouffe un cri. Le regard de Kellerman se fige et il sort le pistolet de sa poche, mais la houle fait soudain tanguer le bateau ; je saisis le presse-papiers et le frappe sous la mâchoire, le laissant hébété. Sa main se relâche un instant et j'en profite pour saisir le pistolet.

« Donnez-moi vos clés. »

Il a toujours l'air aussi abasourdi quand je lui braque le pistolet entre les deux yeux alors que je n'ai jamais tiré un seul coup de feu de ma vie. J'entends des voix dans le couloir, mais l'arme m'a redonné confiance. En moins d'une minute, je sors à reculons et boucle mon deuxième assaillant. La coursive est déserte et je ne peux pas m'empêcher de sourire en entendant mon premier agresseur qui continue à réclamer en hurlant qu'on le libère.

58

Solomon traîne l'homme sur le pont, en le tenant par la gorge d'une main et en lui plaquant l'autre sur la bouche. Il a du mal à le maîtriser après avoir nagé aussi longtemps ; l'homme se débat, le forçant à sortir son pistolet.

« Si vous bougez, je n'hésiterai pas à m'en servir, dit Solomon. »

L'homme n'est qu'une forme dans l'obscurité, il n'y a pas une lueur d'étoile qui lui permette d'identifier son ennemi. Après avoir frôlé la mort, Solomon est tenté d'appuyer sur la détente, mais son sens de la justice l'en empêche. Les traits de l'homme sont masqués par la capuche et il semble muré dans le silence.

« Pourquoi vous avez fait ça ? demande l'inspecteur. Vous pouvez dire adieu à la liberté, vous finirez vos jours en prison. »

L'homme essaie de le frapper, mais Solomon lui balance un coup de crosse sans prêter attention au roulis. Un paquet de mer submerge le pont et le vent hurle avec fureur dans les filières. Il se contrefiche que ce salaud passe par-dessus bord car il entend des pas qui courent sur le pont. Soudain, un coup de feu retentit. Solomon plonge en avant pour éviter la balle suivante, mais le sang qui a giclé autour de ses pieds ne lui appartient pas. L'homme avec lequel il se battait gît à plat ventre et gémit tandis que le sang continue à se répandre sur le pont.

59

Le coup de feu résonne encore à mes oreilles, que déjà le combat se poursuit, dix mètres plus loin à peine. L'homme sur lequel j'ai tiré s'est relevé en titubant, le bras en sang. Solomon est aux prises avec lui, mais pour l'instant, je ne peux rien pour lui. Ils sont si proches l'un de l'autre que je suis terrifiée à l'idée que ma prochaine balle touche Solomon par erreur. Un autre coup de feu assourdissant retentit, sauf qu'il ne provient pas de mon pistolet, cette fois. La masse imposante de Solomon s'abat sur son agresseur qui est enfin à bout de forces.

Je ne vois pas le visage de l'homme, mais je sais qui il est. Le bureau d'en bas m'a donné suffisamment d'indices, me laissant sous le choc.

Solomon se relève déjà en chancelant, mais l'autre gît toujours sur le pont, malgré les énormes vagues qui continuent à déferler. J'attrape un cordage et lui ligote les mains derrière le dos, en le laissant sur le ventre.

Solomon est affalé contre la cabine de pilotage, les bras le long du corps. Il fait si sombre que j'ai du mal à juger de l'étendue de sa blessure, mais je suis soudain affolée de voir du sang jaillir de son côté droit.

« Vous avez mal ? »

Il a le regard flou. « Il faut rentrer à Moustique, Lady Vee. On doit mettre ces types sous les verrous.

– Ça ne saurait tarder. Les renforts arrivent. »

Je vois deux bateaux qui se rapprochent. Lily me fait de grands signes depuis la vedette de la police, avec Wesley à ses côtés, et il y a un vieux chalutier de Moustique, mais il est peut-être trop tard. Solomon saigne si abondamment que je vois bien qu'il est en train de partir et son visage est hagard.

« Je vais devoir appuyer sur votre plaie, Solomon. Ça va faire mal, si vous voulez crier, n'hésitez pas. »

Quand j'appuie la main sur sa plaie, il suffoque. La pression doit être affreusement douloureuse, mais il regarde au loin, l'œil vitreux.

« Parlez-moi, je vous en prie. Ne vous endormez pas, surtout. »

Sa bouche esquisse un sourire. « Tout à l'heure, Lily m'a embrassé, sur la plage.

– Sage décision, et elle recommencera si nous rejoignons un jour la terre ferme.

– Ne vous en faites pas, Lady Vee. La tempête est passée. Vous ne voyez pas ? »

Le visage du jeune homme se fige, puis il ferme les yeux.

60

Solomon s'efforce de rester éveillé, mais une chape de plomb pèse sur sa poitrine. Lady Vee est penchée au-dessus de lui et lui murmure des paroles qu'il ne comprend pas. Il ne sent plus que le froid de la mer qui lui glace les os. Il est stupéfait de voir soudain surgir Lyron, les traits tendus, qui l'oblige à se relever.

« Essaie de marcher, Sol. Je ne peux pas te porter, tu es trop lourd. »

Solomon réussit à atteindre le garde-corps et constate que la mer s'est calmée. Le vieux chalutier de son père attend en dessous, ce qui signifie que Lyron est parti dès qu'il a eu son message. Quelqu'un l'aide à descendre, et quand il reprend conscience, Lyron lui appuie un linge enroulé sur le côté et la stupéfaction cède la place à la douleur. Il a l'impression d'avoir un fer rouge enfoncé dans le thorax et son frère a l'air affolé.

« Ça va aller, Ly.

– Ménage tes forces, respire lentement, régulièrement.

– Promets-moi de t'occuper de papa pour moi.

– Arrête, Sol. On va te remettre sur pied. »

Alors qu'il sombre dans l'inconscience, Solomon entend son frère et Winston Layton décider de laisser les deux membres du gang enfermés sur le yacht jusqu'au lendemain. Si la tempête les achève, ce ne sera pas une grande perte.

Ses yeux se rouvrent quand on descend Lady Vee à bord. Elle a un air triomphant, bien que sa robe déchirée soit maculée de sang. Puis il voit apparaître l'homme mystérieux qui lui a tiré dessus. La curiosité le dispute à la douleur. Avec son jean sombre et la capuche qui lui dissimule le visage, le meurtrier pourrait être n'importe qui.

« Il est temps de tomber le masque, Phillip, lui lance Lady Vee. J'ai compris que c'était toi. »

Sous le clair de lune, elle lui retire sa capuche, révélant des traits dont Hollywood, en d'autres temps, vantait la perfection. Phillip Everard n'a plus rien d'une star du cinéma. Ce n'est plus qu'un vieil homme au regard fou de rage.

61

C'est seulement lorsque Lily m'aide à descendre du bateau que je remarque dans quel état je me trouve. Ma robe de soirée est en lambeaux, j'ai des taches d'huile sur les avant-bras et mes pieds nus sont couverts de saleté. Je laisse échapper un rire en songeant à la princesse Margaret. La princesse était d'une grande exigence envers ses dames de compagnie et attendait de nous une tenue parfaite en toutes circonstances. Alors que l'aube se lève, je ressemble à une naufragée. Lily a les larmes aux yeux ; les dernières vingt-quatre heures ont dû être affreusement éprouvantes pour elle également. Dès que j'ai posé le pied sur la terre ferme, elle se jette à mon cou.

« Dieu merci, tu es en vie. On va directement au centre médical.

– Inutile, ma chérie. Ça peut attendre demain.

– Ne sois pas ridicule, tu es couverte de bleus. Qu'est-ce qu'ils t'ont fait, ces salauds ?

– Rien de bien grave. » Pour l'instant, je préfère ne pas rentrer dans les détails, elle a assez souffert comme ça.

« Dis-moi qui est le meurtrier, Vee. Il était à bord avec vous, hein ? »

Lily est stupéfaite quand elle apprend la nouvelle et pour

la première fois, la colère m'envahit. Cet homme nous a tous trahis pendant des années, mais dans quelle intention ? Bientôt, quelqu'un arrive avec un buggy et nous emmène au centre médical, puis Lily va chercher un fauteuil roulant et me pousse vers l'entrée, d'où surgit Wesley Gilbert. Mon majordome est aussi dépenaillé que lorsqu'il a couru à la recherche de sa sœur dans la villa des Fortini, mais cette fois, c'est pour moi qu'il a risqué sa vie. Son ton est d'une douceur inhabituelle quand il s'accroupit à côté de moi.

« Je suis content que vous ayez survécu à cette aventure, Lady Vee. J'étais inquiet pour vous. »

Je lui touche l'épaule. « Je vous ai dit combien j'avais de la chance que vous vous occupiez de moi, Wesley ?

– Il n'y a pas si longtemps, répond-il, son visage sévère soudain attendri. Mais c'est toujours agréable à entendre.

– Comment va Solomon ?

– En vie, mais il a perdu pas mal de sang. La balle lui a traversé le flanc. Le médecin est en train de le soigner. »

Wesley se dépêche d'aller parler à Lyron avant que je n'aie eu le temps de lui poser d'autres questions. Je me fais peut-être des idées, mais j'ai l'impression que la fureur de la tempête s'est apaisée. Les animaux craignent sans doute que ce vent effroyable ne revienne et j'ai également du mal à croire que c'en est fini de ces violences. Lily est assise sur un banc à côté de moi, la main en visière pour se protéger des premiers rayons du soleil.

« Va voir Solomon, ma chérie. Il a besoin qu'on lui tienne la main. »

Elle proteste un instant, puis se précipite à l'intérieur. L'épuisement me submerge soudain. Je m'endors toute droite dans le fauteuil roulant, bercée par le chant d'adieu de la tempête qui repart en tournoyant vers le large.

62

Solomon est incapable de dire combien de temps il a dormi. Quand il ouvre les yeux, il est sous perfusion. Il sent une pression sur le côté, mais quasiment aucune douleur. Il a l'esprit vide jusqu'à ce que le Dr Pakefield entre dans la pièce. Le médecin est toujours d'une pâleur cadavérique, comme si le soleil qui filtrait à travers les persiennes le tuait à petit feu. Pakefield place deux doigts sur son cou en regardant sa montre.

« Vous êtes fort comme un bœuf, inspecteur Nile, mais vous m'avez causé des problèmes cette nuit. Votre groupe sanguin est plutôt rare. Lyron a donné un litre de sang et Keith Belmont également ; vous leur devez la vie. »

Solomon réprime un rire – le voilà frère de sang du chanteur des Blue Heaven jusqu'à la fin de ses jours –, mais le don de Lyron ne le surprend pas. L'espace d'un instant, il éprouve un sentiment de culpabilité envers tous les gens qu'il a soupçonnés durant son enquête alors que le véritable coupable était sous son nez.

« Je suis désolé, docteur. Vous n'avez fait qu'enfreindre un règlement pour venir en aide à quelqu'un. Je n'aurais pas dû vous accuser ainsi.

– Ce n'est pas grave, répond le médecin avec un sourire

pincé. Vos collègues envoient une équipe demain pour ramener vos suspects au centre pénitentiaire de Belle Isle. Étant donné la gravité de votre blessure, votre chef a accepté que vous preniez une semaine ou deux pour vous rétablir. Il interrogera Phillip Everard demain. »

Solomon essaie péniblement de se redresser : une douleur fulgurante lui donne le tournis. Le médecin pose sa main froide sur son épaule. « Reposez-vous, ou vous ne pourrez pas récupérer convenablement.

– Comment va Sacha ?

– Elle a repris connaissance hier soir et je me suis excusé pour mon comportement. Je la laisserai se rétablir chez elle si elle continue sur cette voie.

– Je devrais être au poste. Quelqu'un peut me conduire là-bas ?

– Ne soyez pas ridicule. » Le médecin le fixe froidement. « Il est hors de question que vous sortiez du lit avant quarante-huit heures. Essayez de dormir, je repasse vous voir tout à l'heure. »

Solomon laisse ses paupières se refermer. Peut-être est-ce en rêve que Mama Toulaine apparaît soudain à son chevet avec un bouquet d'orchidées. Elle ressemble à une reine africaine avec sa robe bleu vif ornée de brocart jaune. Elle lui caresse le visage avec tendresse.

« Comment va, jeune homme ?

– Mieux, Mama. Je serai bientôt sur pied.

– Le Guédé est toujours à la croisée des chemins, Solomon. Il y aura encore un mort avant qu'il ne laisse cette île en paix ; fais en sorte que ce ne soit pas toi. »

Elle l'embrasse sur la joue et il sombre alors dans le plus profond sommeil de sa vie. Quand il se réveille, la qualité de la lumière a changé. Elle est plus douce et baigne la chambre d'ocre pâle. La perfusion a été retirée. Dès qu'il essaie de se redresser, il a mal, mais il s'en moque ; à chaque mouvement, une douleur lui transperce les côtes, lui tirant les larmes des yeux, cependant il ne peut plus rester au lit. Il téléphone à Lily puis s'assied juste au moment où Lady Vee apparaît sur le seuil de la porte. Elle est vêtue de clair, à son habitude, toujours aussi élégante, et n'a que quelques hématomes apparents.

« Il paraît que vous m'avez sauvé la vie, Lady Vee. Vous êtes la femme la plus courageuse de Moustique. »

Elle lui sourit avec douceur. « Vous m'avez sauvé la vie, vous aussi. Heureusement que j'ai appris les gestes de premiers secours chez les guides. Quelle que soit la taille de la plaie, il faut contenir l'hémorragie.

– Si j'avais perdu plus de sang, je ne serais pas là aujourd'hui.

– Ce serait bien dommage pour nous tous, dit-elle en s'approchant. Quelle histoire épouvantable !

– Au moins, nous avons retrouvé notre assassin.

– Quelle est la prochaine étape ?

– Mon chef va l'interroger demain, puis il sera incarcéré jusqu'à son procès. »

Le visage de Lady Vee se durcit. « Il ne va tout de même pas s'arroger tout le mérite alors que nous avons fait tout le travail, vous et moi. Vous méritez une promotion et je dois entendre les aveux de Phillip de sa propre bouche. »

Solomon réussit à sourire. « Je savais bien que vous diriez ça. Lily va bientôt arriver avec votre buggy. Venez, on va aller au poste.

– Parfait. Votre frère vous a apporté des vêtements. Vous voulez que je vous aide à passer cette chemise ? Vous pourrez revenir vous reposer après avoir vu Phillip.

– Le médecin ne va pas être content de nous voir partir.

– Aucune importance. » Elle se penche vers lui en le

dévisageant de son regard clair. « Après la nuit dernière, rien ne peut nous arrêter. »

Quand il s'habille, Solomon est de nouveau traversé par une douleur fulgurante mais le ton triomphant de Lady Vee le galvanise.

63

La tempête Cristobal a frappé de plein fouet le poste de police. Une partie du toit a été arrachée, au-dessus de l'accueil ; la cour est jonchée de branches mortes et un vieux vélo est accroché dans un arbre, cependant Solomon est si concentré qu'il n'a pas l'air de s'en apercevoir. L'inspecteur principal Black prendra la relève demain, mais pour l'instant, c'est encore lui qui est aux commandes et nous voulons tous les deux savoir pourquoi Phillip a commis des crimes aussi abominables. Nous entrons ensemble, pendant que Lily patiente dans le buggy.

Je ne m'attendais pas à éprouver une telle détresse à l'idée de revoir Phillip. Je le connais depuis trente ans et l'ai toujours pris pour un homme d'une grande sensibilité qui avait besoin de mon soutien, mais de toute évidence, c'est un comédien hors pair. Je me sens horriblement trahie.

« Vous êtes prête, Lady Vee ? me demande Solomon.

– Pas vraiment, mais il ne peut plus nous faire de mal, Dieu merci.

– Il nous faut des aveux complets ; il se montrera peut-être plus loquace si vous faites semblant de compatir. J'enregistrerai tout.

– Je ferai de mon mieux. »

Quand nous pénétrons dans la salle, Phillip est assis par terre en tailleur dans sa cellule, le regard levé vers la lucarne. Il ne détourne même pas les yeux lorsque nous nous asseyons en face de lui, sur un banc, me laissant le temps de l'observer. Des bribes d'histoires qu'il m'a racontées me reviennent à l'esprit, de la pauvreté de son enfance aux douloureuses ruptures sentimentales qu'il ne m'a jamais expliquées en détail. Son mauvais caractère lui a également coûté des rôles, car il avait tendance à s'en prendre à ses partenaires, de peur qu'ils ne lui volent la vedette. Comment se fait-il que je n'aie pas remarqué que cette violence n'avait jamais réellement disparu ? Quelques minutes s'écoulent avant qu'il ne prenne enfin la parole.

« Il n'y a pas un nuage. C'est ce qu'on appelle un bleu céruléen, non ?

– Je dirais plutôt azur, répond Solomon. Turquoise, avec une pointe de jaune.

– Vous avez peut-être raison. » Il esquisse un sourire tranquille. « Désolé que vous ayez été blessé la nuit dernière, Solomon. Les dommages collatéraux sont toujours regrettables. »

L'inspecteur se garde bien de répondre. Il sait que le silence est le meilleur moyen d'obtenir des aveux ; peu de gens supportent ce vide béant.

« Je suis content que tu sois là, Vee. Je comptais te demander de venir, nos conversations me réconfortent toujours. » Il tourne légèrement la tête, mais continue à éviter mon regard. « Je me fiche de ce que peuvent penser les autres. Tu es la seule à avoir tout compris.

– Tu as été trahi par ce qu'il y avait dans tes tiroirs. Tout ce que tu cachais ; pas seulement les cigarettes de temps à autre, mais ton envie de jouer au théâtre. Tu as commencé sur scène dans Ibsen et Tchekhov, non ?

– Hollywood m'a catalogué. On ne me donnait que des rôles dans des comédies romantiques.

– Peu de gens ont assez de talent pour remporter un Oscar comme toi.

– Tu as toujours été si gentille, Vee. Je peux parler à Vee en tête à tête une dernière fois, Solomon ?

– Non, désolé. Tout doit être enregistré. »

Phillip continue à contempler le carré de ciel, au-dessus de lui. Il semblerait que je sois son public favori et je me mets à parler à voix basse en feignant l'intimité d'autrefois.

« Mon pauvre chéri, tu as dû tellement souffrir.

– C'était insupportable, Vee. Je m'en veux terriblement. » Il se retourne enfin vers moi. « Mais je savais que tu comprendrais. »

Je me force à sourire. « C'est pour ça que Jose était dans cet état, n'est-ce pas ? Il a dû te voir faire quelque chose d'effrayant ou suivre Lily jusqu'à la villa. Il voulait seulement me protéger. »

J'aperçois du coin de l'œil Solomon qui souffre visiblement ; son beau visage est luisant de sueur, comme la nuit dernière, quand j'ai cru qu'il était en train de mourir. Il s'est montré si courageux que je veux l'aider à obtenir des aveux, mais j'éprouve une telle colère que j'ai du mal à croiser le regard de Phillip. L'acteur s'est assis sur une chaise verte en plastique, à un ou deux mètres à peine, juste en face de moi. Il a l'air si malheureux que par réflexe, je glisse la main entre les barreaux et il la saisit immédiatement.

« Je suis désolé, Vee. Je savais que tu n'étais pas loin de découvrir la vérité, tu as toujours été si perspicace. Je voulais seulement t'écarter, le temps de prendre la fuite sur mon bateau, mais j'ai tout perdu.

– Je veux comprendre pourquoi tu as fait ça. C'est à cause de ton passé ? »

Il est au bord des larmes. « Mes parents se déchiraient, mais je ne peux pas les rendre responsables de tous mes problèmes. Dès la naissance, j'avais trop de noirceur en moi. J'ai failli étrangler un de mes frères quand j'avais quinze ans, mon père a dû intervenir. Personne ne m'écoutait jamais. Ça me rendait tellement fou que j'agressais physiquement tous ceux qui se dressaient sur mon chemin. Le jour où je m'en suis pris à une de mes sœurs, on m'a envoyé vivre chez un oncle. Il me battait tous les jours. J'ai commencé à sécher les cours, je me suis retrouvé mêlé à des histoires de drogue et de délinquance.

– C'est terrible.

– Quelque chose s'est déconnecté en moi. J'avais tendance à fuir et le métier d'acteur me permettait de devenir quelqu'un d'autre, mais le mal était fait. Je voyais que je faisais peur aux gens, c'était un pouvoir grisant. J'étais habité par une cruauté et une violence incontrôlables.

– Tu ne m'as jamais montré que ta part de lumière. » Je marque une pause. « Tu comptais aller quelque part en particulier sur l'*Aqua Dream* ?

– Au Venezuela ou en Équateur. J'aurais disparu dans les montagnes… » Ses mots se perdent dans le silence.

« Dis-moi ce qui s'est passé, Phillip. Ça te soulagera peut-être. »

Il retire brusquement sa main, se redresse sur sa chaise et renverse la tête comme s'il était sous les projecteurs. « Au début, c'était fabuleux, ici. J'étais une grande star, à l'époque, je décrochais des rôles importants, j'étais de toutes les fêtes. Tout a changé quand Emily Calder est arrivée. C'était une princesse new-yorkaise, absolument fascinante, je suis tombé fou amoureux d'elle. Mais pour elle, je n'étais que le petit péquenaud misérable d'autrefois. Dès le début, elle m'a regardé de haut.

– Tu te trompes, Emily t'aimait bien.

– Les gens ne parlaient plus que de son projet de restauration du corail, il n'y avait plus que ça qui comptait. Elle était la coqueluche de l'île.

– C'est toi qui l'as tuée ?

– Je l'aimais et elle m'a rejeté. Toute ma vie, j'ai eu l'impression d'être relégué au second plan. Les gens m'ignoraient en trouvant que je manquais de classe, ils passaient leur temps à me remettre à ma place, sans jamais me donner les rôles que je méritais. C'est pour ça que je vous adore, Jasper et toi. Vous avez beau être des aristocrates, vous me traitez avec respect. »

Phillip poursuit son histoire, racontant comment le sentiment d'exclusion qu'il éprouvait a fait écho aux malheurs de son enfance et déclenché sa violence. Emily a repoussé ses avances, alors il l'a guettée devant sa villa et l'a étranglée dans le jardin. Il a attendu que l'île soit endormie, puis a traîné son corps au large, en laissant son paréo plié sur le sable.

« Lily et ses amis m'invitaient partout, jusqu'au jour où elle a entrepris de travailler à plein temps sur le projet du corail. Lily sait que je suis incapable de plonger, mais malgré ça, elle a continué. Toute la belle jeunesse s'est mise à passer son temps sur ce fichu rafiot en me laissant tout seul. Ils se sont tous détournés de moi un à un.

– À commencer par Amanda Fortini ?

– Elle a craqué sur moi après deux cours de français et puis elle m'a rejeté aussi vite qu'Emily il y a des années. Tout ce qu'elle voulait, c'était traîner avec ses copains plus jeunes et plonger sur ce maudit récif. C'était comme si l'histoire se répétait et ma rage n'a fait que redoubler.

– Et Tommy Rothmore ?

– Je pensais qu'il avait découvert la vérité, pour Amanda et moi, alors je lui ai dit que j'avais laissé son corps sous l'eau. J'ai essayé de l'achever dans le pavillon d'été des Fortini, mais il a réussi à s'enfuir. Je ne l'ai rattrapé que le soir où j'ai incendié la villa des Fortini. Ça me permettait de me débarrasser du téléphone et de l'appareil photo d'Amanda et des lettres d'amour ridicules qu'elle avait gardées. J'ai aussi punaisé des photos d'elle sur le mur de Tommy.

– Tu n'avais pas besoin de t'en prendre à Sacha Milburn ou d'entrer par effraction chez Keith Belmont. »

Ses yeux étincellent de fureur. « Sacha passait son temps à espionner les gens et tout noter dans son carnet, alors j'ai déchiré les pages qui me concernaient. J'ai donné le carnet au médecin, parce qu'elle avait parlé de leur coup d'un soir. Je lui ai dit que j'avais recopié chaque page pour le faire taire. Je ne pouvais pas courir le risque qu'il aille raconter qu'il m'avait vu à bord de l'*Aqua Dream*. Quant à Keith, notre amitié s'est brisée quand il s'est pris de passion pour le sauvetage du corail, comme tous les autres. Je voulais lui donner un avertissement.

– Tu as essayé de faire porter le chapeau à Dex Adebayo, n'est-ce pas ? Les symboles obeah nous ont conduits à soupçonner tous les adeptes.

– On est de vieux amis, Dex et moi ; on a un petit business depuis des années. Mais personne n'est indispensable. Il a complètement perdu pied depuis qu'il est accro.

– Pourquoi toute cette haine, alors que tu as connu un tel succès ? Ton enfance remonte à si loin.

– Tu ne comprends pas, Vee ? Depuis mon enfance jusqu'à aujourd'hui, personne ne m'a jamais aimé inconditionnellement. Sacha, Amanda et Tommy étaient tous nés millionnaires et ils me regardaient de haut, comme Emily Calder, parce que je m'étais élevé à la force du poignet.

– Ça n'explique pas pourquoi tu t'en es pris à Lily. »

Il retrouve son expression amère. « Année après année, elle est de plus en plus comme sa mère – belle et indifférente aux autres, obsédée par le corail. C'est moi qui ai laissé ces inscriptions sur son bateau.

– Elle t'aimait comme un oncle et elle avait une confiance aveugle en toi. » Je peux à peine le regarder. « Comment t'es-tu procuré une clé pour déposer le corail devant la chambre de Lily ?

– Tu ne te rappelles pas ? Tu en avais passé une à Emily Calder, il y a des années. C'était pour qu'elle puisse s'installer à Eden House quand vous n'y étiez pas. Depuis sa mort, tu n'as jamais changé les serrures. »

Je me revois vaguement donner une clé à Emily lors d'un déjeuner avec Jasper et Phillip pendant que Lily jouait dans la piscine. « Pourquoi as-tu gravé ces symboles dans le corail ?

– L'obeah est plein de divinités et de démons qui reflètent la nature humaine. Nous sommes tous un mélange de bien et de mal, non ? »

Solomon lui demande à voix basse : « Vous avez donc percuté Amanda avec votre bateau ? Et comment avez-vous persuadé les hommes de l'*Aqua Dream* de déposer le corps des victimes sur le récif ? »

Il lâche un rire désabusé. « Ils feraient n'importe quoi pour de l'argent, mais ils ne sont pas malins. Ces imbéciles ont choisi le pire endroit pour jeter l'ancre en pleine tempête, hier soir, sans me demander mon avis. Sur l'île, je me chargeais de tout, des villas, de voler le nécessaire au centre médical ; mais en mer, c'était eux. Ils ont fabriqué le pétard pour le poste de police. Je les ai trouvés tous les deux à Hollywood. Le milieu du cinéma regorge de cascadeurs ratés, de has been et de mythomanes. Ils apparaissent dans des vieilles sitcoms et des séries policières. Je leur ai dit de se choisir un nouveau nom et leur ai donné de faux passeports. Pendant quelque temps, ils ont simplement eu à transporter des cargaisons, mais ces dernières semaines, c'était nettement plus palpitant.

– C'est ce qui t'a permis d'avoir les moyens d'entretenir l'*Aqua Dream* ?

– Je l'ai acheté avec ce que j'ai gagné à Hollywood, mais je n'en ai pas parlé. J'avais besoin de financer l'entretien, alors j'ai fait ce qu'il fallait. Pourquoi accepter un petit rôle alors que je pouvais toucher dix fois plus en récupérant une cargaison de drogue en mer ?

– C'est paradoxal pour quelqu'un qui déteste l'eau. »

Phillip éclate de rire comme si je venais de raconter une blague hilarante. « J'ai le pied plus marin que je veux bien le montrer. C'est comme ça que j'ai réussi à atteindre le bateau avant vous, hier soir.

– Comment avez-vous obtenu l'immunité diplomatique ? demande Solomon.

– Ça ne m'a pas coûté cher, mon vieux. Votre chef m'a rendu service moyennant finance ; il s'est chargé de tout sans me poser de questions.

– C'est pour ça qu'il tenait tant à ce que je ne m'approche pas de l'*Aqua Dream*. »

Phillip se tourne vers moi. « Tout ça n'a plus d'importance. S'il te plaît, Vee, dis-moi que je suis pardonné. C'est tout ce qui compte pour moi. »

Nos années d'amitié défilent devant mes yeux, de tous les bons moments que nous avons passés sur Moustique jusqu'à maintenant. La réalité efface mes souvenirs comme la craie sur un tableau. Des larmes me montent aux yeux.

« Tu crois vraiment que je pourrais te pardonner ? Lily a perdu sa mère quand elle avait cinq ans. Puis tu as tué deux jeunes gens innocents. Solomon et Sacha ont failli mourir et tu m'as droguée à la fête. Tu aurais laissé ces hommes me tuer sans hésitation. »

En voyant son expression de haine devant mon refus de lui pardonner, je suis soulagée que nous soyons séparés par des barreaux. Comment n'ai-je pas vu l'éclat psychotique de son regard ou son immonde narcissisme ? Lorsque je m'éloigne, mon vieil ami crie mon nom en pleurant. Solomon me murmure des paroles d'encouragement, me soutenant jusqu'à la sortie. Je suis tiraillée par la loyauté d'autrefois, mais je m'interdis de me retourner.

64
Lundi 23 septembre 2002

Solomon est installé sur un transat dans la véranda pendant que son père fait sa sieste. L'île a retrouvé son visage d'avant la tempête, à l'exception de quelques toits arrachés que ses voisins sont en train de réparer. Il aimerait bien les aider, mais il n'est rentré que depuis trois jours et sa blessure n'est pas encore cicatrisée. Moustique est retournée à la normale, la mer est d'un bleu éclatant, il n'y a pas un nuage dans le ciel ; cependant les choses commencent à bouger. Lyron a enfin décidé de devenir adulte ; il a l'intention de travailler comme homme à tout faire pour gagner plus d'argent afin de réaliser son rêve de devenir pilote.

Solomon regarde un petit bateau de pêche rentrer au port, se contentant d'admirer la beauté de l'île, le temps que sa plaie soit refermée. Il sirote son thé glacé pendant que les habitants de Lovell vaquent à leurs occupations. Il est surpris de voir Lily Calder remonter le chemin, en short et haut blanc, un sac en toile à l'épaule. Avec ses longues jambes, elle a toujours une allure de danseuse. Il pensait que leurs chemins ne se croiseraient plus après le départ de Phillip Everard qui a été expédié par avion à

Saint-Vincent dans l'attente de son procès, laissant enfin l'île respirer, et pourtant, elle se dirige tout droit vers sa case.

Lily se glisse dans le transat d'à côté sans le saluer, comme si elle venait lui rendre visite tous les jours.

« Je viens vous apporter des nouvelles du monde extérieur.

– Elles sont bonnes ?

– Plutôt, oui.

– Alors, allez-y.

– Votre chef a été viré pour avoir accepté des pots-de-vin de Phillip. Vee dit que la police veut vous nommer à sa place, avec une grosse augmentation de salaire. Des enquêteurs sont arrivés au poste pour s'occuper des problèmes que vous avez identifiés. Dex Adebayo a été arrêté pour trafic de stupéfiants. Il va être également accusé de coups et blessures – Cherelle a fini par se décider à porter plainte. Les types du yacht vont être poursuivis pour homicide.

– Quoi d'autre ? Vous n'avez pas fini, visiblement.

– Le Dr Pakefield a été autorisé à rester en poste jusqu'au retour du Dr Bunbury ; il n'a rien fait de mal à part se rendre de nuit à bord de l'*Aqua Dream* et accepter de l'argent pour aider ses enfants. Il semblerait qu'on finisse aussi par pardonner au pasteur Boakye.

– Je n'en reviens pas. Il a inventé son CV de toutes pièces. »

Lily lui sourit. « Toute l'île sait ce qu'il a fait pour arracher sa famille à la pauvreté et suivre sa vocation. Il envoie quasiment tout ce qu'il gagne à Lagos et il a ses fans ici comme Keith Belmont. Ils le soutiennent. Il va passer un an dans un séminaire de Saint-Vincent, puis il verra où il peut être nommé après ça.

– Espérons qu'il est sincère.

– Il y a autre chose. » Elle retire ses lunettes de soleil ; ses yeux ont les paisibles reflets turquoise de la mer. « Phillip s'est suicidé cette nuit dans sa cellule. »

Solomon repense à Mama Toulaine qui lui avait annoncé qu'il y aurait encore un mort et lâche une bordée de jurons. « Mais enfin merde, comment c'est arrivé ? Ces crétins ne le surveillaient pas ou quoi ?

– Ils allaient jeter un œil dans sa cellule tous les quarts d'heure. Il devait être sacrément motivé, il s'est pendu avec ses vêtements. »

Solomon bout de colère. Everard a encore trouvé le moyen de braquer les projecteurs sur lui. « C'est pour ça que vous êtes passée, Lily ?

– Je serais bien venue avant, mais je me suis dit que vous aviez besoin de repos.

– Désolé, je ne voulais pas être agressif.

– Ne vous en faites pas. Moi aussi, je suis encore sous le choc. J'ai du mal à croire que deux personnes avec qui j'ai passé tous mes étés depuis que je suis petite ne sont plus là. C'est bizarre, mais je suis soulagée, pour maman. Elle ne voulait pas m'abandonner et ce n'était pas de ma faute. Elle s'est juste trouvée au mauvais endroit au mauvais moment. »

Son visage est empreint d'une telle tristesse que Solomon lui pose la main sur le poignet. « Je suis content que vous soyez venue. »

Lily retrouve lentement son sourire. « J'ai emprunté son buggy à Vee pour l'après-midi. Si vous n'êtes pas trop fatigué, on peut aller faire un tour à la plage. J'ai même apporté un pique-nique. Je me suis dit que ça vous empêcherait peut-être de broyer du noir.

– Je ne broie pas du noir. »

Un flot de rire s'échappe de ses lèvres. « N'importe quoi, j'ai des témoins.

– Je me sens d'attaque pour la plage.
– Appelons ça un pique-nique de luxe avec chauffeur au bord de la mer.
– Ça me va. »
Solomon enfile de vieilles tongs. Et la main sur l'épaule de Lily, il se dirige avec elle vers l'océan qui s'étale devant eux sous le soleil rasant de la fin d'après-midi.

65

Samedi 28 septembre 2002

Le bal de la Lune commence dans une heure. Je mets la dernière touche à mon maquillage, rajoute quelques paillettes sur mes pommettes, un nuage de couleur sur mes cheveux. Jasper et moi avons envisagé d'annuler la fête et de célébrer l'anniversaire de Lily en petit comité, mais finalement, il nous a semblé qu'il fallait la maintenir. Les Rothmore sont à Moustique et les Fortini séjournent chez nous, les deux familles ont insisté pour qu'elle ait lieu comme prévu. Nous célébrerons à la fois la mémoire des amis disparus de Lily et ses vingt et un ans. Ce soir, nous penserons tous à Tommy et Amanda, mais la vie de ma filleule est importante également. Je veux qu'elle avance dans l'existence avec confiance, en sachant qu'elle occupe une place essentielle dans notre famille. Je suis tellement reconnaissante d'être là.

Quand je me lève de ma coiffeuse, mon costume est tel que je l'avais imaginé. Ma robe est en soie grise diaphane, mes cheveux coiffés en chignon. Je ne ressemble peut-être pas exactement à un rayon de lune, mais je me sens élégante et parée pour la soirée. Lorsque je descends, je ne vois aucune trace de Jasper mais tout a l'air fin prêt. La tente dressée sur notre pelouse brille comme un vaisseau spatial qui se prépare à s'envoler vers les cieux, les tables à l'intérieur sont chargées de mets et de vins délicieux provenant des quatre coins du monde.

Du haut de la terrasse, je regarde Jose Gomez qui teste les guirlandes d'étoiles lumineuses disposées dans les arbres, bien que le soleil soit encore au-dessus de l'horizon. Il s'acquitte de sa tâche avec des gestes lents et gracieux et je suis ravie qu'il ait retrouvé sa joie de vivre. Nous l'avons récompensé des efforts courageux qu'il a déployés pour nous montrer que Phillip était dangereux et veiller sur nous tous. J'espère qu'un salaire bien plus conséquent aidera sa famille. Tous les invités sont arrivés à temps pour le début du bal de la Lune. Au loin, j'entends de la musique, certaines des plus grandes rockstars du monde se préparent à jouer en l'honneur de Lily sur Britannia Beach. Ce sera un bal comme autrefois, où les vagues d'invités prestigieux passeront d'une villa à l'autre jusqu'au finale sur la plage couronné par un gigantesque feu d'artifice.

Je sursaute malgré moi en entendant des pas précipités dans mon dos. J'ai encore les nerfs à vif après mon aventure en mer, bien que mes blessures soient guéries et qu'une semaine se soit écoulée. C'est Wesley, avec un unique verre sur un plateau. Il porte une veste scintillante à paillettes dorées, mais le reste de sa tenue est d'un noir plus discret.

« Une vodka tonic, Lady Vee, pour bien commencer la soirée.

– Comme c'est gentil, merci. Soit dit en passant, Wesley, je vous trouve très beau. »

Mon majordome esquisse un sourire pincé. « Lord Blake m'a suggéré de me déguiser en étoile filante, mais j'ai refusé net. » Wesley repart d'un pas martial, maître de la situation à son habitude, sa dignité intacte. Les gens commencent à se rassembler. Je ne vois pas Jasper mais j'entends son rire au loin et je suis soulagée qu'il soit de bonne humeur ce soir et prêt à faire honneur à son surnom de Lord of the Dance. J'aperçois enfin Lily en bordure de la pelouse. Elle n'a pas encore revêtu son costume, ce qui ne me surprend guère car elle passe tout son temps avec Solomon depuis la fin de l'affaire. Ils sont constamment à bord de son bateau pour vérifier que ses greffons de corail ont survécu à la tempête et réparer tous les dégâts. Il l'aide à se remettre de la mort de ses amis. J'ai l'impression qu'il est également plus insouciant, comme s'il était lui-même soulagé d'un fardeau. Mon chagrin est plus difficile à cerner. Pourquoi est-ce si douloureux de perdre quelque chose qui n'a jamais existé ? La gentillesse de Phillip n'était qu'un faux-semblant de plus dans une vie passée à jouer la comédie. Le vide qu'il laisse derrière lui se remplira avec le temps.

Je bois une petite gorgée de vodka tonic et j'entends de nouveau la voix de Jasper dans la foule, qui se rapproche et m'appelle – je suis tentée de rester là, mais il vaut mieux que je rejoigne les invités pour voir le chaos qu'il est en train de semer. Le soleil sombre à l'horizon et l'espace d'un instant, je crois apercevoir un rayon vert émeraude à la surface de la mer – mais je me trompe. Moustique est absolument magnifique, je m'y sens chez moi et c'est le cœur plein de gratitude que je me précipite au bas des marches pour accueillir mes amis.

Composition : Nord Compo
Impression : CPI Bussière en mai 2021
Éditions Albin Michel
22, rue Huyghens, 75014 Paris
www.albin-michel.fr
ISBN : 978-2-226-45845-2
N° d'édition : 24311/01 – N° d'impression : 2055794
Dépôt légal : juin 2021
Imprimé en France